タカシ・ワタナベ
ミリア・ウェール
ファラ・オスロ

ミーア・ガルラ
カッシュ・ドレイブ

ステータスマイスター
STATUS MEISTER

contents

プロローグ　異世界生活権

通販サイトＪＫ。

生活必需品などは全て、この通販サイトで購入している。

別にＪＫという響きが良いからではない——そう、他意は無い。

今日も飲料やトイレットペーパーなど、予めメモをしておいた商品を全てカートに入れて一息ついた後、ついでに本でも買おうとしていたところだ。

何故本かというと、通勤時や昼休みの時間潰し、今やっているゲームの合間に読む為である。

俺の中での最近の流行りは、剣と魔法のファンタジー世界物だ。

昨日まで読んでいた作品も王道ファンタジー物だったが、少し物足りなさを感じながら読んでいた。

その物足りなさというのは、バトルに発展するとダラダラ引き延ばす展開になり、バトルだけで上下巻になる程で、本は厚いのに中身は薄いという内容だった。

バトル以外に盛り上がる展開は特に無く、流し読みすることがかなり多かった。

結果、ただダラダラするのであればそんなバトル物よりも、のんびりした物語が良いと結論付ける。そして、のんびりするのであれば、現代知識を得たままファンタジー世界に入ったら面白いのではないか？　と考え、異世界、ファンタジー、転生、転移、テンプレ、内政、開拓、剣、魔法など、思い付く限りの単語を検索バーに入れていく。

するといくつか候補が出てきた。よし、タイトルを順に見ていこう。

『異世界生活権』――この作品だけは簡潔なタイトルだけれど、内容が全く読めない。ただ単に生活するだけの話だろうか。それだけだと俺の食指は動かない。うーむ、分からん。

『異世界に転生したら女になったのでアレやコレを経験してみる』――アレコレを経験するのか、うん、そうだよな。男ならそうするよな。想像するだけで興奮する。

最近のライトノベルタイトルは何でこんなに長いのだろう、簡潔にはできないのか？　と常々思っていたのだが、タイトル一つで色々想像させる……それが狙いなのか？　危ない、騙されるところだった。

だが……これはベッドの中で読む用として保留にしておこう。お気に入りっと……。さて、次だ。

『気が付いたら異世界に召喚され奴隷《どれい》になっていた件について』――うーん、どうせ奴隷から成り上がって異世界を救う！　みたいな話なんだろうな。こういうのは先が読み易い。パスだ。

『俺の異世界とお前の異世界が交差して異世界が異世界化した』――タイトルでは何を伝えたいのか、さっぱり分からない。ネタに全力なのか？　ギャグ系なら興味はあるが意味が分からない。パスだ。

もっとこう、のんびりした異世界の話は無いのだろうか……。

そう考えると、無難なのは『異世界生活権』とかいうタイトルの作品かもしれない。詳細を見てみよう。

■異世界生活権
【出品者】自称神　【商品写真】無し
【出品価格】３００００円
【オプション】ジョブ追加　記憶のリセット　言語設定（各１００００円）
●説明
異世界で生活できます。幸せな家庭を築いたり、冒険に出たり、お好きなようにお過ごしください。

但《ただ》し、元の世界に戻ってくることはできません。ご注意ください。

オプションは以下の三つからご自由に選択いただけます。

ジョブ追加……ユニークなジョブ（能力）をお付けいたします。ゲーム感覚で楽しみたい方に最適です。

記憶のリセット……嫌な事を忘れたい方、生まれ変わりたい方など、今持っている記憶を消して新しい自分になりたい方にお勧めです。

言語設定……この設定を選択されない方は言葉が理解できませんので、子供の状態で転生という形にさせていただきます。
※注1：尚《なお》、他のご購入者様と同じ世界には行けません。一人につき一つの世界をご案内させていただきます。
複数人でご購入されたい場合は別途ご相談ください。
※注2：転移先の地でお亡くなりになられた場合、例外を除き、現実世界同様に死亡します。異世界生活権の権利はそこではく奪《だつ》となりますので、ご注意ください。
※注3：ご購入者様は元の世界で初めから存在しなかったことにさせていただきます。当然、遺書なども残りませんので、ご理解ください。
——異世界で過ごせるらしい。それにしても……。

「くっそたけぇな……」

思わず声に出てしまった。というか、俺の探していたライトノベルですらない。しかも出品者が自称神とか馬鹿にしているのだろうか？　どう見ても悪戯《いたずら》出品だよな……。

そもそもこんな高い商品は目立つし、悪戯出品なら通報が入り次第《しだい》、運営から即削除されているはずだ。まだ削除されていないってことは出品されたばかりなのか、はたまた本物なのか——まさか、誰か買った奴でも居るのか。レビューでも見てみるか……。

・自称神Ａ　★★★★★　具合がすごく良いです！
・自称神Ｂ　★★★★☆　この商品を買ったら彼女ができました！
・自称神Ｃ　★★★★★　この商品を買ったら宝くじが当たりました！
・自称神Ｂ　★★★★☆　異世界ライフ楽しいです！
「っ！　何これっ！　あははははは。じ、自演《じえん》！　ははは！」

　思わず声に出して笑ってしまう。

　面白すぎる。一昔前、雑誌裏とかの詐欺広告で使われていた常套句《じょうとうく》じゃないか。

　それにこの出品者、レビューを書いたらユーザー名が表示されることを知らないのだろうか？　全部自作自演じゃねーか！　しかも複数のアカウントを作ってまで……。感想に書いてある、良い具合ってなんだよ！　何の具合だよ。色々想像するわ。

　もしかしてその彼女の具合なのか？　つーか彼女なんて作って遊んでて良いのかよ、お前神だろ！　それに宝くじ当選って、不正でもしたんじゃねーのか……？　そもそも異世界に居るのに何でこっちでレビュー書けるんだよ！

　よく見たら、間違えたのか同じアカウントで二回投稿してるし！

　はぁ……突っ込みどころが多すぎる！　面白い、この出品者面白すぎる！

　ＪＫのような大型通販サイトでは出品者と購入者の間に運営会社が入っているので、詐欺ができない。

　理由としては、運営の力がとても強く、出品者の都合は一切関係が無い。購入者が運営会社にクレームを入れると、運営が即座に商品について調べる。そしてそのクレームが受理されると、出品者の売り上げ金から強制的に返金が行われるからである。

　但し、一旦《いったん》運営が調べるのは悪戯防止も兼《か》ねており、クレーム受付は購入者に商品が届いてから運営が売上金を出品者に振り込むまでの一定期間のみではあるが。

それにも拘《かかわ》らずこのやりたい放題である。

先日臨時収入が入ったし、お金なんてあまり使う機会が無い——いや、使う時間が無いと言う方が正しいのだろうか。社畜《しゃちく》だけに。

とりあえず買ってみようかな……もし詐欺なのであれば、単に返品処理をすれば良いだけだし、あっちの世界に行くと、こっちの世界に戻れないとかただの演出設定だろうし。

何より、何の具合が良いのかを自分の目で確かめないといけないしな！

言い訳がましく自分に言い聞かせ、オプションの『ジョブ追加』と『言語設定』を追加。

『異世界生活権』をカートに入れ、早々《そうそう》に購入ボタンを押した。

『記憶のリセット』を追加しなかったのは、俺には全く必要の無いものだからだ。

明日には届くらしい。

また笑わせてくれるだろうか。

そんな事を考えながら、ベッドに入る。

明日が楽しみだ……。

冒険者

「んぅ……」

既に日が昇っており、眩《まぶ》しさに目を開けると、そこは自室のベッドではなくどう見ても草原。

俺自身は寝間着として着用していたジャージ姿で、草の上に寝転がっていた。

起き上がって周囲を見回してみる。

正面の少し離れたところに、岩やレンガを積み上げたような建造物がある。あれは何だろうか。

更に遠くには山があり、それ以外はただただ草原が広がっているだけだ。

昨夜寝るまで自室に居たはずなのに、いつの間にか外に居て若干戸惑う。

体に異常は無いかペタペタと触ってみるが、何処《どこ》も痛くはない。

周りには誰も居ないし、空を見上げると当然の如《ごと》く照り付ける太陽がある。

ふと、今は何時なのだろうかと考えると、突然視界の隅《すみ》にデジタル時計らしき物が表示された。

「おわぁ!?」

突然の事だったので、思わず声が出てしまった。

何だこれ……テレビの画面隅に表示される時計――いや、VR《バーチャルリアリティ》か？　視界を動かすと時計も一緒に動いてくる。VRゲームの夢でも見ているのだろうか……。

操作デバイスは何も持っていないし、そもそもVRゲーム機など購入すらしていない。

どうやって表示させた？　などと考えていると、時計はスーっと薄くなり消えてしまった。

不思議に思い、再度時計が出るようイメージしてみると、やはり時計らしき物が視界隅に表示される。

これは面白い！　本当にVRゲームみたいだ。

もしかしてファンタジー世界を夢見過ぎてゲームの夢でも見ているのか⁉

夢、だよな？　それともまだ寝惚《ねぼ》けているのだろうか。

いや、待てよ？　……昨日寝る前に『異世界生活権』っての購入したよな……まさかな⁉

でも、それくらいしか考えられないよな……あれは本物だったのか？　しかし、そんな夢物語……。

あぁ、もう！　別に何でもいいか！　ありがとう自称神様！　バカにしてごめんな！

意識や感覚はハッキリしているみたいだけれど、その時はその時だ。頼むよ？　自称神様！

よし、気持ちを切り替えていこう。ここは異世界、ここは異世界！　突然変わる環境に慣《な》れるのは得意だ。

時刻は表示できた。他に何が可能か試してみよう！

ゲームといえば、やっぱりメインメニューだよな。

そう思い、心の中で過去にやったことのあるゲームのメニュー画面を思い描《えが》いてみた。

メニュー……メインメニュー……開け！

……。

何も起こらない。

俺の能力はそう――時計を表示させるだけだったのだ。

「そんなん笑えねぇよ……」

何か表示方法を間違えたのかもしれない。ゲームだと直接ステータスやインベントリなどを開いたりするショートカットキーみたいなものがあるよな。

試してみよう。ステータス……ステータス！

▼タカシ・ワタナベ　村人01（なし）
▼H P《ヒットポイント》：6（6＋0）　M P《マジックポイント》：6（6＋0）
▼ATK《アタック》：3（3＋0）　MAG《マジック》：3（3＋0）
▼DEF《ディフェンス》：3（3＋0）　AGI《アジリティ》：3（3＋0）
▼STR《ストレングス》：1　VIT《バイタリティ》：1　INT《インテリジェンス》：1　DEX《デクステリティ》：1　CHA《カリスマ》：1

おお、ステータスは表示できるのか。村人って……おい、どこの村だよ。東京《とうきょう》村か？

しかも01って何だよ。村人Aのような意味なのだろうか。分からん……。

ステータスがあるのだから、もしかしたら村人Aではなく村人レベル1ということなのかもしれない。今考えても仕方が無いのでひとまずは置いておこう。他にも何かあるだろうし、色々と思い描いてみる。

▼INV《インベントリ》：なし
▼EQP《イクイップメント》：なし
▼SKL《スキル》：なし
▼QST《クエスト》：なし
▼PTY《パーティー》：なし

思い付くことは色々と試してみると、やはりステータスがあり、インベントリや装備《そうび》、スキルといった世間一般でいうところのRPGのような項目を一通り見ることができた。

しかし、寝間着としてジャージを着用しているのに装備が『なし』というのはいかがなものだろうか。せめて布の服とか、色々と言い方はあると思うのだが……。この世界からしたら異世界製だし、そんなもんか？

そうだ！　そんな事よりもRPGといえば最初は街の中、もしくは街の近くから始まるはず！　先程見えた建造物は街の外壁だったりするのかもしれない。ここに居ても仕方が無いし、行ってみよう！

他に何か表示できる能力は無いか確認しながら正面の建造物を目指し歩いていると、壁は予想した通り街の外壁だった。入口には鎧を着て槍を持った人が立っている。門番だろうか？　その人物を注意深く見てみる。

すると、その人物の頭の上に名前らしき物とジョブが表示された。
▼カッシュ・ドレイブ　騎士《きし》19（なし）
騎士19ということは十九番目の騎士、というわけではなく、やはり予想通りジョブのレベルという意味なのだろう。他人の詳細ステータスは覗けないのだろうか？　でも、ジョブとレベルは見ることができる——。

などと考えながら彼の横を素通りしようとすると、やはりというべきか当然声を掛けられる。

「おい、止まれ」

カッシュ（仮）に止められた。街の中に入るには何か手続きが必要なのだろうか。

「見慣れない奴だな。それに服装も怪しい」

それはそうだ。相手は鎧。俺はジャージなのだから、場違い感が半端《はんぱ》ない。何より、俺は『裸足《はだし》』だ。

「身分証を提示しろ」

「え、いや、あの、見ての通り何も持ってないです」

そう言うと、警戒《けいかい》されたのか槍を突きつけられた。

「貴様《きさま》！　カードも出せぬとは犯罪者か⁉」

「ちょっ！　え⁉　何⁉　何なの！　カード？」

カードって何のカード？　クレジットカードみたいな感じ？　と形をイメージしていると、突然手の甲《こう》が光りだしカードが現れた。

「……出せるのであれば、初めから出せ！」

そう言われカッシュにカードを奪われた。強引な奴だな……。

「ふむ。村人か。素材集めか何かか？　とにかく犯罪者のようなことはするなよ？　もう良いぞ。通れ」

乱暴ではあるがカードを返してもらえたので、ポケットに入れようとしたらスーっと消えていった。

時計と同じく表示できる物は時間経過で消えるのだろうか。便利な機能だな。

カードが消えたことに驚きはしたが、平静を装いつつ会釈《えしゃく》しながら門の中に入ろうとする。カッシュに対して愛想笑《あいそわら》いも忘れない。

「おい！」

「ひゃ、はい⁉」

まだ何かあるの⁉　もう良いでしょ！　噛《か》んだじゃねーか！

「外はただでさえ危険だ。それなのにレベルの低い内に裸足で一人で出歩くなぞ、自殺行為だぞ！」

知らねーよ。気が付いたら外に居たんだよ。

心の中で悪態をつきながらカッシュの方を見ていると、「待ってろ」と言われたので待つことにした。

大丈夫だよな……？　捕まったりしないよな……？

カッシュは門の脇にある詰所《つめしょ》のような所に入り、藁《わら》のような草で編《あ》んである草履《ぞうり》をこちらに投げてくる。

「落し物だが、持ち主は現れないし売れもしない物だ。お前にやろう。裸足よりはマシだからな」

「おお……あ、ありがとうございます！」

この人、実は良い人なんだな……怒鳴らなければだけれど。

「商店で売っていない素材が欲しいのなら、パーティーでも組んで行動しろよ？」

「そ、そうですよね。次からはそうします」

ここに来るまで特に何も無かったが、やっぱり魔物とか出るのだろうか？

物もくれたし心配してくれているようなので、ひとまずお礼を言い、足早にその場から遠ざかる。

これが言語設定オプションの効果なのだろうか。カッシュは明らかに外国人のような風貌《ふうぼう》だったが、言葉を理解できたしこちらの言葉も通じた。あとは文字の読み書きができるかどうかだな。後で確認してみよう。

暫《しばら》く歩くと人が沢山《たくさん》出入りしている建物があった。気になったので入ってみることにする。

皆、武器を持っていたり鎧やローブを着ているけれど、何の施設《しせつ》だ？　ジャージの俺は場違い感が……。

それよりも……獣耳だ！　ケモミミ！　ケモミミ！

尻尾《しっぽ》もあるし、耳がピクピク動いている。あぁ、モフモフしたい！

それにスラっとした体躯《たいく》で耳の長い人はエルフか？　すごい！　実在したんだな！

獣人やエルフを見て、やっとここが自分の住んでいた世界ではない事が実感できた！　あとは夢ではない事を祈るだけだ！

そうやってキョロキョロと周りの人達を観察していると、受付のようなところがあった。

カウンターを挟んで反対側に居るのは店員だろうか？　皆同じ服装をしているし多分そうなのだろう。

そのおっさん店員ばかりの中に一人だけ小さな女の子が居て、すごく浮いてる。

▼ミリア・ウェール　村人02（なし）

ミリアちゃんか……。

サイドテールの茶髪《ちゃぱつ》を揺らしながら、小さいのに大人に混じって仕事しているのが微笑《ほほえ》ましい。

それに、クリクリした大きな目がすごく可愛らしい。耳の形が少し違うが、何族なんだろうか？

もしかしたらそういう小さい種族なのかもしれない、とミリアちゃんを見ていたら気付かれてしまった。

ヤバい、見過ぎた！　と思った時には既に遅く、ミリアちゃんはこちらに歩いてやってきた。

「何か依頼をお探しですか？」

「あ、いえ。人が沢山居たのでつい気になっちゃって……」

警戒されたのか、ちらちらと全身を見られ、首を傾《かし》げられた。

「冒険者の方ではない、ですよね？　ギルド加入の申請ですか？」

カッシュが、素材が欲しいならパーティーをと言っていたが、ここが冒険者ギルドなのか。

「えーと、はい。そんな感じです」

適当に答えると、営業スマイル全開で「こちらへどうぞ」と受付らしき所へ案内された。

しっかりした子だ……。そもそも仕事をしているんだし、体が小さいだけで実は大人なのかもしれないな……。

ここは異世界だし、あり得る……念の為に失礼が無いようにしよう。

下心《したごころ》ではない。営業スマイルとはいえ、可愛い笑顔を見せられて断れないだけなのだ。

あ、その前に確認しておかないといけない事があるんだ。

「あの、いくつで……じゃなくて、やっぱり申請費用とか掛かりますか？」

「え？　……あ、いえ、加入も含めてギルドの利用に一切費用は掛かりませんので、ご安心ください。カードをお貸しいただければ登録もすぐに終わります」

危なかった……それにしても、利用無料とか大丈夫なのかここ？　どうやって運営してるんだよ。

そう思いつつ、カードを出すのは二度目なので今度こそスムーズに出し、ミリアちゃんに渡す。

「それでは登録してきます。登録後、当ギルドについて説明しますので、そのまま暫くお待ちください」

そう言って、彼女は受付の奥へと歩いて行った。

手持ち無沙汰《ぶさた》でジャージのポケットに手を突っ込むと、そこに500円玉が入っていた。それで足りるのか心配だったが、費用が掛からなくて良かった……。それにしても、俺の全財産500円かよ……。

でも待てよ？　ノルマがあったりとかしたら……。その時は断ろう……。

あれこれ考えていると、ミリアちゃんが戻ってきてカードを返される。
▼タカシ・ワタナベ　冒険者01（なし）　ランクE
返されたカードを見てみると、ジョブが変わり、ランクというものが追加されていた。

「それでは、当ギルドについてご説明させていただきますが、よろしいですか？」

「お願いします」

冒険者ギルドについて詳しく説明してもらった。

冒険者ギルドは犯罪者以外誰でも加入できるらしい。入った後に罪を犯《おか》した場合は除名となる。

ギルド員にはランクがあり、下はEから上はAまでのランクと、最上位にSランクというものがあるらしい。

俺は入ったばかりだから当然Eランクからスタートだ。

ギルドランクは、掲示板に貼り出されている依頼を一定数クリアし、カードのポイントが一定以上になると上がるらしい。他にギルドへの貢献度《こうけんど》なども加味《かみ》する為、審査《しんさ》が入るそうだ。

先程気になっていたギルドの運営や、ノルマに関しても聞いてみた。

依頼主から仲介料《ちゅうかいりょう》を貰っていたり、冒険者が狩りなどで得た素材を冒険者ギルドが買い取り、その素材を提携《ていけい》している商業ギルドに卸《おろ》すことで運営の費用に充《あ》てたりしているそうだ。だから入手した素材は冒険者ギルドで売ってほしいとの事だ。

「何かお困りの事などあれば、お気軽にご相談ください」

「はい、ありがとうございます」

ミリアちゃんに会えるなら毎日でも寄ろうと心に決め、説明の後、挨拶《あいさつ》をして受付を離れた。

早速依頼を受けてみようと、掲示板のEランクコーナーを見てみる。

▼ＱＳＴ：Ｅ薬草の採取（報酬：１０銅《どう》／一枚）
　Ｅラビットの討伐（報酬：１銀《ぎん》／一匹）

　Ｅボアの討伐（報酬：２銀／一匹）

何か簡単そうな依頼が多いな。１銅というのがこの世界の通貨《つうか》の最低単位なんだろうか。

わざわざ１０銅と１銀が別に書かれているということは、１０銅で１銀ではないということだろうか……ということは１００銅で１銀か？　そうなると小銭がヤバい事になるな。

そもそも数というものが和が十以上で桁が一つ繰り上がるのかどうかすら分からないが、日本語じゃない文字が読めたんだ、そこは自称神様が元の世界に合わせてくれているものだと考えておこう。

それよりも、兎が１銀に対して猪が２銀というのは間違いではないだろうか。

猪なんて下手をすれば命を落とすかもしれないというのに、この世界では違うのだろうか？

ひとまずは様子見だし、ここはテンプレ通り薬草でも採りに行くのが無難《ぶなん》だろうな。

依頼の貼ってある掲示板の下には布製の小さなポケットが貼り付けてあり、その中に小さなプレートが入っている。試しにそのプレートを取り出してみると、プレートが光り出して掌の中に埋まっていった。もしかしてこれでクエスト受諾《じゅだく》なのか？　確認の為、クエスト、と頭の中で唱えクエスト窓を表示させてみる。
▼ＱＳＴ：Ｅ薬草の採取（報酬：１０銅／一枚）残り二十三時間
おお、依頼を受けるのはこれだけで良いのか。簡単だな。

それにしても、期限なんてどこにも書いて無かったのに……クエストを受けてみないと期限が分からないのかよ……。色々と思うところはあるが、制限時間があるのなら早めにクリアしないといけないな。

まずは情報収集から行うべく、ミリアちゃんの居る受付に戻った。

「ミリアちゃん、薬草ってどの辺にあるんですか？」

ミリアちゃんに尋ねると、笑顔が驚いた顔に変わる。

「え⁉　名前、な、何で⁉」

何でって、そりゃあ頭の上に名前が出てるし……って、あれ？　これって見えているのは俺だけなのだろうか？

何かマズかったかな……次からは名前を聞くまでは知らない振りをしておこう。

「あぁ、えっと、さっきそこで他の人が、君の名前を言っているのを聞いてさ」

誤魔化《ごまか》すことに必死で早口になってしまったが、ひとまず言い訳をする。

「あ、あぁ、そういうことですか。名乗っていないはずなのにいきなり名前を呼ばれて驚きました」

「うん、そういうことだったんだよ！　それよりも薬草ってどこに生えているか知らないかな？」

やはり名前が見えるのは俺だけ……？　誤魔化して正解だったな。

というか、驚き具合から察《さっ》するに、わざと名乗っていないみたいだけれど……受付という仕事で担当をした相手に名乗らないとか、相手に対して失礼じゃないのか？　……まぁ、いいか。可愛いし。

「薬草は街を出て西に少し行った、森に沢山生えているはずですよ」

「そうなんだ。早速行ってみるよ。ところで、両替とかってできる？」

この世界のお金はまだ持っていないけれど、通貨価値や単位が分からないので、ついでに探りを入れてみる。

「両替商は街の門の近くにありますよ。お金の形をした看板があるので、すぐに分かると思います」

「ちなみに、両替手数料っていくら？」

「ちょっと待ってくださいね。えっと、1銀で99銅だから1銅……？　一割……じゃなくて……うん？」

手数料を尋ねるとミリアちゃんが両手を使ってボソボソと小声で呟きながら計算している。その姿が愛らしい。

「1パーセントが手数料なんだね。それは、銀貨じゃなくて金貨でも同じ？」

「え、あ、はい。そうです」

計算が終わるのを待っていても良かったけれど、大事な部分の情報を得たので計算を中断させる。

「ありがとう。助かったよ」

「あ、いえ、お役に立てたのでしたら良かったです」

予想通り1銀貨で100銅貨だったか……。文明レベルから手数料が掛かるかもしれないと探りを入れたら、案の定必要らしい。勿体無いな。かといって両替しなければ、小銭がジャラジャラと鬱陶《うっとう》しくなりそうだし、そこは追々《おいおい》考えてみるとしよう。

ミリアちゃんは計算を中断させられたことに納得ができていない様子ではあるが、あまり常識知らずだということがバレても困るので、これ以上ボロが出ないようお礼を言って、早々にギルドから街の門まで移動する。

街を出て西か。太陽が東から西に沈《しず》むとなると、今は真上から少し傾いたところに太陽がある。

さっき九時だったから……太陽の位置から考えて西は……分からない。

この世界の太陽が本当に東から出るのかすら分からないし、そもそも自転――いや、深く考えるのはやめよう。

そう、決して俺の知識が乏《とぼ》しいわけではない！　ここは異世界だから仕方が無いのだ！

あ、そうだ。そんな事よりも、ＲＰＧといえばマップがシステムとしてあるのは普通じゃね？　――と考えていると、視界の端に小さなマップのようなものが表示された。やはり正解か。さすが俺！

その簡易マップの中心に白い点がある。この白色の点が俺の位置なのだろうか。

それとは別に緑色の点滅《てんめつ》している点があり、それに意識を集中すると簡易マップが拡大される。

意識を集中すると拡大も縮小も自在じゃないか！　これは便利だな。

ただ、縮小したとしても大部分が塗り潰されているような状態だ。ここはゲームと同じく、恐《おそ》らくは行ったことのある場所だけが詳しく表示されるのだろう。

緑の点は街の外のようだ。もしかしたらクエストの点なのかもしれない。近いし、歩いて行ってみるか。

「おい！」

またこのパターンかよ……お前は寂《さび》しがり屋さんか！

「あれだけ一人で行動するなと教えたのにもう忘れたのか！」

「そんな怒らずともいいじゃないですか……ここに来たばかりで友達なんて居ませんし」

「お、おう……そうなのか。すまん」

なるほど。カッシュは情に弱いのか。ここはひとつ、ぼっちを演じてみるか！　実際にぼっちだけど……。

「俺にはもう、薬草を集めるくらいしかできないんです。そう、薬草さんが友達なんです！」

「はぁ……何をバカな事を言っているんだ。ちょっとこっちに来い」

え。何、何かいきなり態度《たいど》が変わったんだけど……情には弱いけどジョークは通じないのか？

しかもこの、ちょっと署《しょ》まで来なさい的な流れ。そんなバカな事言った？　言ったな。ごめんなさい。

また詰所みたいなところに入っていったぞ。よし、今の内に門から出てしまおうか。

「おい、何をしてる。はやく来い！」

やっぱりだめか……。

いつでも逃げられるよう警戒しつつカッシュに近づくと、突然刃物《はもの》をこちらに向けてくる。

まさかいきなり刃物を出してくるとは思わず、逃げるのを忘れ、咄嗟《とっさ》に後ろに飛び退くだけの形となってしまった。これは戦闘の気配！

「ち、違う！　これ！　これをお前にやろうと思っただけだ！　勘違いするな！」

「え⁉」

カッシュはこちらに向けている刃物をそのまま皮のような鞘《さや》に納《おさ》め、投げ渡してくる。

「お前、武器も持たずに外に出るつもりだっただろう！　だからこれだけでも持っていけ！」

全力で逃げる為に警戒していた意識を解除し、飛んできたナイフを両手で受け取る。

「安物のダガーだが護身《ごしん》くらいならば十分だろう。だが、十分注意して日が落ちる前には戻れよ？」

「え、あ、はぁ……」

何この人。すごく良い人じゃないですか！　寂しがり屋さんとか言ってごめんなさい。

しかも、だがだがとかいう高度な洒落《しゃれ》まで入れてくるとかまじイケメン。面白くないけど。

「あ、ありがとうございます！」

「おう」

折角《せっかく》貰った武器なので、さっそく頭の中で装備をイメージする。
▼ＥＱＰ：アイアンダガー　サンダル
おぉ、ちゃんと装備できてる！　さっきのサンダルもちゃんと表示されているし。

下を向いて表示された装備の確認をしていると、カッシュが何を勘違いしたのか、励ましてきた。

「もう一人で行動するなとか言わん。一人でも気を付けて動けば何とかなる！　頑張れよ！」

「え、あ、はぁ……が、頑張ります！」

何か釈然《しゃくぜん》としないが、カッシュと別れ、マップの緑の点を目指して歩いて行く。

五分程で森へと到着。森へ入るとすぐにマップの白点と緑点が重なった。

足元を見てみると、そこら辺に生えている雑草とは明らかに違う形の草が生えていたので、それを地面から引き抜く。次に、インベントリの枠内へ草が入るようイメージすると――草がスーっと消えていった。
▼ＩＮＶ：薬草４

便利だな、インベントリ機能。

でも、一つしか採取していないはずなのに、一気に四つに増えている。何故だ？　何が起こった？

考えても仕方が無いので、近くにあった同じ形の小さな薬草を再度インベントリに入れてみる。
▼ＩＮＶ：薬草6
なるほど……葉の数か。初めは四枚の葉があったからカウントも4、次は二枚しか葉がなかったからカウントも2というわけか。これならサクサク集めることができるな。まずは、インベントリ一つの枠に何個まで同じアイテムを入れることができるのか確認しながら収集してみよう。

意気揚々《いきようよう》と採取を始めてから三十分。周辺の薬草を刈り尽してしまった。
▼ＩＮＶ：薬草８０
これで８００銅分。１銅が日本円換算でいくら程度なのか分からないけれど、新人冒険者には良い金稼ぎなんだろうな。

などとお金の計算をしていると、後方からガサガサと音がした。何か居るようだ……。

ダガーを腰の鞘から取り出しつつ振り向き、音のする方に刃を向けて警戒していると、草木の間から体長四十センチメートル程の茶色い生物が出てきた。
▼ラビット01
しかも、目が合った瞬間、こちら目がけて飛び掛かってきた。

――ブシュッ！

突然の事に焦って一歩後ろに下がってしまったが、それが功《こう》を奏《そう》したのか、勢い良く飛び掛かってきた兎が、前を向けていたダガーに頭から突き刺さって絶命していた。

「ちょ、え⁉　な、何これ⁉　セルフ串刺しっ！」

ちょ、あはは、バカなの⁉　何勝手に刺さりにきてるの⁉　俺何もしてないんだけど！

しかし、一通りコントのような展開に笑った後、スプラッターな状況を見て少し血の気が引いた。

笑ってしまったけれど、冷静になると動物を殺してしまったことへの罪悪感が湧いてくる。

それに、この世界がどうかは分からないが、ゲームのモンスターならばアイテムを落とすはず――でも、こいつは死んだまま。そうなるとモンスターではなく、動物だということになる。

ということは、『きゃー素敵。抱いてー』と飛んできた動物を問答無用《もんどうむよう》で殺してしまったことになる。

でも、あれは胸に飛び込んできたというより、襲《おそ》い掛かってきたに近いけどな……。

そうすると害獣《がいじゅう》扱いなのか、いやむしろ討伐のクエストがあるくらいだし、動物というよりはモンスター扱いだよな？　暫くダガーに突き刺さったままの兎の死骸《しがい》を眺めていたが、何も起こらない。

放置して血の匂いでモンスターが来ても困るし、売れるかもしれないからインベントリに入れておこう。
▼ＩＮＶ：薬草８０　兎の肉１　兎の皮１
なるほど。インベントリに入れないとアイテム化しないのか。

モンスターじゃなくてもアイテム化できるという可能性もあるが、やらなきゃやられる。仕方が無い。

あいつは俺の胸に飛び込んできたのではなく、油断させて俺を仕留《しと》める気だったのだ！

兎はモンスター。よし、決定。そうと決まれば、ダガーを持ったまま薬草採取をすることにしよう。

案の定、薬草採取中に何度か兎に襲われた、モンスターだと決めつけた後ということもあり、戸惑わずに討伐することができた。だって、攻撃は直線的だし、何より勝手にダガーに向かってくるし。

そして気が付いたのは、皮は必ずドロップするが、肉は毎回というわけではないらしい。インベントリ内に消えた質量はどこにいったのだろうか……謎だ。まぁ、この情報も収獲の一つだな。

更に三十分程、薬草を探して辺りをうろうろしていると、やっと薬草の所持数が９９を超えた。

▼ＩＮＶ：薬草９９　薬草２　兎の肉３　兎の皮１０

どうやらインベントリの一マス内にスタックできるのは９９個までのようだ。

野兎をちょうど十匹倒したので、ついでにステータスも確認しておく。

▼タカシ・ワタナベ　冒険者03　ランクE

やはり予想通り、ジョブの後ろに付いている数字はレベルのようだ。兎討伐でレベルが2上がっている。

それからは、たまに野兎と戯《たわむ》れてＨＰが少し減ってしまう程度で、草むしり自体は簡単だった。

数時間も掛けた結果、薬草もある程度集まり日も傾き始めてきたので、街へ戻ることにする。

門まで辿り着くと、やはりカッシュが出迎えてくれた。

「お、帰ってきたか。怪我《けが》は無いか？　ダガーはくれてやるから、自分の身は自分で守るんだぞ？」

カッシュが俺の肩をぽんぽんと叩いてきたので、カードを見せながら、適当に挨拶をしておく。

「何か困ったことがあれば、ちゃんと相談しろよ？」

俺が低レベルだからなのか、カッシュは相変わらず心配してくれる。皆を守る門番という仕事に就いているくらいだ、単に面倒見の良い奴なんだろう。良い友人になれそうだ。洒落は面白くないけれど……。

冒険者ギルドに到着。

受付のミリアちゃんに今日の草むしりバイトのお給金《きゅうきん》をもらう為、換金してもらうことにした。

「ミリアちゃん、依頼で集めた素材ってどうすれば良いんですか？」

「あ、はい。ここに出していただいてよろしいですか」

名前で呼ばれることに抵抗があるのか、ちょっと戸惑い気味だ。

やはり苗字《みょうじ》で呼んだ方が良いだろうか。いや、やめておこう。少しでも仲良くなる為には仕方の無いことなのだ。うん。下心は無いよ！

そんな邪《よこしま》な事を考えながらインベントリを開き、頑張って集めてきた全ての薬草をミリアちゃんの前に出す。

「す、すごいですね。こんなにいっぱい……」

「ミリアちゃんをびっくりさせようと、頑張りましたから！」

折角驚いてくれたのにちょっと余計な事を言ってしまったようで、少し引き攣《つ》った顔をしながら俺の発言をスルーしつつ薬草をトレイに乗せていく。

「それでは精算してきますので、暫くお待ちください」

逃げられた……まぁ仕方が無いよね。

暫くして、トレイの上には薬草ではなく銀色と茶色のコインをジャラジャラと乗せて戻ってきた。

「薬草518枚で51銀、80銅です。こんなに沢山の薬草を持ってきた方は初めてでした！」

こんな大量の小銭どうするんだよ……。一つの大きさは大したことないけれど、持ち歩くのが大変だし、何より不便じゃないのか？　皆はどうやってるんだ？　と思いながらも、仕方が無いのでポケットの中に受け取った小銭を入れていく。あぁ、インベントリに入れれば良いのか。

「こんなに短時間でどうやってこの数を集めてきたんですか？　あ、この袋を使って良いですよ」

「お、ありがとうございます」

さすがミリアちゃん。そのままインベントリに移そうとした小銭を、厚意《こうい》に甘えて小袋に移す。

それよりも何と答えようか。マップの緑点に行っただけだ、とは言えないし……。

「えっと、森の中でたまたま群生《ぐんせい》地帯があって、そこで一気に収集できました！　運が良かったんですよ。それよりも、安い宿ってないですか？」

少し言い訳が苦しくなったので、話題を変えることにする。

「なるほど。ええと宿屋ですか。うーん……野兎亭《のうさぎてい》、という美味しい料理を出す良いところがありますよ」

「おお、助かった……野宿かと思って心配してたんですよ」

よし、何とか乗り切れたし宿屋の情報もゲット！　何か宿名を言い辛そうにしていたが、まぁいいか。


挨拶を終え、そそくさと冒険者ギルドを出た後、教えてもらった宿屋に向かう。

宿の中には元気の良さそうなおばちゃんが一人。カウンターの中に座っていたが、すぐにこちらに気が付いたようで立ち上がり、声を掛けてくる。
▼ミーア・ガルラ　商人10（なし）
「いらっしゃい。泊まりかい？　泊まりなら10銀、飯付きなら12銀だよ」

「えっと、料理が美味しい宿屋ということで紹介してもらったので、飯付きでお願いします」

そう言いながら、銀貨を12枚カウンターの上に置く。

「そうかい。紹介してくれた人に礼を言っといてくれよ」

「はい」

ニカっと笑うおばちゃん。この人も面倒見の良さそうな人だな。

「飯はそこの食堂まで来てくれ。夕飯は日が落ちてからすぐ。朝飯は日が昇ってから二時間くらいまでの間によろしく。それじゃ、部屋に案内するよ」

食堂と言った時の彼女の視線の先には、木製のテーブルがいくつか並んだ食堂らしきところがあった。

宿の中を確認しつつおばちゃんについていく。

「アタシの名前はミーア。宿内で何か問題があれば声を掛けな」

「よろしくです。ミーアさん」

案内されつつ挨拶をしていると、早々に部屋に着いた。

「それじゃ、もう少ししたら夕飯だから後で食堂までおいで。これ部屋の鍵ね」

「楽しみにしてますね」

鍵をもらうと、ミーアはニカっと笑い去っていった。俺は部屋に入り、ひとまずベッドに座る。

「さて……」

今日の反省会という名の現在の状況確認と、これからの事をひとまず考えることにしよう。

まずはそうだな……。お金が無いと何もできないのは、どの世界でも同じことだ。

今日一日薬草を収集して四日分の宿代は確保したが全然足りない。数日はレベルを上げつつ依頼で稼いでいくことになるだろう。その為の資金稼ぎの装備に関しては、ミリアちゃんに相談してみよう。

次に、この世界で生きる為の目標や目的——半信半疑だったけど、望んでこの世界に来たわけだから元の世界には帰ることができなくても何の問題も無い。だからこそこの世界で生きていく為に、まずは目標を決めよう。やはり目標があると計画も立て易いし。その為にもここがどんな世界なのかを知る必要がある。これも明日ミリアちゃんに聞いてみよう。目標はそれから決めても遅くはないし。

それから仲間に関して。この世界に来てからすぐに開けたパーティー窓では、俺を除いて枠が残り五つあった。そこから推測《すいそく》するに最大で六人パーティーが組める可能性がある。他の冒険者はパーティーをどうやって組んでいるのだろうか。やはりゲームのようにギルドで声を掛けたり、掲示板などで募集をしたりしているのだろうか。

これもミリアちゃんに聞いてみよう。

あとは、ステータスやインベントリなど。他にいくつ操作可能な項目があるのか確認する必要がある。

現状で確認ができているのは、時刻、簡易ステータス、詳細ステータス、インベントリ、装備、スキル、マップ、パーティー、クエストだ。

他に何かないか、今までプレイしたゲームを思い出して試してみたが、出てくることは無かった。

そういえば最初、俺のジョブは村人だったはずだ。ギルドに登録をしたら自動で冒険者になった。あれはどうなっているのだろうか？　今までに知り合ったカッシュ、ミリア、ミーアは村人ではなかった。何かをすると転職できるのかもしれない。それにこっちの世界に来た時、オプションでジョブを追加したので、そこも気になる。

追加されたのが村人というわけはないだろう。まさかな……。

どうやって転職するのだろうと、転職、職業、ジョブ――などと考えていると視界に窓が出てきた。

▼JOB：冒険者03（なし）　村人01　アンノウン01

おお、ジョブの窓が開いた！　もしかして自分で設定できるのか？

そういえば、簡易ステータスを見た時も思ったが『なし』って何だ？　一次職、二次職でもあるのか？

それよりもアンノウンって……。多分これが俺に追加されたジョブなんだろう。確かに俺は異世界人かもしれないが、アンノウンはないだろう。安易すぎるよ、自称神様よぉ……。

ひとまず、『なし』にアンノウンが入るようにイメージ――そして、簡易ステータスを確認してみた。

▼タカシ・ワタナベ　冒険者03（アンノウン01）　ランクE

続いてジョブを確認。

▼JOB：冒険者03（アンノウン01）　村人01

▼SKL：体力上昇小　神手《かみのて》

予想通り、『なし』の部分は二次職――サブジョブなのだろう。

ついでに他の項目も確認してみると、ステータスが大幅に伸びていた。これはサブジョブをアンノウンに設定した効果だろう。色々と試してみたが、どうやらメインジョブにサブジョブの基本値が加算されているようだ。

森に居た時点で野兎が一撃だったから、今ならば軽く小突くだけでも倒せそうだ。レベル3でこれは、もはやチートだ。そしてアンノウンのスキル『神手』が気になる。

確認の意味もあるし、使ってみるか――神手！

……特に何も起きない。またこのパターンかよ。

もしかすると、毎回発動させるタイプではなく常時発動タイプなのかもしれない。

神手、神手！　とイメージを変えながら何度も試すが結果は変わらない。ひとまずは保留だな……。

あとはレベルが上がったからなのか、基本値に割り振ることができるポイントが2ポイントあるようだ。だけど何故か操作できない。何か条件とかがあるのだろうか。できないものは仕方が無いので今は各数値だけメモして保留にするしかないな。

よし、こんなところだろう。

結局考えた内のほとんどをミリアちゃんに聞くことになってしまった。何も知らないところから始まったんだ、仕方が無い。そういうことにしよう。それよりも腹が減った。早速お勧めの飯を食べに行くか。

部屋に鍵を掛け、カウンターのミーアの所に行く。

「夕飯はもう少し時間が掛かるよ」

後でおいでと言われたから来たのに、まだなのか……時間潰しにミリアちゃんの所にでも情報収集に行くかな。

「そうですか。じゃあ、ちょっと外に出てきますね」

そう言って鍵をミーアに預けて宿を出る。当然向かう先はミリアちゃんの居るギルドだ。ただ、別れたばかりなのにすぐ顔を出すのはがっつきすぎだろうか？　まぁ、初日だしな。仕方が無い。仕方が無いのだ。

ギルド内は更に人が増えていた。日が落ちる前に精算を行う冒険者達が集まってきたのだろう。

「こんばんは、ミリアちゃん」

「あ、はい。こんばんは」

ミリアちゃんは受付の中で書類の整理をしていたようだ。

「夕飯までまだ時間があるそうなので、今後の冒険者稼業について相談したい事があって来ました」

「そういうことでしたら構いませんよ。あちらの席が空いているようなので、そこでお話ししましょうか」

ちょうど席が空いているところがあり、そこに案内されたので二人揃って席に着く。

「えっと、それでどのようなご相談でしょうか。そろそろ終業なので、できれば手短にお願いしますね」

「あ、はい。いくつかあるんですが、まずは良い装備が欲しいんですよ。どこで手に入りますか？」

「武具屋さんは宿屋の二つ隣です、そこで購入するか、あとは鍛冶《かじ》屋さんでオーダーメイドですかね」

宿屋のすぐ傍にあったのか。全く気が付かなかった。

鍛冶屋のオーダーメイドはどうせ高いだろうから金が無い今は無理だ。鍛冶屋はまた今度にしよう。

「それで、装備を手に入れる為にお金を稼ぎたいんですが、良い方法などはありますか？」

「そうですね。まずは依頼でコツコツ貯めることですかね。次に狩りで得た素材を売ること。あとは物を作って売るとか、犯罪者を騎士団に引き渡すとかですね」

「やはりそんなところですか。犯罪者はどういう基準で報酬が発生するんですか？　通報？　連行？」

犯罪者狩りが一番お金になるのなら、他人のジョブが分かる俺には簡単かもしれない。

「んー、報酬の基準ですか……基本的には生死不問です。戦闘の末に殺してしまったのならば、死体を騎士団に持っていく必要があります。ですが大変危険なのでお勧めはしません」

そりゃあ相手も簡単に捕まるようなら、騎士団も賞金なんて懸けないだろう。当然、戦闘になるだろうから、イコール生死不問なんだろうな。本人確認はカードを取り出せば分かるし。

「では、素材はここら辺ではどのような物があるんですか？」

「そうですね、野兎のユニークであるホワイトラビットや、猪のユニークであるグレーボアなどでしょうか」

ユニークというくらいだから、一匹しかいないボス的な扱いなのだろうか。

それにしてもユニークになると英名なのか。その基準がよく分からない……。名前からして、ユニークは色が付いているみたいだし、何より俺は名前を見れば簡単に分かるだろう。

「では、当分はユニークを探してみることにします。そこでパーティーですけど、他の冒険者さんはどうしてるんですかね。やっぱりスカウトとかですか？」

「パーティーは、そうですね……、同じ村出身の者同士で組んでいたり、気の合う人達で組んでいますね。やはり信頼関係が大事ですから。でも中には奴隷を使っている方もいらっしゃいます」

なんと！　奴隷ですか！

「ど、奴隷はありなんですか⁉　どこで買えるんですか⁉　やっぱり女の子の奴隷も居るんですか⁉」

「え、え⁉　ちょ、あの、ちょっと……」

ドン引きされたようだ。

ちょっと興奮して下衆《げす》な感情が表に出てしまった。だって仕方が無いじゃないですか。奴隷なんですもの。

「失礼。えっと、奴隷は無理矢理戦闘に参加させて逃げたりしないんですか？」

「はぁ……はい、奴隷は絶対服従の魔術が掛けられているので逃げられません。逆らうと激痛で身動きができなくなる魔術です」

激痛か……。なるほどな。逆らったら死ぬような魔術であれば、死んで楽になりたい状況や死んだ方がマシという状況では逆らうだろうし、身動きができなくなるくらいがちょうど良いのかもしれない。

それにしても奴隷か……ロマンがあるな。

「へぇ……服従の魔法かぁ……」

「いえ、〝魔法〟ではなく〝魔術〟です」

顎に手を当て、絶対服従してくれる可愛い女の子を想像していたら、ついポロっと独り言が漏れてしまった。

すると、ミリアちゃんがテーブルから少し体を乗り出し、食い気味に俺の思考を断ち切ってきた。

「俺からしたら、どっちも一緒なんですが……」

「全然違います！」

おっと……もしかすると、ミリアちゃんの地雷を踏み抜いたのかもしれない……。

「いいですか？　そもそも魔術というものは魔力を使って現象を起こすものです。そして魔法は、魔力を媒介にして世界の理《ことわり》に干渉して現象を起こすものです！」

ヤバい。ミリアちゃんが興奮し始めた。それに今聞いた内容ではミリアちゃんの説明が下手なのか、俺の理解度が足りないのか、魔術と魔法の違いがあまり分からない。

「えっと……魔力を使うところも無から有を生み出すところも、結局は同じなんじゃ……？」

「違います！　ぜんっぜん違います！　あー、もう。何て説明すれば良いんでしょうか。違うんですよ。うーん……魔術は基本的に自然に存在する現象を、魔力を使って再現するっていう法則性があります。でも、魔法にはそんな法則とか無いんです。まさに魔法なんです！」

説明を終えたミリアちゃんが鼻息荒く、ムフーとドヤ顔をしているが、やはり違いがあまり分からない。要するに、魔法は魔術の上位互換ってところか。あと、ミリアちゃんの前では言い間違えに気を付けよう。

「なるほど！　ミリアちゃんは魔術と魔法に関して詳しいんだね！」

「はい！」

ぐあっ……このドヤ顔からのキラキラした顔。今更あまり理解できませんでしたなんて言えない。しかし、これ以上深く踏み込むのはマズい気がする。話題を逸らそう。いや、元に戻そう。

「そ、それで、その、話を戻しますが……」

「あぁ、そうでした。すみません……」

ドヤ顔からキラキラ顔、そしてシュン顔……コロコロ変わる顔が堪らないな。可愛すぎる。

「そ、その、服従魔術って解除されたりとかは？」

「できません。絶対的なものです。解除するには契約の際に主人が、自分が死んだ場合は解放するという意志を込めていた場合に限ります。あと、どの程度逆らうと魔術が発動するかは、主人次第です」

主人が死なないと解放できないのか。しかも条件付き。奴隷になる人は可哀想《かわいそう》だが、ここはそういう世界なのだろう。

「やっぱり奴隷は高いんですか？」

「はい。冒険者でも稼ぎの良い方しか買いません。容姿や能力次第ですが、1金貨からが妥当かと」

高いとは言うが、昨日の俺の稼ぎから考えたら、普通に手が届く範囲だな。

よし、決めた。当面の目標は若い女の子の奴隷を買ってイチャイチャしながら、お金は冒険で稼いで静かに暮らすことにしよう！

「ふふふ……」

「ひっ！　ええっと、その……も、もう良いですか？」

「ご、ごめんなさい！　色々と考えてました」

「卑猥《ひわい》な事ですよね、分かります。新人冒険者は、同じような事を考えている方も多いみたいですし」

バレてる！　違うんだ！　俺はミリアちゃんともイチャイチャしたいんだ！　いや、違くなかった！

「あはは……ミリアちゃん。似てはいますが少し違いますよ。俺はのんびり自由気ままに暮らしたいので、奴隷のお嫁《よめ》さんでも貰って田舎でゆっくり暮らすのも良いかなーと考えていただけですよ」

「確かに奴隷を養子《ようし》にしたり、複数娶《めと》る方もいらっしゃいますが、貴方《あなた》はまだお若いじゃないですか」

若いって言われちゃった。でも、そうか。俺と同じ考えの人はやっぱり居……えっ⁉　複数……娶る？

「ええっと、ミリアちゃん？　複数娶るって、な、何ですか？」

「……えっと、この国では重婚《じゅうこん》も珍しくありませんので」

はい、きました。俺の時代がきました。これはもうハーレムを作るしかありません。これは神のお告げです。『自称』の付いた神ですが。

「な、なりゅほど。それは良い事を聞きました」

「……？」

首を傾げている可愛いミリアちゃんには分かるまい。この複数の嫁を持つという男のロマンを。

「ありがとうございました！　これで目標ができました」

「大体何を考えているのか予想できますが、それならば良かったです」

もう気にしない事にしよう。これ以上、緩みきった気持ち悪い顔を見せるわけにもいかない。

「ミリアちゃんは俺の救世主、女神です！　また何かあれば相談させてもらいますね！」

「ええー……まぁ、仕事なので良いですが」

露骨《ろこつ》に嫌そうな表情をされているが、もうこれは仕方の無いことなのだ。何度でも相談してやる！

ミリアちゃんに挨拶し、ギルドを出た。


宿屋へ戻って早々、腹が鳴って仕方が無いのでミーアに食堂へ案内してもらい、食事を運んでもらう。

何の肉か分からない焼き立ての脂が滴《したた》る謎肉ステーキ。スープはコンソメのような透き通った謎の出汁《だし》のあっさり味。サラダは様々な謎の菜っ葉に、謎スパイスのドレッシング。ライスは無いようで、固いパンだったが量が多かったので満腹だ。

食後に暫くゆっくりしていると、ミーアが空いている席に座り話し掛けてきた。

「食事はどうだった？」

「いやー、すっごく美味しかったです！　思っていた以上でした！」

「そうかい、そりゃ良かった。ところで、この街は初めてなのかい？　誰に紹介してもらったんだい？」

「はい。今日来たばかりです。ここは冒険者ギルドのミリアちゃんっていう可愛い子に紹介してもらいました」

「はっはっは、あの子が紹介とはそりゃまた珍しいな！」

どうやら、ミリアちゃんとミーアは知り合いらしい。金蔓《かねづる》として紹介された感じなのだろうか？　でもミリアちゃんは可愛いし、食事は本当に美味しかったし、気にしない事にする。

「あの子は私に似たのか、可愛いだろう？」

「いやー、嫁に欲しいくらい可愛いですよ。さっきもわざわざ顔を見に……え？　……私に似た？」

「ちょっと！　お母さん！　お客さんに絡《から》んじゃダメでしょ！」

ニヤニヤしているミーアの聞き捨てならないセリフに戸惑っていると、後ろから突然、聞いたことのある可愛い怒鳴り声が聞こえてきた。

「似てねぇぇぇ！」

ミリア

この二人が親子⁉　全然似てないじゃん！　それよりも、親の前で娘を嫁にとか言っちまった。

「ミリア。この人、お前が可愛いってよ？」

「はぁ……そういうのはいいです……」

「まぁ、良いじゃないか。お前も女なんだし、可愛いって言われて悪い気はしないだろう？」

「それはそうだけど。でも、その人は奴隷を買って、自分の欲望を満たしたい人のようですし」

ミリアちゃんが軽蔑《けいべつ》するような視線をこちらに向けてくる。そんな目をするのはやめて！

「あら、そうなのかい？　そんな人には見えなかったけど」

「そ、そそ、そうですよ！　俺は奴隷を嫁にして幸せな余生《よせい》を過ごせたら良いなぁって言っただけで！」

ミリアちゃんは溜息をつきながら再度こちらをチラっと見て、ミーアに話し掛ける。

「奴隷奴隷言ってる人が、その程度の欲で終わるとは思えないです」

「あら。だったらアタシもそうだって言うのかい？」

「もう……お母さんはそうやっていつも私をイジめるんだから！」

そんな親子の会話を聞きつつ、涙目になったミリアちゃんを見て疑問に思うことがあった。

「えっと、二人とも苗字違いますよね。それに種族も違うようですし」

二人とも、ものすごく驚いた顔をしている。俺また何かマズい事言っちゃっただろうか⁉

「何で苗字知ってるんだ（ですか）？」

「は⁉　いや、聞いたし！　街で！」

ミーアはしまった！　みたいな顔をして、ミリアはまたか……みたいな顔をしている。

「お母さんって言わせてるけどね、ミリアはアタシの奴隷なんだ。ところであんた、名前は？」

「タカシです。タカシ・ワタナベ。ここからは遠い……トーキョーという国から来ました」

ふむふむ、と顎《あご》に手を当てて何やら考えているミーア。

「周辺の大体の国は知ってるつもりだが、聞いたことの無い国だね。でも、そんな遠くからこの街まで来たんだ。それだけの力はあるんだろう？」

「いえいえ、偶然ですよ。運が良かっただけです！」

危ない。異世界から来たので距離は関係が無いとか言えない。

「そんな謙遜《けんそん》しなくても良いさ。ミリア、この人の実力はどうなんだい？」

「はぁ、まだ初日で、戦闘系の依頼などは受けられていないようなのであまりよく分かりませんが、とても新人とは思えません。初めての採取でベテランの方より薬草を持ってきました」

「だからツバを付けておこうと、ウチを紹介したってわけかい？　お前も隅に置けないねぇ」

まじですか。あれ多すぎたのか。もうちょっと加減しておけば良かったかな……。

「なっ⁉　ち、ちがいます！　そんなんじゃないですっ！」

俺が気になるのか！　頑張った甲斐《かい》があったな。うんうん、いいよ！　赤くなってるミリアちゃんも可愛いよ！

「ミリアもお前さんが気になるみたいだし、タカシ。パーティーにミリアを入れてあげ――」

「是非《ぜひ》！」

「ちょおっとぉ！　何勝手に決めてるんですか！　しかも何で即答なんですか！」

抗議しているミリアちゃんは無視。母親からのお願いだ。聞き入れないわけにはいかない。それに、俺の事を気にしてくれているらしい女の子を放っておく程、俺は枯れてないからな。

「あははは、即答とは！　あんたの事気に入ったよ！」

「私は気に入ってないんですけど！　欲望まみれの人と一緒なんて嫌です！」

やっぱり俺の事そういう風に見ていたのか。それにしてもギルドに居た時と性格が変わってないか？　これが素なのかね……。これはこれで可愛い。

「いいじゃないか。お前もいつまでもギルドに縛られてないで、好きに生きたらいい」

「でも……それじゃギルドの方が……お父さんとの約束……」

何かしんみりした感じになってきたぞ。ここは漢《おとこ》を見せておいた方が良いのかもしれない。

「幸せにします」

「はぁ⁉」

間違えただろうか。ミリアちゃんは目を大きく見開いて、手を握り締めプルプルしている。

それを見てミーアは腹を抱えて笑っている。

「あはははは、結婚するわけじゃないんだから、挨拶《いあつ》が違うだろう！　あはは、でも……」

一瞬にしてミーアの雰囲気が変わる。ヤバい。威圧だけで殺されそうだ。

「許可を出すまで、ミリアに手出したらただじゃおかないよ？」

「ぜ、ぜ、善処します……」

「ミリア、お前も良い歳なんだ。良い機会じゃないか。ギルドの方にはアタシから言っておいてやるから、好きに生きな。冒険者になりたかったんだろう？」

「それはそうだけど、私はお父さんと約束したから……」

「あの人はもう居ないんだ。もうその約束は無効。いつまでもそんなものに縛られる必要はないよ」

「でも……」

あの人とはミーアの旦那《だんな》さんの事だろう。もう居ないというのは、亡くなったのだろうか。

「あー、もう！　まだウダウダ言うようだったら奴隷の所有権をタカシに移すよ!?」

「えぇ!?　いや！　それはやめて！」

何、それ。何でそんなに嫌がられるの。俺何かした？

「だったら冒険者をやってみな。それでまた考えるといい」

「分かりました……」

お？　話がまとまったみたいだな。

「それじゃタカシ、明日からこの子の事よろしくな」

「はい！　お任せください。お義母《かあ》さん！」

「はぁ……もうやだ……」

そうしてミリアちゃんがパーティーに加わることになった。

今日はもうお開きということだったので部屋に戻り、今日の出来事が夢ではない事を祈りつつ眠ることにした。


翌朝。ノックの音で目が覚めた。

「おはようございます。朝食の準備ができているので、用意ができたら食堂に来てください」

「あ、あぁ、うん」

部屋は鍵を掛けていたはずだが？　と思いながらも、体を起こして入ってきた人物を見る。

「ひゃっ、ふ、服！　何で脱いでるんですかっ！」

入ってきたのは、どうやらミリアちゃんのようだ。

何で脱いでいるかって、別にパンツは穿《は》いているから全裸ではないし、そのくらい良いじゃないか。

「え？　ちゃんと穿いてるよ。ほら」

「ちょ！　うあっ！　いっ、いいです！　見せなくていいですから！」

パンツを見せようとしたら、そんな事を言いながらミリアちゃんは走っていった。恥ずかしがり屋さんめ。

逃げていったミリアちゃんを追う為、用意されていた桶の水で顔を洗い、服を着てから食堂へと向かう。

「おや、やっと来たかい。朝食の準備はできてるよ」

「おお、美味しそうですね。いただきます！」

席について手を合わせて食べようとしたが、視線を感じたので正面を見る。

「おい、ミリア。今日からギルドには行かなくて良いんだから、あんたも一緒に食べちまいな」

「そうだよ。これから末永《すえなが》く一緒に居ることになるんだから、親睦を深めていこうよミリアちゃん」

すっごい睨《にら》まれた。でもミーアには逆らえないのか、渋々《しぶしぶ》俺の正面の席に座ってくる。

「別に末永く一緒に居るつもりはないですが、少しの間は仲良くしてください」

「うんうん、それじゃ一緒に食べよう。いただきます！」

ミリアちゃんもいただきます、と言って食べ始める。

朝食は正に朝！　という感じのメニューだ。目玉焼きに燻製《くんせい》肉、サラダにスープにパン。

「やっぱり誰かと一緒に食べると美味しいね？」

「分かりません」

少しでも会話をしようと話し掛けるのだが、分かりません、知りません、そうですか、はい、というような簡素な返事しか返ってこない。

「そんなに俺の事嫌い？」

「べ、別にそんなんじゃないです。どうしたら良いか分からないだけです」

はい嫌いです、とか言われたら俺の心は粉々に砕け散っていただろう。じゃあ聞くなよとも思うが仕方が無い。

話が進まないし、何より仲良くなりたいのだから。

「仕事中とプライベートの顔どっちも見られてるから、どっちで接していいか戸惑ってんだよ」

「ちょっとお母さん⁉　分かってても言わないでよ」

「俺は仕事中のクールな姿も、プライベートのちょっと砕けた感じのミリアちゃんも好きだよ？」

顔を赤くして俯《うつむ》いてしまった。そうだなぁ、迷っているならプライベートの方にしてもらおうかな。

「おい、ミリア。お前の事好きだってよ？」

「もう！　知らない！」

ミーアにイジられて拗《す》ねたのか、ごちそうさま！　と言って食器を奥に持って行ってしまった。

俺も食べ終わったので、ミリアちゃん同様片付けようと食器をまとめているとミーアに止められた。俺は客だからやらなくて良いそうだ。そりゃそうか。

「今日も依頼を受けて街の外に行くんだろう？　あとからミリアを部屋に向かわせるからそれまでに準備をして待っていてくれ。それと昨日も言ったけれどね……パーティーはこちらから頼んだが、ミリアに手を出したらアタシには絶対に分かる。くれぐれも早まった事はするんじゃないよ？　いいね？」

「は、はい。もちろんですよ！　ごちそうさまでした！」

手を出したら分かる……どういう事だ？　奴隷ってそういうものなのか？　絶対というのだから何かあるのだろう。調べてみるか。

部屋へと戻り、奴隷について調べる方法と、今日の日程について考えることにする。

ミリアちゃんとパーティーを組んだばかりだし、まずは彼女を冒険者登録するところから始めるべきかな。

そうなるとギルドに行くことになる。だったらついでに、こっそり奴隷についても聞いてみようか。

あとはそうだな……装備はお金が無いし買えないから仕方が無い。ひとまず依頼を受けてお金を稼ごう。

そういうことを考えていたらドアをノックする音がした。どうやらミリアちゃんが来たようだ。

「開いてるよー」

ゆっくりとドアを開け、ドアノブを持ったまま何かを確認した後、部屋の中に入ってくるミリアちゃん。

警戒されているのだろうか？

「失礼します。今日はどうするんですか？」

「うん、今ね、それを考えてたところなんだよ」

今考えていた、奴隷の事以外をミリアちゃんに説明する。

「やっぱりギルドで依頼を受けてお金稼ぎかな？　ところで、ミリアちゃんって外で戦ったことある？」

「その……ミリアちゃんって言うの何とかなりませんか。もう子供じゃないので」

ミーアが、ミリアちゃんは良い歳だって言っていたし、どうやら『ちゃん』付けがお気に召《め》さなかったようだ。

これから一緒のパーティーなんだし、普通に呼ぶことにするか。

「じゃあ、ミリア。外で戦ったことある？」

「いきなりですね……まぁいいです。お父さんがギルドに勤めていて、ずっとお手伝いをしていたので、その流れで何度かはラビットと戦ったことがあります」

一応街の外での戦闘経験もあると……。

「俺はここに来たばかりだから、ミリアが居るだけで心強いよ。改めて、これからよろしくな！」

「はい」

お互いに挨拶も終わり、宿屋を出る前にミーアに挨拶をしようとカウンターに寄る。

「お、出発かい？　ギルドには言っておいたから、安心して冒険者になってくると良いよ」

「ありがとう、お母さん。それじゃあ行ってきます！」

「タカシ、ミリアを頼むよ」

「はい！　全力で守ります！」

宿屋を出てギルドへ向かう。

途中、ミリアからあんな言葉は誤解《ごかい》を生むからやめてくれと言われたが、無理と答えておいた。

そしてギルドに到着したのはいいが、中に入った瞬間、建物内が水を打ったかのように静まり返る。

「え、何これ。俺何かした？」

「な、何でしょうか。変ですね」

シーンとしているが、全員こちらをチラチラと見ている。何か言いたい事があるなら言ってよ！

何かヒソヒソと話しているのは分かるが、とりあえず周りを気にしながらも受付まで歩いて行く。

受付員はミリアが居なくなったからだろうか、全員がおじいさんとなっていた。

「ミリアちゃん、聞いたよ。恋人ができたんだって？　良かったねぇ。そっちの彼がその恋人かい？」

「……ええ⁉　ちがっ！　何で⁉　誰から聞いたんですか！」

「今朝《けさ》ミーアさんが訪ねてきてね。彼と旅に出るから、今日からギルドは手伝えないって言ってたよ」

どうやらお義母さんがナイスアシストをしたようだ。これはもうチャンスを活かすしかない！

「ウチのミリアが今までお世話になりました」

「ちょっ⁉　ドサクサに紛れて何言ってるんですか！」

「これはこれはご丁寧《ていねい》に。優しそうな彼で良かったねぇ。ミリアちゃん」

「ちが、ちがうんです！　彼は！」

おじいさんも納得のご様子。ここはテンパっているミリアは放置して話を先に進めよう。

「そういう訳で、ミリアを冒険者登録したいんですが」

「はいはい、そういう事ね。じゃあミリアちゃん、カードを貸してね？」

「あ、はい。じゃなくて！　いや、ちょっと！　違います！　何ですか、恋人って！」

そう言いつつもカードを出すミリア。テンパっているものの、素直なのは良い事だ。

「はい、確かに。ついでにパーティーの登録もしておきましょうか？」

「そうですね。お願いします」

「じゃあ、彼氏さんのカードもお願いしますね」

パーティー登録にはメンバーのカードも必要なのか？　今度ミリアに他の方法がないか聞いてみよう。

「はい。確かに。じゃあ、少し待っててね」

「ちょっと！　話はまだ！」

おじいさんはミリアの話を、はいはい分かってるからという風に手を振り、奥へと歩いて行った。

おじいさんを見送っていると、ミリアが抗議してくる。

「ねぇ！　何なんですか！　訂正してくださいよ！　何か私一人が騒いでるみたいじゃないですか！」

「え？　別に訂正するところ無くない？　ミーアさんが仕組んだことだし、ここは話を合わせないと」

ミリアは口をパクパクさせた後、顔を真っ赤にして、あーもう！　と両手で顔を覆《おお》ってしまった。可愛い。

「はい、お待たせ。これから二人で頑張るんだよ？　職員皆応援してるからねぇ」

「はい、頑張ります！」

ミリアはまだ真っ赤になった顔を両手で覆い、もうやだ……と言っているので、代わりに答えておく。

顔を覆っている左手の甲に、返してもらったミリアのカードを当てると、そのままスーっと消えていった。渡そうとしただけなのに、こんな事もできるのか。このシステムは相変わらず便利だな。

ついでに依頼を受けると言ったものの、採取以外は何を受ければ良いのか分からない。ミリアに話を聞こうにも絶賛顔面防御中だ。相談したいんだがなぁ……。

「ねぇミリア。何を受けたら良いと思う?」

「何でも受けたら良いじゃないですか!」

「もう許してよ。ほら、ね?」

頭をナデナデしてあげると、ミリアは顔面防御を解除し、赤い顔のままこちらを睨んでくる。

そこで今まで傍観《ぼうかん》を決め込んでいた、冒険者数人がこちらに向かってきた。

「おい! お前! 俺らのミリアちゃんに何してくれてんだ!」

「何でお前なんだよ!」

何かよく分からないが、冒険者が難癖《なんくせ》を付けてきた。どうやら俺とミリアがイチャイチャしていたのが気に食わない様子だ。俺らのって何だよ。ファンクラブか何かか?

「えっと、ウチのミリアとはどういうご関係ですか?」

「ちょっと! ウチのって何ですか! これ以上誤解を招くような事言わないでくださいよ!」

怒鳴っているミリアを見たこと無いのだろうか。絡んできたくせに逆に戸惑っているぞ、こいつら。

「お前こそ、どういう関係なんだよ!」

「そうだ! お前見かけ無い顔だけど、どこの誰なんだよ!」

ファンクラブか親衛隊か知らんが、ミリアに好意があるのは確かだろう。変な虫が付くのはお義母さんに申し訳がないから、ここはガツンと言うべきだろうな。

「将来を共にする関係ですが？」

パーティーで、だけどね。

「なっ！　そんなわけねーだろ！　ミリアちゃんにそんな奴ができるはずがないだろ！」

「できるはずがないってどういうことですか！　私だって、いつかはそんな人くらいできますよ！」

キレるところはそこじゃないし、こいつらは俺に言っているのだが、男達の言葉が癇《かん》に障《さわ》ったのだろう。俺が言い返す前に何故かミリアが言い返してしまった。これは面白い展開になりそうだ。

「なっ⁉　そ、そんな……」

「話は本当だったのかよ……」

絡んできたファンクラブ会員（仮）共はフラフラになりながら後ずさり、その場を後にする。

そんな彼らを見て、周りに居た奴らのヒソヒソ声も次第に大きくなる。

職員はおっさんとじいさんばかり。その中に小さくて可愛い子が居れば、惚《ほ》れるのは仕方が無いよな。うん。俺だってそうだったし。

何か次第に殺気立ってきた。俺の悪口ばかり聞こえるし、今にも数人がこちらに来そうだ。また絡まれると面倒なので、詳細は見ずに依頼を受領し、ミリアの手首を掴んで足早にギルドを出る。

背後から、逃げたぞ！　とか、殺《や》っちまえ！　とか聞こえる。物騒《ぶっそう》だな、おい。

「あ、あの。あなたは何でそんなに嫌われてるんですか⁉」

ミリアが手を引かれるまま静かに付いてきているなと思っていたら、そんな事を考えていたらしい。

「はぁ、誰のせいだと……。大げさかもしれないけど、あの状況でミリアが『そんな人くらいできます！』なんて言っちゃったら、この人が私の結婚相手ですって言ってるようなものだよ？」

「そんなわけ……な……」

ミリアの顔が真っ青になり、赤くなり、更に青くなる。そしてふっと力が抜けるのが分かった。

どうやら状況を把握し、頭がショートしたらしい。倒れそうになったので後ろから支える。

その時、偶然、本当に偶然、後ろから回した手がミリアの胸を覆う形になってしまった。

小さいな。というか、無いな。

「おっと、ダイジョウブ？」

「あぅぅぅ……」

胸を揉《も》んでいる手に気が付かないくらいショックだったらしい。今日はもう無理だろうか。でも、依頼を全部受けちゃったしなぁ。ひとまず森の近くまで移動して落ち着くのを待とう。

「ミリア、ほら、おいで」

ミリアの前で腰を下ろしおんぶの態勢《たいせい》を取ると、ぽふっと背中に体を預けてくる。

もう恥ずかしいと思う余裕すら無いようだ。何この子、軽い。そしてお尻が柔らかい。

「ひとまず移動するよ。森まで行くから休んでおいて」

「……」

気を失ってしまったミリアをおんぶして、そのまま門を抜けようとするがそうはいかない。奴だ。

「おい！」

「ちょっ！　静かにしてください！　この子寝てるんですから」

「俺の目の前でそんな小さな子を攫《さら》って街から出ようとは良い度胸だな！　そこに直れ！」

カッシュは、どうやら俺が誘拐《ゆうかい》をしているように見えるらしい。昨日の今日だ。確かにおんぶを許すような、こんな小さい子が知り合いに居るとは思わないのだろう。しかも意識が無いし……。

「ち、違いますよ！　宿屋さんのところの子ですよ！　この子のお義母さん――ミーアさんから頼まれて、今日から二人でパーティーを組んでるんですよ！」

「そんなウソが通ると思っているのか！」

昨日はあんなに良くしてくれたのに。何で信じてくれないかなぁ……。

「俺がカッシュさんにウソ吐くわけないでしょ！　信じてくださいよ。ミーアさんに聞けば分かりますし」

カッシュは驚いた顔で、そ、そうか……と言っている。確認を取れば分かることだ。

思わず名前を言ってしまったが、カッシュの名前は昨日の内に調べて知っていたことにすれば良いか。

「分かった、信じよう。但しお前を疑《うたが》うわけではないが、その、か、確認はしておくからな！」

「それを疑っているって言うんですが仕方が無いです……。それより聞きたい事があるんですが」

「誤魔化そうとしているのか？　まぁいい。何だ？」

ミリアの意識は無いし、奴隷の事について少しでも情報を得ておこう。

「あの、奴隷って手を出すと……いえ、えっと、処女かどうか分かったりするんですか？」

「むぅ、何だ突然。何故そんな事を聞く。何かやましい事でもしようとしているのか⁉」

「違います！　えっと、路地裏で、手を出す出さないって話をしていた人達が――」

「本当かっ⁉」

「ちょ、最後まで聞いてください。大丈夫です。それで、手を出したら主人に分かるからやめておこうって解散してましたから、ほら、落ち着いてください」

「驚かすな！　そうか、未遂《みすい》か。ならば良かった。だが、そやつらの特徴を教えろ。調べておく」

「えっと……ふ、フードを被ってて分かりませんでした。灰色のフードです、はい」

「ぬぅ……ならば仕方が無いか。報告だけでもしておこう」

危ない……。何とか誤魔化せそうだ。

「それで、その主人には分かるって、どういうことなんですか？　俺は奴隷を持ったことがないので……」

「あぁ、奴隷紋《もん》にはな、せ、せ、性、行為の経験が、あ、あるかどうか記載があるのだ」

「そうなんですか。勉強になりました。ちなみに、どんな記載なんですか？」

「男なら童貞、女なら処女と……って何を言わせるんだ、お前は！」

「あぁ、ありがとうございました。それではもう行きますね！　夕方頃には戻りますので！」

「おい！　逃げるな！」

欲しい情報は得たので、怒鳴っているカッシュを尻目に早々に門から離れる。

俺はミリアのお尻を堪能する為……じゃなかった。ひとまずはモンスターの出なさそうな道を選びゆっくり歩きながら、クエストの確認をしよう。

それにしても小さいお尻なのに柔らかいな。おんぶしているから触り放題だ。

「ミリア、起きてる？　大丈夫か？」

「……」

スカートの上から支えると滑り落ちる可能性があるので、スカートの中に手を入れて、直《じか》にお尻を支えてあげることにした。と言っても下着があるのであまり変わらないが……他意は無いぞ。

そうやってお尻を撫でていると、お尻とは違う柔らかさのところに強めに指が当たってしまった。

——ビクンッ！

俺もミリアも二人して体が反応してしまう。

そうだよな。お尻を揉んでいるわけだからその周辺も触ることができるわけだよな。

そう思ってしまったらもう止められなかった。

下着の中に指を侵入させ、柔らかいプニプニの筋に合わせ、指を這《は》わせる。

掌《てのひら》でお尻を左右に広げ、割れ目に沿って柔らかい部分を重点的に指先で弄《もてあそ》ぶ。

「んぅ……ふ、ぅ……」

今のミリアはスカートを捲《まく》り上げられお尻が丸出しで、後ろから見られたら大変な状況だ。なので周囲を警戒しつつ移動しながら指先で堪能する。湿ってきた水気を指に絡め、更に突起《とっき》を指先でイジる。

「んっ……ぅ……」

――チョロ……

何か今一瞬温かい物が出てきたような……。

――チョロチョロ……

うお、やっぱり！　ちょ、ちょっと、おい。待て！　まだだ！

スカートを更に捲り上げ、下着をグッと横にずらし、濡《ぬ》れないように体勢を整える。

――ショアァ……

あまり勢いが無く量もそこまでない。それにしても陰部を刺激したとはいえ、失神してお漏らし……これは素晴らしい逸材《いつざい》を見つけたかもしれないな。今後を考えただけでも楽しみだ。

ゆっくりと、ミリアが起きないように下ろし、濡れてしまった上着を脱ぐ。

ミリアにも少し跳ねてしまっていたようなので、舐め取っ……上着の袖で拭いておく。

あぁ、この上気《じょうき》した幸せそうな顔……堪らないな。

掃除も終わり、今度はミリアをお姫様抱っこして、再び移動を開始する。

森に向けて歩いていると、ちょっとした丘を発見した。ミリアに膝枕して寝かせておく。

ミリアはまだ目が覚めないので、頭をナデナデしつつ依頼の確認を行っておこう。

▼ＱＳＴ：Ｅ薬草の採取（報酬：１０銅／一枚）残り二十二時間
　Ｅラビットの討伐（報酬：１銀／一匹）残り二十二時間
　Ｅボアの討伐（報酬：２銀／一匹）残り二十二時間
　Ｄハードウルフの討伐（報酬：４銀／一匹）残り二十二時間
　Ｄ鉄鉱石の採取（報酬：４０銅／一個）残り二十二時間

あれ？　俺の冒険者ランクはＥのはずだけれど、Ｄの依頼も受けられるのか。

それよりも、鉄鉱石とか森にあるわけがないだろ！　ここから見える山は遠いし、マズいな……。

　報酬の単位が一個だから一つでも入手できればクリアになるのだろうか？　とりあえずは薬草採取のついでにマップの緑点を何ヶ所か巡ってみて探してみよう。問題なのは猪と狼か。ステータス的に今の俺で倒せるかどうか心配だが、やれるところまでやってみるか……ダメなら逃げよう。

　色々と考えてみて、どれも何とかなりそうだが、問題はミリアとどうやって連携を取るか、だな。ミリアの実力が分からないと、こればかりはどうしようもない。ミリアのステータスってどんなんだろう？　村人だったみたいだし、冒険者でアンノウンな俺よりもステータスが高い事はないよな？

　頭を撫でるのをやめて、ミリアの寝顔を覗き込むと視界にステータスが表示された。

▼ミリア・ウェール　冒険者01（なし）　ランクＥ
▼ＨＰ：１２４（２４＋１００）　ＭＰ：２４（２４＋０）
▼ＡＴＫ：１２（１２＋０）　ＭＡＧ：１２（１２＋０）
▼ＤＥＦ：１６（１２＋４）　ＡＧＩ：１２（１２＋０）
▼ＳＴＲ：２　ＶＩＴ：２　ＩＮＴ：２　ＤＥＸ：２　ＣＨＡ：２
▼ＪＯＢ：冒険者01（なし）　魔術士01　村人02　商人01　奴隷01

▼SKL：体力上昇小
▼EQP：布の服　布の靴
▼INV：銀貨4　銅貨6
あれ？　そういえばミーアさんからミリアは奴隷って聞いていたけれど、初めて会った時は村人だったよな？

ジョブって付け替えることができるのか？　でもそれだったら、サブに何も入れないはずはないよな。

あと気になるのは、魔術士か。いいなぁ魔術。どうせならサブに入れて育てると良いのに……。
▼ミリア・ウェール　冒険者01（魔術士01）　ランクE
そう考えながらステータスを見ていると、ミリアのジョブ情報が更新された。

は⁉　まじで⁉　え⁉　何だこれ⁉　俺でも操作できるの⁉　すっげぇ。人の体イジるようなものだよなこれ。

でも、魔術士なのにスキルに魔術が無いってどういうことだよ。サブだからいけないのか？　魔術士がメイン
だったら魔術も使えるとか……？

サブを付け替えられるなら、メインだって付け替えられるだろうか。ちょっとやってみようか。

メインとサブのジョブよ、入れ替われっ！
▼JOB：魔術士01（冒険者01）　村人02　商人01　奴隷01
▼SKL：体力上昇小　魔力上昇小　初級魔術
おぉ、できちゃったよ……やっぱり俺でもできるのか。それにしても、いいなぁ魔術！

というか、気になったんだけど、何でミリアが魔術士のジョブを持っているんだ？　魔術を使ったことがある
のか？　耳の形が少し違うと思っていたけれど、魔術が使える種族なのだろうか。

奴隷になった経緯もあるだろうから聞き辛いけれど、それとなく聞いてみるかな……。

魔術が使えるのならば、俺が前衛で、後衛はミリアに任せるっていうこともできる。

ただここが、魔術を日常的に使用していてジョブの入れ替えも当たり前にできる世界であれば良いが、レアなケースである可能性もある。今はこの能力を使わない方が良いな。

ひとまず冒険者に戻して、ミリアと相談してから考えよう。

そんな事を考えながら、ミリアの頭を撫でていると、身動きし始めた。

「んぅ……え？　わぁあぁ⁉」

ガバっと上半身を起こしたと思ったら、そのまま丘からゴロゴロと転がっていく。

「いったた……」

「大丈夫か？　さっきまでの事覚えてる？」

何か体をペタペタ触っているけれど、何だよその態度。俺に何かされたとでも思ってるのか⁉　……まぁ、してなくはないけど。いや、思いっきりしましたけれども。

「な、な、何もしてないです、よね⁉」

「寝てる女の子にアレコレしないさ、普通。っていうか俺ってそんなに信用無いんだね……悲しいよ」

俺は普通じゃないから、するのです。

「あっ、いや、ちがくて！」

「もういいよ。ミリアに信用してもらえてないのは分かったから」

「だって、あんな事言って、気を失って、気付いたら膝枕で、うぅ……」

あ、ヤバい。イジめすぎたか？　泣きそうな顔だ……。

「ウソウソ！　ミリアが可愛すぎるから、イジめたくなっただけだから！　ね⁉」

「か、かわっ！」

泣きそうだと思ったら今度は赤くなって、忙しい子だな。最初に会った頃のクールさが微塵《みじん》もない程のポンコツ具合だ。それが可愛いから良いんだけれども。

「それよりも、色々と聞きたい事があるんだよ」

「何なんですか。また私をからかって遊ぶんですかっ⁉」

ちょいちょいと手招きをして膝の上をポンポンと叩き、ここに座りなさいというジェスチャーをするけれども、当然それは無視されて隣に座られる。俺の膝には座ってくれないらしい……悲しい。

じゃなくて、ステータスとかジョブの話だった。

「えっと、ジョブとかスキル、それにステータスについて知りたいんだけど」

「聞きたい事があるなら、ふざけないでちゃんと聞いてください」

怒られた。またあのお尻を味わいたかったんだけど仕方が無い。また今度だ。

「ジョブってどのくらいあるの？　どうやって変えることができるの？」

「そんな事も知らないんですか？」

あ、これ地雷踏んだかも。元の世界でいう幼稚園児でも知ってるような事だったらマズいな。記憶喪失ということにでもして誤魔化そう。

「少し前に色々あってね。記憶というか……そういう知識が一切無いんだよ……」

「そ、そうなんですか……ご、ごめんなさい……」

異世界人だからこの世界の知識が無いのは嘘ではない。でも何か良い方に勘違いしてくれたみたいだ。

「いや、いいんだ。そんな訳で、誰でも知っているような世界の常識でも、俺には分からない事ばかりなんだ。だからミリアには色々と教えて欲しい。面倒や苦労を掛けるかもしれないけど、よろしく頼むよ」

「そういうことでしたら、何でも聞いてください」

何とかなったな。でも、同情されているような目で見られている。そんな顔をされると嘘を吐いたみたいで申し訳ない気分になるけれど、今はこのままにしておこう。

「えっと、ではまずはジョブからでしたね」

「はい。お願いします。ミリア先生！」

先生という言葉に気分を良くしたのか、無い胸を張って説明してくれる。チョロい。悪い大人に騙されないよう俺が守ってあげないとな！

そう考えながらミリアの説明を聞く。まとめるとこういうことらしい。

ジョブには下位と上位が存在し、人は生まれてすぐ、または特定ジョブが無い場合は必ず村人になるそうだ。

稀《まれ》に複数のジョブに就くことができる人も居るそうだが、大抵は一つのジョブで生涯を終えるらしい。

そして冒険者や商人などの下位ジョブには一定の条件を満たすと村人から自動で変更され、下位ジョブで経験を得て、且《か》つ一定の条件を満たさないと上位ジョブに就くことができないらしい。それ以外にジョブを強制的に変更するには、教皇《きょうこう》という人の『神の加護《かご》』という特殊スキルを使わないと変更することができないらしい。

それを使ってもらうには、教会にお布施《ふせ》が必要で、実質金持ちしか受けられないとの事。しかも、必ず変更ができるとも限らないそうだ……。

なるほど。強制的に変更できるが、変える為のジョブを得ていない事には変えるものも変えられないということだろうな。じゃあアンノウンの『神手』というスキルが『神の加護』と同じスキル扱いなのだろうか？

まだ情報が少なすぎるな……。何故か教皇と同じことができるとだけ考えておこう。ただ、これで安易にジョブの変更は行えない。それが分かっただけでも良しとしておくか。

色々考察していると、ミリアが続けてスキルの説明を始めた。スキルに関しては思っていた通りだ。

ジョブに合ったスキルを覚え、レベルを上げると使えるスキルが増える。中には常に効果があるモノと、都度《つど》使用しないといけないモノがあり、その威力は自身の資質に依存する、と。

そして、スキルを使用するには生命力を使うモノと、精神力を使うモノがあるとの事。

生命力というのはHPで、精神力というのはMPの事だろうな。そして、自身の資質依存というのは、ステータス依存ってことだろう。そこで、気になっていたミリアの魔術の事をついでに聞いてみる。

「ミリアは魔術を使えないの？」

「えっと、その……」

すごく悲しそうな顔をしている。何かあるみたいだな。

「ごめん、言い辛そうだね。別に大丈夫だよ。まだ時間は沢山あるからね！」

「うぅ、ありがとうございます」

「そういえば、ギルドを出る時は急いでいたから、収集と討伐の依頼を中身を見ずに受けてきちゃったんだけどさ、猪や狼が居るところって知ってる？」

マップを見れば分かるけれど、マップが俺しか使えない可能性があるからな。念の為聞いておこう……。

「えぇ!?　何でそんな事しちゃったんですか！　しかもよりによってウルフなんて……」

やはり上のランクの依頼を受けたのはマズかったのだろうか。でも受けてしまったし、仕方が無い。

「ヤバかったら逃げれば良いし、大丈夫じゃない？」

「ウルフは賢いので、群《む》れて行動するんです！　だから囲まれると逃げることなんてできませんよ！」

「そうか……でも受けちゃったし、違約金なんて払えないから、何とかしないと」

「無理です！　私なんかすぐ食べられちゃいます！」

そんなにヤバいのか。元の世界じゃ狼なんて見たことがないしなぁ。でも大型犬の群れだと考えれば……うん、無理だな。間違い無く噛み殺される。

「まだ死にたくないです！　お母さんにお金を貸してもらって違約金を払いましょう！　ね？」

「でもなぁ……」

「まだ私達には無理ですし！　それに夜にならないと人前には出てこないので、今ならまだ大丈夫です！」

「ちなみにどのくらい強いの？　ランクDだし、そんなに強くないよね？」

「ランクEとDでは全然違います！　ウルフ自体はそんなに強い力を持ってませんが、群れているのでランクEの冒険者がフルパーティーで、しかも二組ほどで討伐に向かうくらいです！」

そんなに違うのか……狼恐るべし。でもさっきミリアのステータスを見て思ったけれど、俺ってばアンノウンの基本値のお陰でレベル1の冒険者の十倍ほどの能力があるんだよな。

「ちなみに二組でパーティーを組んで討伐に向かう場合、平均的なレベルってどのくらいなの？」

「3とか4です」

レベル4の冒険者だと、増えたポイントを全てSTRに振ったところで50いかないよな……。俺、素手でそれの倍以上の攻撃力があるんだけれども。

「ふむ。それでさ、ストレングスやバイタリティとかってどうやって振るの？」

「すとれん……？　え？　何ですか、それ？　振る？　何をですか？」

あれ……？　ミリアが首を傾げている。知らないようだ。言い方がまずかったのだろうか。

「えっと、レベル上昇と共に実力が付くわけじゃん？　力が上がったり魔力が上がったりさ。それってどうやって分かるの？」

「それは本人が、力が強くなったとか、使う魔術が強くなって初めて気が付くものじゃないんですか？」

質問に質問で返されてしまった。本当に分からないようだ。そもそも、ポイントを割り振るということ自体が世間では知られていないのだろうか？

「じゃあさ、力とか魔力ってどうやって上げるの？」

「今自分で言ったじゃないですか。実力を付けるって。実戦を重ねたり修行をしたりでは？」

確信した。ポイントという概念が無いようだ。

じゃあ俺に見えているこの基本値と、明らかに余っているであろうポイントはどうすれば良いんだ。自分で割り振ることができれば良いんだけど、できそうにないし。

実践や修行を行うと、その内容如何《いかん》によって勝手に割り振られるとか、そういうことなのだろうか……？ それはそれで勿体無いな。折角長所を伸ばす機会なのに……ひとまずはポイントの事は保留だ。レベルが上がる度にポイントが勝手に割り振られていないか確認をする程度にしておこう。

「そうだよな。そろそろお昼になっちゃうから、まずは薬草収集と鉄鉱石の収集、兎と猪の討伐を終わらせようか！」

「よく分かりませんでしたが了解です。でもウルフは嫌ですからね！」

ある程度知識が増えたので、話を切り上げて森に入っていくことにした。


ひたすら薬草を見つけてはインベントリに入れ、見つけた兎を狩っていく。

「何でそんなに薬草の生えている位置が分かるんですか？」

「勘だよ、勘」

誤魔化しながら、緑点を目印に森の先へ進んでいると前方に茶色い生物が現れる。これが猪か。

「猪です！　突進してくるので気を付けてください！」

ミリアが忠告をしてくれた時にはもう、猪は走ってきていた。

意外に速いな。あぁ、この方向だとミリアにぶつかるなぁ。

……なんて呑気にしている場合じゃなかった！　ミリアを守る為、素早く猪との間に出る。

――ガシィ！

ひとまず正面から猪の牙を受け止める。

そのままダガーで眉間を刺すと、ズシンと血を流しながら猪が倒れた。どうやら一撃で倒せたようだ。

「なっ！　正面から受け止めるなんて！　突き飛ばされたらどうするつもりだったんですか！」

「だって、あいつミリアを狙ってたじゃん。ミリアに傷なんて付けられたら嫌だもん」

お、また赤くなった。照れてるな。しかも守られたこともあり何も言えないって顔だ。

「で、でも！　もう！　あぁぁーっ！」

地団駄《じだんだ》を踏んで照れを隠すプラス、説教したいけれども守ってもらった手前それもできないって感じだ。うん、だんだんミリアの事が分かってきたぞ。

「ミリア」

「も、もう！　何ですかっ！」

「照れてるミリアも可愛いよ」

真っ赤になって口をパクパクさせている。あと一押しか。

ここで頭を撫でたりなんかしたら頭がショートするだろうし、今は悪戯ができる状況ではない。

そんなミリアを観察しながら、自身のＨＰを確認すると1すら減っていなかった。

あれは受け止めただけだからダメージが無いのか？　それとも俺の防御力が高いのか……。

考えても良く分からなかったので猪をインベントリに収めようとしたら、近くで獣の咆哮《ほうこう》が聞こえた。

――ヲォォォオォオォォォォン！

「あれって、もしかして……」

「あ、あぁ、に、逃げましょう！」

俺のジャージの裾を摘まんでそんな事を言っているミリアの顔からは、血の気が引いている。

もしかして猪の血の匂いに寄ってきたのか？　倒してすぐインベントリに入れておけば良かった。

マップを見ると、このまま走れば森から出られそうなので、ひとまずミリアを抱えて走り出すことにした。

「ちょっと！　自分で走れます、走れますから！」

「いや、この方が速いから、少しだけ我慢してね」

本当はお姫様抱っこをしようと思ったけれど、ダガーを抜き身で持っていたので仕方が無く、ミリアを小脇に抱え、マップを見ながら森の外へと全力で走り出す。

しかしいつの間にか正面に回り込まれていたようで、一匹が飛び掛かってきた。

「きゃ、きゃぁああっ」

「よっと！」

左に避け、持っていたダガーで狼の体の側面を勢いよく斬り裂く。

しかし正面には別の二匹が待機しており、そのまま同時に飛び掛かってきた。くるっとステップを踏んで一匹を背中で受け止め、さっきと同じようにもう一匹の側面を斬り裂く。

そのまま回転して、背中の一匹も斬り裂く。

背中で受け止めた際、左肩に噛みつかれたがちょっと痛い程度だ。この程度の痛みならまだ大丈夫だろうが、念の為ＨＰを確認すると、３４０の内、２０程減っていた。

一発大きいのを貰って２０程度。俺で２０だから、防御力が俺の四割も無いミリアが貰ったら瀕死だな。もしかしたら即死かもしれない。それはマズい……逃げよう！

そう結論付け、すぐに走り出そうとしたが、更に前から二匹、後ろに二匹、左に二匹出てきた。

仕方が無いので、方向を変えて右方向へと走り出す。

暫く走ると、一本の大きな木がある広場に出た。走っている間に襲ってこなかったのはここに追い込むのが目的だったのだろう。さすが、集団で狩りを行う生き物だ。賢いな……。

ミリアを木の傍に下ろし、狼共の正面に向き直る。

「ど、どうしましょう……あ！　肩！　肩から血が！」

「ああ、これは大丈夫だよ。それよりミリア、怪我は無い？」

「私は大丈夫です。何もしていないので……それより！」

「それなら良かった。ちょっと戦うから、そこから動かないでね」

しまったなぁ。ミリアに武器を持たせるか、または魔術を覚えさせておくべきだった。

俺はステータスが高いお陰で相手の動きを全て目で追えるけれど、俺だけでミリアを守り通せるか分からない。

仲間三匹が一撃で倒されたことに警戒しているのか狼が足を止めた。再度数えてみると七匹に増えていて、一匹だけ色が黒くて一回り大きな狼が居る。あいつがリーダーだろうか？　強いだろうな……。

あいつを倒したら、他の奴らは逃げだしてくれ——ないだろうな。

それよりも、全部で十四匹も居たのか。一斉に襲い掛かってこられていたら危なかったな。

今は背後に木があるので正面に集中できる。だが、時間を掛けてしまうとその分ミリアが危ない。

そう判断して、狼共に走り寄る。それに反応して、狼が正面に三匹、左に二匹、右に二匹に分かれる。

なるほど。先程からチラチラとミリアを見ているようだし、俺が正面に行ったら左右から、右に行ったら左から、左に行ったら右からミリアを襲うって感じか……。本当に賢いなこいつら……。

仕方が無い。肉を切らせて骨を断つ、だ。まとめて相手してやる！

そう思い一気に中央へ詰め寄る。すると、正面の三匹はそのままで左右の四匹が襲ってきた。

四匹が飛びかかって来たところで、バックステップで避け左の一匹、フェイントを入れて更に右の一匹を斬る。

そのまま残り二匹にはどうぞと言わんばかりに、こちらから左手と左足を差し出して噛ませる。

――ガアッ！　ガアァア！

よし、上手い具合に噛みついてきてくれた！

そのまま左手と左足に噛みついている二匹の首にそれぞれダガーを突き刺して倒す。

HPを確認すると100程減っている。おいおい、さっきよりダメージが大きいじゃないか！

攻撃される部位でダメージが違うのか？　それとも疲労度が関係している？　まぁいい。残り三匹だ。

狼を見るとじりじりと左右に一匹ずつ移動している。相変わらず囲もうとするのか。厄介な……。

少し距離がある。これ以上離れるとミリアに矛先が向く可能性があるので、破れているジャージを脱いで左手に巻き付けながらミリアの居場所まで走れば間に合う位置まで下がる。

俺が下がった事を怖気《おじけ》づいたと勘違いしたのか、狼が一斉に襲い掛かってきた。

狼共の動きは目で追えるので素早く正面に走り出し、左の狼の口の中にジャージを巻き付けた左手を差し込み、まずは一番厄介そうな正面の一回り大きなリーダーらしき狼をダガーで斬り付け倒す。

そして左手に噛みついている狼を刺し、最後に右足に噛み付いていた狼にトドメを刺した。

ふう……何とかなったな……。HPは更に20程減っていたが、まだ大丈夫だ。

追加の狼が居ない事を確認し、安心してその場に座り込むとミリアが泣き叫びながら飛びついてきた。

「わあぁぁぁん！　よかっだぁぁ！　わだ、し、私！」

飛びついてきたミリアを左手で抱き寄せ、背中をポンポンとしながら落ち着かせる。

「大丈夫、大丈夫だから。な？」

「でもぉ！　わあぁん！　こ、こわ、がったよぉぉ！」

ひとしきり泣いた後、落ち着いてきたのが分かったので、その場でくるっと回転させ俺の膝の上に乗せ、頭を撫でる。

「怖かった、です。見てることしか……。タカシさんが食べられてしまったらどうしようって……」

「ちゃんと戦えてたでしょ？　大丈夫だよ。俺もミリアも生きてるから」

ミリアはまだ震えている。よほど怖かったのだろう、また泣き出しそうだ。

「そうじゃない！　そうじゃないんです！　タカシさんが傷付いていくのに……何もできなかった」

「惚れた？」

ビクっとした後、俯いてしまった。

「な、何言ってっ！　ち、違います！　格好は……良かったですけど、ほ、惚れてなんてないです！」

惚れてないかぁー。でもこれはかなりミリアポイントを稼いだイベントではあったな。好感触だ。

「ただ、私にもっと力があればって思いました」

「まだ駆け出しなんだから、今は仕方が無いよ。これから頑張ろうな？」

落ち着いたミリアが俺から離れ、スっと立ち上がる。まだ堪能していたかったのに！

「でも、ありがとうございました」

「お礼のキスは？」

「ないです！」

「命を掛けて守ったんだけどなぁ？」

「う、うぅぅ……」

「冗談だよ、冗談。さぁ、行こうか！」

俯きながら泣きそうに唸っているミリアの頭を一撫でした後、狼を回収していく。

それからマップを頼りに狼と遭遇した地点まで戻り、残りの狼と猪を回収し森を出る。

道中何度か兎と遭遇したけれど、ミリアは何かが吹っ切れたのか俺からダガーを強奪し「私が殺ります！」と言って兎と戯れていた。


街に到着。案の定カッシュに絡まれた。

「おい！　どうしたんだ、その傷！」

「ミリアに悪戯しようとしたら、返り討ちに遭いまして」

ミリアは自分の名前が出るとは思っていなかったのだろう。きょとんとしている。

「ほんとか!?　何かされたのか!?」

「え!?　えぇっ!?　私!?」

「すみません、ちょっと死にそうなくらい疲れているので通してもらいますね」

「おい！　本当なのか！」

「ちが！　違います！　私、そんなつもりじゃ！」

何故か信じているカッシュにいきなり話を振られて、ミリアは戸惑っているようだ。

そんな二人を見ながら、街の中に入っていく。ちょうどギルドに着いた頃、やっとミリアがカッシュを振り切ってきた。

「ちょっと、酷いじゃないですか！　何ですか、私のせいかもしれませんけど、違うでしょ！」

「セクハラは今度してあげるから。それより今日のお給料だよ」

ミリアに「もう！　何なんですか！」と背中をポカポカ叩かれながらギルドの中に入る。

また……。そういえば忘れてた。

俺らがギルドの扉を開けた瞬間静かになり、舌打ちが聞こえる。ミリアも今朝の事を思い出したのか、俯いてしまった。仕方が無いのでミリアの手を引いて今朝担当してくれたおじいさんの所へ向かう。

「おや、お帰りなさい。それにしてもボロボロだねぇ。大丈夫かい？」

「はい。今朝みたいにミリアとイチャイチャしていたら、プレイがエスカレートしちゃって。ははは！」

皆に聞こえるよう大きな声で言ったら、ミリアに横腹をつねられた。痛い！　狼の攻撃より痛い！

「え、えっと、それより素材の精算をお願いします」

「はいはい。では、こちらにどうぞ」

おじいさんがトレイを出してきたのでそこに入手した素材を乗せていく。

全て出し終えると、おじいさんが驚いた声を上げた。

「えっと、これ二人でやったのかい⁉」

「そうですよ？　何か問題ありました？」

「これ、ユニークのブラックウルフじゃないか！　二人だけでこんな危険な討伐を行うなんて！」

一匹黒くて大きな個体が居たから、そいつだろうな。

「本当、命があっただけでも良かったよ。ミリアちゃん、怪我とかは無いかい⁉」

「はい。私は傷一つ無いです。ずっと守られていたので……」

「え⁉　じゃあこれ全部彼氏さんが一人でやったっていうのかい⁉」

「はい。彼氏じゃないですが、私は守られてばかりで……最後まで何もできませんでした……」

おじいさんは右手で顔を覆って上を向いている。オーマイガッとか言いそうなポーズだ。

「一人を守りながら狼十匹を倒すなんて並大抵の事じゃないよ。しかも守られている方は無傷……彼氏さん、本当にEランクなのかい？」

「彼氏じゃないです。冒険者登録は昨日、私が担当したので間違い無いですよ」

「え⁉　しかも昨日登録したばかり⁉」

再度同じポーズを取りながら、神よ……とか言ってる。やっぱりどの世界もポーズは似てるんだな。

「そりゃあ、今まで男に興味が無いような態度を取ってたミリアちゃんが惚れるわけだ！」

「い、いや！　だから、彼氏じゃないですって！」

「照れなくて良いよ。良かったね、守ってくれる人が見つかって。それじゃあ精算してくるよ」

「だから！」

ミリアが、何か言ってくださいよ！　と睨んでくるが、受付の奥を見ながら無視しておく。

結果、薬草で３１銀と２０銅、野兎は前回の十匹も含めて２２銀、猪で2銀、狼で３６銀、ブラックウルフで8金となった。ブラックウルフは放置していると統率の取れた群れをどんどん増やし、一つの村を蹂躙できる程になるそうで、討伐者には報酬が多いのだそうだ。十匹程度で良かった。

それにしても黒い狼というだけで二百倍とは美味しすぎる。

結局鉄鉱石の依頼はキャンセルして4銀支払うことになったが、それでも8金８７銀２０銅だ。昨日の分と合わせて、９金２７銀の持ち金となる。これで装備も買えるだろう。帰りに武具屋に寄ってみよう。

「次からは万全の状態で、危険なところは避けるんだよ？」

「はい」

おじいさんに心配されながらギルドを出る。ギルドから出る時、また絡まれるのかと思ったが静かだった。先程のやり取りを見て警戒されているのか直接絡んでくる奴はいなかった。

さっき返してもらったカードを見た時、ランクも上がっていたようだし、ブラックウルフ様様だな。

ギルドを出て武具屋に向かう途中、ミリアに怪我の手当てをしてもらった。自分は守ってもらってばかりで何もできなかったからこれくらいは、だそうだ。

武具屋は宿の傍なのですぐに到着。店に入ると人の良さそうな店主が挨拶をしながら近寄ってくる。

「やあミリアちゃん。今日はどうしたんだい？　そちらの方はお客さんかい？」

「はい。この方の装備一式をお願いしようかと思いまして」

「ミリアちゃんが冒険者になったというのは本当だったんだね。それで？　どんな装備にするんですか？」

俺の希望を聞きたいということだろう。俺の方を向き、尋ねてくる。

「そうですね。軽くて動き易くて、それでいて防御力の高い装備が良いです」

「だったら、そこのハーフプレートはどうですか？」

勧められた装備を手に取ってみる。確かに軽い。これなら狼相手でも今日以上の動きができるだろう。しかし念の為、試着可能か聞いてみる。

「試着ですか？　どうぞどうぞ。それで、ミリアちゃんの装備は買わないのですか？」

「私は自前の服がありますから」

ミリアが先制で拒否したが、俺には考えがある。試着室に移動しそこに店主を呼ぶ。

「ミリアにも軽くて動き易い防具を考えているんですが……普通のじゃダメなんですよ。ミリアの可愛さを増幅させるような、色気のある装備ないですかね？」

「可愛さ……色気……」

店主は俺の意図に気が付いたのか、ハッとなって一枚の服を持ってきた。

フリルの多いネグリジェのようなデザインだ。惜しい！　けど、違う！　そっち方面じゃない！

「これが女性のお客様からは可愛いと言われている服ですね」

「うーん、これ装備っていうより下着ですよね。もっとこう、色気のあるような服はないですか？」

すると今度は、紐で何ヶ所も前面を留めているテカテカなボンデージのような服を持ってきた。

肌面積が多すぎ。というか下はもはやただのパンツじゃん。これにベネチアンマスク付けて、武器は鞭。女王様の出来上がりだな。

「これ、夜に密室で装備する服じゃないですか」

「色気ということでしたから、そういうことではないかと……」

「確かに、その服を着てミリアに責められながら色々と夜のプレイをしたい――って違う！」

店主はやはりそうですか……と言いながらまた服を出してきた。分かってるなら持ってくるな。

「あとはもう、これくらいしかございません」

「メイド服かぁ。防御力は無いに等しいですよね、これ」

ダメだ。一瞬期待したけれど、ミリアの可愛らしさを分かっていない。違うんだよ。

あ、でも待てよ。メイド服にネグリジェとボンデージがあるということは……。何とかなるかもしれない。

「えっと、服ってカスタマイズとかできますか？」

「はい、承っておりますが」

「ではカスタマイズを頼みますので、紙とペンを用意してください」

何か言いたそうにこっちを見ているミリアは放置し、カスタマイズについて紙に指示と絵を描いていく。

「えっと、あの服のデザインをこうして、ここでこれをこう、あれをこう。そしてこんな感じで」

俺はスラスラとデザインを描いていく。ヘッドドレスとハイソックスとブーツも追加するよう指示をする。

ミリアを放置して店主と二人で盛り上がる。

「おぉぉ！　その発想は！　これは破壊力ありますね！　当店の看板商品にしたいくらいです！」

「でしょう。俺の母国ではゴシックロリータというジャンルの服装です」

「すばらしい！」

「いくらでできそうですか？」

「そうですね……8金くらいでしょうか」

「やっぱりカスタマイズは高いですね」

「しかし！　ウチの商品として取り扱わせて頂けるのでしたら、6金、いや5金とさせていただきます！」

勝手に商品化すれば良いのに、わざわざそう言ってくれる店主に好感度アップだ。

「じゃあ、それでお願いします」

「確かに承りました。ハーフプレートの方はいかがされますか？　そちらはセットで3金と50銀です」

「それも一緒にお願いします」

今日の稼ぎが一瞬にして飛んでしまう。でもミリアのゴスロリ姿を拝めるなら安い買い物だ。

「では、8金と50銀です。俺はミリアの宿に泊まっているので、出来上がったら教えてください」

「はい、すぐにでも取り掛かります！　ここに素材はあるので本日中にお届けできるかと思います！」

良い素材を使うように指示したはずだが、そんなに早くできるのか……。商品化が掛かっているからこそ急いでくれるのかもしれない。早いに越したことはない、あとは店主に任せて宿に行くことにする。


「ただいま戻りましたー！」

「おや、おかえり。早かったじゃないか」

時計を確認すると夕方の四時と表示されている。確かに仕事帰りにしては早いよな。

でも、今日は疲れたから少し仮眠を取りたい。

「あらま、また派手に服が破れちまってるねぇ。どうやったらそんなになるのさ」

「聞いてよお母さん！　タカシさん一人でウルフの群れ、しかもブラックウルフと戦ったんだよ⁉」

「はぁ⁉　寝言は寝て言うものだよ」

それでもミリアが必死に説明しているが、ミーアは半笑いで全く信じていない。

「そんな事より、俺は疲れたから少し仮眠を取るよ。ミリアはどうする？」

「あ、はい。気が利かなくてごめんなさい。私も少し仮眠して、あとは夕飯の手伝いでもします」

ミーアがニヤっと笑って一度こちらを向いた後、ミリアに話し掛ける。何を企んでいるんだ……？

「おいおいミリア、何言ってんだい。あんたはもうパーティーの一員だろう？　当然相方と同じ部屋だよ」

「はぁ⁉」

ミーアさんナイス！　自然とミーアにサムズアップしていた。まぁ、ミリアに手は出せないんだけれども。

それでは向かいますかね、俺達の愛の巣に。そう思いミリアの肩に腕を乗せ、歩き出そうとする。

「ちょっと！　ヤメてください！」

その腕を振り払われる。そりゃあそうか。

「どういうことなの！　お母さん！」

「どうって……そのままの意味だよ。でも安心しな、手を出したらタダじゃおかないって言ってあるから」

「そういうことじゃないです！　もしかして、もう……私……この家には要らないってことですか……？」

ヤバい、案の定泣きそうだ。でもこれはミーアが言い出したことだ。ミーアに任せよう。

「そうじゃない。お前も冒険者だろう？　近い内、違う街に行くわけだ。その街でも二部屋使うのかい？」

「あぅ……でも……家の中くらいは」

確かに、いきなり男と一緒の部屋だとミリアも落ち着かないだろう。そういうことを考えて今の内に慣れさせておくつもりなのだろう。しかし、ミーアは俺とミリアをくっつけようとしてくれているとしか思えないな。

「見知らぬ街で、いきなり男と二人で同じ部屋に泊まれるのかい？　お前にできるとは思えないけど？」

「はい……でも、壁を作ったりとか」

「バカ言ってんじゃないよ！　じゃあ野宿することになったらどうするのさ？　二人近くに居ないと見張りもできない。それでも壁を使うとか甘えた事を言うのかい？」

「いえ――さすがにそこまでは……」

ミーアさん、ちゃんと先の事も考えているんだな……。俺なんて、どうやってミリアとエッチできるか程度の事しか考えてなかった。

「お前は自給自足する冒険者になったんだ。いつまでも甘えたこと言うなら辞めちまいな」

「うぅ……ごめんなさい。私の考えが甘かったです……」

「よし、いい子だ。別にお前を要らないなんて思っていない。お前はいつまでもアタシの子だよ」

ミーアは母が子に向けるような優しい笑顔で、ミリアの頭を撫でている。

「そうと決まれば、ほら行った行った。宿の手伝いも要らないからね。これからの事をゆっくり話し合いな」

「ミーアさんありがとうございます」

お礼を言い、昨日とは違う二人用の部屋に移動する。

「さて、仮眠しようか？」

「えぇ⁉　わ、わたしは、その、いや、大丈夫です」

「さっき仮眠するって言ってたじゃん？」

「えっと、その、目が覚めました。うん、覚めたので大丈夫です！」

それ以上は何も言わず、俺はボロボロになったジャージを脱いで、ベッドに横になる。

「ちょっと！　二人で居る時も脱ぐんですか⁉」

「え？　そりゃあ裸が俺の寝る時の正装だもん。でも少し遠慮してるんだよ？　ほら」

そう言ってパンツを穿いている事をアピールする。

「いい！　いいですから！　見せなくて！」

「分かってくれた？」

「はい！　わか、わかりましたから！」

分かってくれたのであれば良い。でも折角二人きりになれたのに、寝ちゃうのは勿体無いな。

どうしよう。またステータスやジョブの勉強会でもしようか。

「ミリアは寝ないの？」

「はい。寝ません。起きてます。気にせず寝てください」

「俺は横になれただけで満足。だからミリアが寝ないのなら、今日の勉強会の続きでもしないか？」

「ジョブとかの話ですか？」

ミリアは何かの説明とか人に教えたりするのが好きなのかな、目が輝きだしたぞ？

「分かりました。それでは何でも聞いてください」

そして本日二度目の、ムフーと鼻息荒いミリア先生による勉強会が始まった。


今日はものすごく経験値が稼げたようで、一気にレベルが上がった。
▼タカシ・ワタナベ　冒険者09（アンノウン07）　ランクD
▼ミリア・ウェール　冒険者07（魔術士07）　ランクE
ミリアのレベルも上がっているので、パーティーを組んでいるだけで経験値の恩恵があるようだ。

「ミリアはどんなジョブに就いてみたい？」

「えっと……魔術士です」

もう既に就いているけどね。

でも、まだそれを伝える訳にはいかない。俺のスキルがどのようなものか分かっていないし。

「そっかぁ。何か理由でもあるの？」

「私……実は人族ではないんです」

「うん、それで？」

「えっ⁉　驚かないんですか⁉」

「何で？　耳の形とか肌の色とか少し違うの分かってたし、別に驚く要素無いと思うけど？」

何だろうか。魔族って嫌われてるのかね？　別にミリアはミリアだし、可愛ければ種族とか関係ないと思うのはこの世界の住人ではない俺だけなのだろうか。

「その……ありがとうございます」

「えっと、俺は種族なんてどうでも良いよ。今日森で言った通り、世間の常識なんて何も知らないから……知ってた方が良かった事なのであれば、ごめんね？」

そういえば、俺はそういう設定だったのだ。先に言っておけば問題無いだろう。

「い、いえ！　私こそ勝手な思い込みで……その、ごめんなさい！」

「だから、お礼とか謝罪はいいって。俺達の間ではそういう他人行儀なの無しだからね？」

「はい……気を付けます」

狼と戦って以来、何とか俺の名前を呼んでくれるようにはなったけれど、まだ壁があるんだよなぁ。

「普段のように元気にツッコんでくれるミリアはどこにいったのさ」

「あれはっ！　タカシさんが変な事言うからでしょ⁉」

「変な事って何だよ。俺、本音しか喋ってないよ？」

「だって！　私の事かわ、か、か、可愛い、とか、彼氏だ、とか！」

「彼氏っていうは、俺の願望だからいいじゃん。それにミリアが可愛いのは周知の事実だし？」

「う、うぅぅ……」

すぐ赤くなるなぁ。よし、これを赤ミリアと名付けよう。

「それで話を戻すけど、魔族だから魔術士になりたいっていうのは、種族的な何かがあるの？」

「はい。魔術士を輩出した魔族は一族の階級が上がるんです。だから皆、魔術習得に積極的なんです」

「そうなのか。ミリアが使ってるところ見てないけど、まだ覚えてないのかな？」

ジョブがメインになっていないから使えないのは分かっているが、あえて聞いてみる。

「私の一族は昔から体が小さい一族で、近距離戦闘はあまり得意ではなく、一族は皆魔術が得意なんです。でも、私は幼い頃からずっと魔術が使えませんでした。皆使えるのに……」

「そうなのか。でも、これから使えるようになるかもよ？」

「でも、いくら訓練しても使えませんでした。そのせいで家族からも一族の汚点だ、階級が下がるかもしれない、と厄介者扱いされていました」

「ただ魔術が使えないだけでそんな仕打ちなの？」

「はい。魔族の生活領域というのは人族の領域と比べて身近なモンスターも強く、階級の高い一族がモンスターを討伐して領域を守っているんです。ウチの一族も守ってて……私のような者は足手まといないんです」

弱肉強食の世界と言っても、ちょっと成長が遅いだけなのにそれだけで厄介者扱いなんて酷いな。

「それで、一族は階級が下がることを恐れ、厄介者を理由に奴隷として売られてしまいました……」

「ミリアは魔術を使えるようになって家族を見返してやりたいの？」

「いえ、奴隷として売られちゃいましたけど、私を産んでくれたからこそ今この幸せがあるわけで、ミーアお母さんと出会えたことに感謝してるんです。だから見返すとかそんな事は思ってないです」

ええ子やぁ。売られたのに恨んでなくて、しかも産んでくれたことに感謝してるとか……泣ける。

「分かった！　そういうことなら俺がミリアを魔術士にしよう！　それで元両親にご挨拶に行こう！」

「えぇ⁉　ムリ！　無理ですよ！　というかご挨拶って何ですか！」

「私達結婚します。産んでくれてありがとう！　って」

「なっ、何をバカな事言ってるんですか！　しませんよ⁉」

暗い雰囲気になってしまったのでふざけて誤魔化したが、少しでもミリアの力になってあげたいのは本心だ。

でも単に力を与えるだけでは、周りにバレた時にマズいな。

力を与える為に何か条件があるとすれば、万人に使える能力ではないということになるし、もしバレたとしても幾分かマシだろうか。と言っても教皇と同じスキルってのはなぁ……。一応ハーレムを目指しているわけだから、俺とエッチな事をすれば……これだと直球すぎるな。じゃあ恋人、結婚……うーん、いまいちだな。

俺がいきなり黙り込んだことに疑問を持ったのか、ミリアが不安気に尋ねてくる。

「あの、どうしたんですか？」

「あぁ、いや、ごめんごめん。ちょっと考え事」

「どうせ、また私をからかうような事を考えてたんでしょ！」

これだよ。このイチャイチャ要素を盛り込むには、どのように条件設定したら良いだろうか。できなかった時の事を考えて、誤魔化しの効く設定が良いな。

俺と仲良くなれば力を授けるとか……宗教みたいだな。

俺と一定以上親しくなると力を授ける、渡す、与える、恩恵……これだ！

「ミリア」

「なっ、なん、ですか？　いきなり」

「俺なんかにミリアが過去の話をしてくれたこと、とても嬉しく思うよ。少しだけ俺に心を開いてくれていることを感じる。ありがとう」

　真面目な顔でこれから大事な話をしますオーラを出す。

「え……あ、はい。でも、いきなりどうしたんですか……？」

「ミリアにだけ、俺の秘密を一つ話しておこうと思うんだ」

「はい、どんな事なんですか？　そんな真剣になるような話なら、ちゃんと聞きます」

　真剣な話じゃないと聞いてくれないのかよ。まぁいい。これから俺を意識し始めるはずだからな！

「えっと、俺にはね、ちょっとした力があるんだ。でもあまり他人には言えない力なんだよ」

「確かに初心者で狼の群れと戦えるくらいの人なので、何かあるとは思っていましたが……何ですか？」

「俺とね、一定以上親しくなったり、俺に一定以上の好意を持ったり、心の距離が近い者にのみ、ちょっとした恩恵を与えて、それによって俺自身も強くなることができるんだ」

　大体合ってる……よな。嘘ではない。

「そんな出来過ぎた話があるわけないじゃないですか。神様でもないのに」

　いや、俺は神と繋がりがあるんだよ……とは言えない。信じてもらえないのは当然だ。それも予想通り。

　まずは無理なところから攻めていって、少し判断を鈍らせてみよう。

「ほんとだよ？　じゃあエッチな事でもしてみる？　多分、魔術程度なら一瞬で使えるようになるよ」

「はぁ⁉　え、ええち、エッチ⁉　そんな、ムリです！　騙そうとしてるでしょ！　そんな事できるわけがないです！　しかも魔術程度って何ですか！　私はそれに悩んで今まで生きてきたのに！」

無理か……まぁ、奴隷紋のせいで挿入はできないけれども。でも、あと一押しだな！

「ごめん、そういう意味で言ったんじゃないんだよ。でもどうしたら信じてくれる？」

「エ、エッチな事は、な、無しで、今の状態で私に何かその恩恵を与えたりできないんですか？」

そうきたか。惜しい。少しだけ見せて反応を窺ってみるか。

「んー、どうだろう。俺の事好き？」

「うっ……す、少し、は？　す、好きとは言えませんし、そ、その程度、かも？」

「ミリアから抱き着いてきたぐらいだし、少しは期待していたんだけど。まぁいいや。現状ではどうなるか分からないけれど、証拠としてちょっとだけやってみようか？」

「な、だ、抱き⁉　え、や、やるって……？」

「今からやってみるけど、嫌がらないでね？」

スっとミリアの腰に手を回して優しく抱く。その隙にミリアのメインジョブを冒険者から奴隷に変える。

「きゃ、きゃあっ！　ちょ、ちょっと……エッチなのは無しだって言ったのに！」

「いいから。カードを見てみて」

抱き着いたミリアの体をクルっと反対側に向け、硬直したままのミリアを膝の上に乗せる。これでミリアの取り出したカードが後ろからでも見える。
▼ミリア・ウェール　奴隷01　ランクE
やっぱり俺以外にサブジョブは見えないのか。それに、奴隷なのにランクがあるのは不自然だな。

「あれ⁉　ど、奴隷になってる！　何ですかこれ、何をしたんですか⁉」

「あー、やっぱりダメかぁ。まだ親しくなってないのが分かっちゃった……ちょっとショックだなぁ」

わざとらしくショックを受けた素振りをする。ごめんよミリア！

「え⁉　何で⁉　なに……私いつの間に奴隷に⁉」

折角演技したのに聞いていない。そりゃあ自分のジョブが勝手に変わったら驚くよな。ミリアは何度もカードを出したり入れたりして、ものすごくワタワタしている。

「ミリア！」

「ひゃ、ひゃわい！」

「落ち着いて、ね？　俺の力、分かってくれた？」

「信じられないです。何なんですか、その力！　それより、私ずっと奴隷なんですか⁉」

そうだった。戻す時の事考えていなかった。どうしよう。

「ミリア、この事は絶対に内緒だよ？」

「はい。強制的に変更なんて……さすがにこれは人に言えないです」

「それとさ、ミリアのジョブを元に戻す為に一つお願いがあるんだ」

「何でしょ……あっ！　ダメですよ！　能力は分かりましたけど、そういうのはまだ早いです！」

鋭い。良い流れだと思ったんだが。仕方が無い、ギリギリのラインで攻めてみるか。

「俺にキスして欲しい。別に口じゃなくて良いから。チュっと！」

「む、むむむ、ムリです！　ダメだって言ったじゃないですか！」

「でも、そうなるとずっと奴隷のままだよ」

「えぇ⁉　やっと奴隷から変えることができたのに……うぅ」

あ、ヤバい泣きそうだ。口以外のところでもキス自体がギリギリどころか、アウトだったらしい。

「分かった分かった！　じゃあこうしよう。元々仮眠するだけだったんだから、一緒のベッドで寝よう！」

「うぅ……どうしても、そうしないとダメなんですか？　何とかできないですか……？」

上目遣いでそんな事言われたら……いや！　ここはミリアをモノにする為、心を無にして！　欲望まみれ煩悩まみれで、無心なんて到底無理だけれども。

「今、力を込めてみたけど、ダメみたい。夕飯までだから。ね？」

「うぅ……分かりました」

やった！　何とかここまで来れたか。

ベッドの布団を捲り、中に入ることにした。ミリアを堪能する為ではない！　ジョブを元に戻す為だ！

「ささ、おいで」

「はい……」

腕枕を作り、そこに来るようスペースを作る。

まだ心の準備ができていなかったのだろうか、恐る恐るという感じでミリアが俺の横に入り込んでくる。

「ミリアと一緒に寝られるなんて幸せだなぁ」

「わ、私は複雑です。奴隷にされて、戻りたければ一緒の布団で寝ろ、だなんて……」

「人聞きが悪いな。できないのか？　って言ったのはミリアじゃん」

「そうですけど、まさか本当にそんな力があるなんて普通は信じられないでしょ！」

同じ布団の中、腕枕なので自然と至近距離になり、そんな話をする。我慢できるかな……俺の理性。

「私、お父さんとも一緒に寝たことないのに。うぅ……」

「俺が初めての男ってわけだね。光栄だよ」

「変な言い方しないでください！」

「はは、そうやって返してくれるミリアも好きだよ」

「また！　何で軽い感じでそういうことが言えるんですか!?」

軽い感じだろうか？　俺の知り合いの女の子ってミリアしかいないから、自然とミリアにしか言わないんだけれど誰にでも言ってるように聞こえるのかな。あぁ、ミーアさんは女の子という枠じゃないからね？

「だって本当の事だよ？　ギルドで初めてミリアを見た時から思ってたし。一目惚れってやつ？」

「そ、そう言われると悪い気はしないです。でも能力を見せたりとか、好きだとか、何で私なんですか？」

「んー。直感？　この子なら世間知らずの俺の事をちゃんとした目で見てくれるだろうなーって」

「そうですか。そう言ってもらえると嬉しいです。ただ、この状況には納得できませんが……」

まだ警戒しているらしい。そりゃあそうだ。でもこの体温、ずっと味わっていたいな。

「ミリアも初めから俺に良くしてくれたじゃん？」

「あ、あれは！　あれは、仕事で」

「本当に？　何で今戸惑ったの？」

「だって……」

確かに営業スマイルだったけれど、俺に気が付いてすぐこちらに来てくれたのはちゃんと覚えている。

「本当は、雰囲気がお父さんに似てるなぁと思って、目で追ってしまいました」

「そうなんだ。知ってる？　女の子の惚れる相手、お父さんに似てる人って割合高いんだよ？」

適当に言ったんだけど、少しは意識してくれたのか、うぅ……と言って布団の中に潜ってしまった。

「しょんなことないです！」

布団の中に入って丸まっているからか珍しく噛んでるし。ちくしょう、可愛いじゃないか。

「ミリア、こっちきて」

「はい？」

呼んだら素直に布団の中からひょっこり出てきた。猫みたいだ。

「一緒の布団で寝るの、もう慣れた？」

「ドキドキして慣れはしないですけど、もうどうにもならないし、諦めました」

少しは緊張が解けたらしい。同じ布団の中だというのに素のミリアに戻りつつあった。

「そっか。じゃあ、もうちょっと大丈夫だね」

「え⁉　えぇ⁉」

ちょっと強めに抱きしめてみた。折角のチャンスだ。どこまでいけるか確認しておかないと。

「わぷっ、く、くるしいです」

「ごめんごめん、ミリアが猫みたいで可愛かったからさ、つい我慢できなかった」

「ね、猫じゃないです！」

照れているのか、恥ずかしそうに俺の胸に顔を埋めてくる。

「こうやっていると、本当の恋人みたいだね」

「うぅ。まだその設定続いてるんですか？」

「だって、こんなに可愛いパーティーメンバーができて嬉しいからさ」

「でも私、奴隷ですよ？　それに、まだ昨日出会ったばかりですし」

「そんなの関係無いさ。その内、奴隷というジョブも消えるかもしれないし」

ただ俺の奴隷ではないっていうのは残念だな。ミーアさんに所有権を俺に移してくれないか、お願いでもしてみるか。このままじゃ手も出せないし。

そんな事を考えているとミリアが顔を上げてこちらを向く。

「その、奴隷を消したりとか、そんな事もできるんですか？」

「分からない。でも、ミーアさんにお願いすることはできる」

「あはは、お母さんなら所有権を渡しそうです」

「でしょ？　お願いはしてみるよ。俺に移ればジョブは有って無いようなものだから」

うん、近い内に相談してみよう。お義母さん、娘さんを僕にください！　って。

「お母さんは、無理な事は言わないので、今も有って無いようなものですよ？」

「そうだろうね。ミリアの事を考えてくれている、良いお母さんだもんね」

「はい！」

「それでも俺はミリアの全てが欲しいんだよ。独占欲が強いからさ」

「うぅ。そういうこと言うの反則です……」

涙目になってこちらを見ている。これは破壊力があるな。思わず頬にキスをしてしまった。

「ひゃっ！」

「照れてるミリアは可愛いね」

「うぅ、もう……ダメだって言ったのに……」

頭は俺の腕枕、腰は逆の手でホールドしているから、ミリアは逃げられない。

抗議したいのか、こちらに顔を向けてきたので、もう一度、今度は額にキスをする。

一瞬驚いたような顔をして、怒ったような照れているような感じでこちらを見ている。

少しだけ無言で見つめ合い、最後に口にキスをする。

「んぅん……っ」

肩や腰に力を入れて硬直している。でも、離れたりはしない。

キスが終わると、怒ったような顔が更に真っ赤になり、潤んだ目が泳いでいる。

「わわわわっ……あ、あ、キ、キキすぅぅ……」

「嫌がらないでくれて、ありがとう」

「はわぁ……」

ショートしたらしい。本日二度目である。

意識を失ったミリアを優しく抱き寄せて、もう一度キスをした後、メインジョブを魔術士にしておいた。

やることはやったので、布団をゆっくり剥ぎ取り、スカートを捲る。

失禁した時はおんぶ状態だったので尿しか楽しめなかったが、今は違う。

ゆっくりと下着を脱がし、至近距離で秘部を拝む。ここには入れられないのか。奴隷紋め……。

下着を脱がした瞬間、失禁時の残り香が立ち込め、今度は目と鼻で楽しむことができた。あぁ……この世界に来て良かった。

あの時は起こさないように、見えるところだけ拭いたから丁寧に拭けていない。そのお陰もあって、討伐や採取で掻いた汗と一緒に蒸れて匂いが強い。これは癖になりそうだ。

そして静かにゆっくり足を広げさせ、今度こそキレイに拭き取る——もちろん指と舌で。

「んぁ……ぅ……」

危ない。一心不乱に舐めていたので強弱を忘れていた。

それに、またちょろっとだけ出てしまっていたので口が離せなかったのもある。

この子は興奮すると出ちゃう癖でもあるのだろうか……。

ミーアには手を出すなと言われているが、この興奮は抑えられない……カッシュに聞いた話だと、奴隷は処女かどうかが問題らしいし、膣は避けた方が良いだろう……そうなると、答えは一つ。

ミリアをうつ伏せにし、ぷりっとした控えめな小さなお尻を持ち上げると、小さな穴——アナルが顔を出す。

唾液で濡らした指でアナルに刺激を与えると、キュッと力が入り、小さくなってシワが中央に集まる。

何度かその光景を楽しんだ後、更に唾液を垂らし、全体を唾液で濡らした人差し指で侵入を試みる。

ゆっくりとアナルに侵入し、第二関節を越えたところでひとまず止め、ミリアの様子を窺う。

「んぅっ……」

眉間にシワが寄り、いきんでいるのが分かる。体内に侵入した異物を排除しようとしているのだろうか。その証拠に、俺の指がギュッギュッと何度も締め付けられている。

これはこれで気持ちが良い。内壁に指をグッと押し付けたり、グリグリと指を回転させたりしてみる。

「んっ……んっ……」

そのまま何度か人差し指で上下左右に拡張を繰り返し、緊張が解れてきたところで唾液という名の潤滑油を追加。中指も侵入に成功する。

「はふっ……んんっ……」

脱いでおいたジャージをミリアの下に敷き、二本の指で内部に刺激を与えつつ拡張を続け、親指で陰部の突起を擦る。ビクンとなったミリアを見つつ、俺も空いている右手で自分の息子を擦る。

「はふっ……んぅぅっ……はぁはぁっ……ん、んんっ……んはっ！」

ミリアの呼吸が激しくなり、体が一度跳ねた後、小刻みに痙攣する。

――チョロロロロロ……

見事に果ててしまったらしい。最初にプシッと噴き出した分は口で受け止めたが、量が多すぎてジャージがミリアのお漏らしでビショビショになってしまった。だがこれは予想通りだ。ジャージを敷いておいて良かった。

ジャージは、シーツに染み出さない内にインベントリへと収納する。

そして、意識が無くて緩んでいるミリアのアナルが、絶頂で更に緩んだことを確認。すかさず拡張する。この分ならすぐにでも入れられそうだ。

ただ、俺も自慰で既に果ててしまいそうなので、次の機会にしよう。

ふぅ……。

ティッシュなんて物は無いので、脱いでおいたシャツに出してしまったが、まぁいいか。出すものを出したら眠たくなってきたので、ティッシュ代わりに使用したシャツでミリアの汚れた部分をキレイに拭き取り、下着を穿かせる。そして指を洗い、腕枕の状態に戻る。

汚れたジャージとシャツはそのままでも良いが、ミリアにバレるとマズいので今度洗っておこう。

さて、次が楽しみだ。おやすみりあ。

Takashi Watanabe

タカシ・ワタナベ

奴隷か……
ロマンがあるな。

【プロフィール】
Lv.9　冒険者
Rank.D
身長:175cm
体重:74kg
B94/W74/H90

【ステータス】
HP:340(240+100)
MP:240(240+0)
ATK:131(120+11)
MAG:120(120+0)
DEF:121(120+1)
AGI:120(120+0)

STR:5　VIT:5　INT:5　DEX:5　CHA:8
ステータスポイント:8

【ジョブ】
メインジョブ:冒険者Lv.9
サブジョブ:アンノウンLv.7

習得ジョブ:村人Lv.1
習得スキル:体力上昇小、神手

【装備】
武器:アイアンダガー+1
防具:サンダル
所持品:500円玉

【特徴】
頑固、計算高い、変態、実験好き、
目立つのは好きではない

魔術

部屋をノックする音で目が覚めた。

まだ返事もしていないのに、ノックをした本人がズカズカと部屋に入ってくる。

「あら、あんた達、もうそんな仲になってんのかい!?」

「あ、あぁ、大丈夫です。まだ手は出してないですよ？」

ミリアと一緒に寝ている状況を、ミーアが鋭い目付きで見てくるので言い訳をしておく。

「ミリアはまだ寝てるんですが、起こします？」

「幸せそうな顔で寝ちゃってまぁ。本当に手は出してないんだろうね？」

「約束ですから」

よし、バレていない。やはり処女であることがキーなのか？　ガバガバな設定だな。

「そうかい。でも女の顔になってきたね。良い事だ」

「それで、どうしたんですか？　あ、ミリアの奴隷の所有権でも譲ってくれるんですか？」

「バカな事言ってんじゃないよ。ミリアがお願いするなら考えないでもないが、ね」

「そうですか。じゃあ、頑張ります」

そう簡単にはいかないか。ちょっと残念だ。ミリアにミーアへお願いするよう頼んでおこう。

「それより、あんたにお客さんだよ」

「え？　俺まだこっち来たばかりで、知り合いなんてそんなに居ないですけど」

「武具屋の店主だよ。今はカウンターの前で待ってもらってる」

「あぁ、武具屋さんですか。それじゃすぐに用意して行きますね」

そう伝えるとミーアは部屋を出ていった。

ミリアを起こさないよう、そっと腕枕を解除し、代わりに枕を差し込み、宿の部屋着を着てから出る。

カウンター前に行くと、武具屋の店主が見知らぬ女性と二人で待っていた。

「お待たせしてすみません。先程の装備の件ですか？」

「はい。早速出来上がりましたので、お持ちしました」

店主がそう言い、隣の女性が一礼して鎧と服を渡してきた。

「いやはや、本来でしたら仕立てに二日程頂くのですが、此度はウチの看板商品になるかもしれないモノとなりますので、仕立屋を総動員して取り掛かりました。だからこそ仕上がりには自信があります！」

鎧はひとまず床に置き、受け取ったミリアの服を近くにあったテーブルの上に広げてみる。

「うん、良いんじゃないですかね。バランスも、フリルの具合もかなり良くできていると思います」

「そう言っていただけると、こちらとしても嬉しい限りでございます！　それではまた何かアイデアなどございましたら、是非当店をご利用ください！　格安にてご提供させていただきます！」

アイデア提供で割引が利くのであれば、行かない理由は無い。是非そうさせてもらおう。

「それでは、私達はこれで失礼します。これから商品化についての話し合いがございますので」

「わざわざ届けていただいてありがとうございます。また近い内に顔を出しますね」

本当に届けに来ただけのようだ。足早に宿から出て行った。

俺も部屋に戻ろうとしたが、ミーアに引き止められる。

「武具屋が使いの者じゃなく、わざわざ店主本人が出向くなんて、お前さん何をしたんだい？」

「見てくださいよ、ミリアの装備です。可愛いでしょう？　今日の稼ぎを全部使った特注なんですよ」

「全部使ったってあんた……まぁ、見たことも無いデザインで可愛いけれども」

ミーアにも好評のようだ。高い金を払っただけの事はある。

「ミリアには、服なんてあんまり買ってあげたことが無かったからねぇ。喜ぶだろうよ。ありがとうよ」

「いえいえ、可愛い子には可愛い服を着せてあげたいし、俺の願望も入ったデザインなので！」

ミーアと別れ、手に入れた装備を早速部屋に運ぶが、まだミリアは目を覚ましていないようだった。

今の内に服を着せておこうか？　いや、やめておくか。

そんな事を考えながら、元の位置に戻ってミリアの頬をプニプニしていると、起こしてしまったようだ。

「あ、おはようミリア」

「はえ？　あ、おはようござ……き、きゃあああっ！」

抱き着いて頬を触っていたので驚いたのだろうか、それとも先程のキスを思い出したのだろうか、俺の顔を見た瞬間悲鳴を上げられた。ショックだ。

「え、ええっと、あの、あれ？　でも……」

「どうしたの？　まだ目が覚めないなら、もう一回キスしようか？」

「な、なな、やっぱり夢じゃなっ！　なん、何であんな事したんですか！」

「え？　可愛かったから、つい」

だってそんな雰囲気だったじゃん。それに嫌がられなかったし。

「つい、じゃないです！　わっ私！　初めてだったのに！」

「そっか。ありがとう。ごちそうさまでした」

プルプル震えながら、うぅ……と言いながら怒った目でジトっとこちらを見てくる。

「それより、ほら。服が届いたよ！」

「それよりって！　大事なことなんですけど！」

そう言って抗議してくるが、目の前に服を広げて見せてあげる。

「可愛いでしょ⁉」

「あ……か、可愛い……じゃなくて！」

よし！　効果はバツグンだ！　武具屋では訝しんでいたけれど、実物を見たら意見が変わったらしい。

「とりあえず、着てみてよ！」

「私の話も聞いてください！」

「なに？」

「エッチな事はダメだって言ったのに、何で、キ、キスなんてしたんですか！」

まだその話は終わっていなかったらしい。何でキスしたのかって言われてもなぁ……あまりにも可愛くてキスがしたかったから、としか言えないもんなぁ。

「ついカッとなってやった。反省はしていない」

「少しは反省してください！」

「そんな事よりも、ほら！　着てみてよ。絶対似合うから！」

「全然反省してない……もう……」

ミリアに服を渡して着替えるのを待つ。

「何してるんですか？」

「え？　着替えるのを待ってるんだけど？」

「着替えさせたいのなら、出てってください！」

そりゃそうだよな。お決まりだよな。仕方が無い……出ていくか。そうやって立ち上がり部屋を出る。

暫くするとドアが開いた。着替えが終わったらしい。

「おおおお！　すっごい似合ってるね！」

「そ、そうですか？」

「うん、素でも可愛いけど、更に可愛くなった！」

「うぅ……恥ずかしいです。それにヒラヒラで落ち着かないです」

このゴスロリ服、ミリアの小さい体だからこそ映える。仕立屋さん、良い仕事ですよ！　あぁ、カメラが無いのが悔やまれる。

「それとね、ミリア」

「はい？　何ですか？」

ちょいちょいとこっちに来るよう指示するも、ミリアは警戒するようなポーズでこちらを睨んだままだ。

「ま、また変な事しないですよね⁉」

「しないしない。もう一つプレゼントがあるんだ。だからこっちに来て」

渋々といった感じではあるが、どこか期待のこもった目をしながらトコトコ歩いてくる。チョロい。

ミリアがこちらの間合いに入ってきたところで、素早く抱き着く。

「も、もう！　しないって！　しないって言ったのに！」

「違う違う。ミリア。もう一つのプレゼントだよ」

「うぅ、こんなプレゼント要らないです！」

「ミリア、カードを出してごらん？」

「え？」

抱き着いた状態から先程のようにクルっと反対側を向かせ、膝の上に座らせてカードを確認させる。
▼ミリア・ウェール　魔術士07　ランクE
「わ、わわわ、わああああああ⁉　えっ⁉　ええええ⁉　うそっ⁉」

確認した後、勢いよく体半分でこちらを見上げ、声を上げて驚いている。そりゃあそうだろう。

「わ、わわわあ、私が寝てる間に、ななな何したんですか！」

「うん？　ミリアが寝た後は、俺も一緒になって寝ただけだよ？」

「そんなわけっ！　だってエッチな事しないとダメだって！」

どうやらエッチな事をすれば簡単に魔術士に就くことができる。というのをセックスさせてくれないと魔術士にしてあげないという風に誤解をしていたようだ。ミリアの中の俺はどんなイメージなんだよ。

「酷いな。しないとダメなんじゃなくて、したら簡単だろうなって言っただけだよ」

「えぇ⁉　じゃあ、あの、キ、キスで……？」

「そうだよ。キスしても抵抗しなかっただろ？　好意を持ってくれてるって分かったから、じゃないかな」

「ううぅぅ……べ、別に好意を持ってるとかどうとかそういうわけじゃないんですケド……」

照れているのか、振り返って顔を俺の胸に埋めながら、腕に力を入れ抱き着いてくる。

「あ、あう、あ、ありがとうござい、ます……」

「好きだよ」

「はわっ！　ううぅ……」

そうやって暫く抱き合っていると、ガチャッとドアを開ける音がする。

そちらを見てみるとミーアが居た。ノックくらいしろよな……。

ミーアはいつも通りの表情で、抱き合っている俺らを腕を組みながら見ている。

「あらま。夕飯の準備ができたから起こしにきたんだけど、邪魔《じゃま》したようだね。ごめんよ」

それだけ言うとすぐにドアを閉め、去っていく。ミリアはそれを見て口を開けたまま固まっている。

「さて、ミリアを食べちゃいたいところだけど、先にご飯を食べながら今後の事でも話そうか」

「も、もうやだぁ……」

「ほら、ミリア。丸まってないで、行くよ？」

「もういいです……一人にしてください」

そう言って、膝を抱えて丸くなったミリアは動きそうにない。

仕方が無いな、と言いつつミリアを掬《すく》い上げ、お姫様抱っこして運ぼうとするが当然嫌がられる。

「ちょっと！　な、なな何ですか！　やめてください！　もういいんです！　一人にしてください！」

「だーめ。さぁ行くよ。あと、他のお客さんも居るだろうから静かにね？」

ミリアが「下ろして！」と言いながら足をバタバタしているが、構わず部屋を出て食堂へと向かう。

「あんた達、一日でよくもまぁそこまで仲良くなれたもんだね」

「これぞ運命。愛のなせる業《わざ》ですよ、お義母様」

「そうなのかい、ミリア？」

「ち、ちぎゃ、違います！　愛じゃないです！」

抱っこされたままの状態で、ぽかぽかと俺の体を叩いてくるが痛くない。

「まぁミリアの惚れた相手だ。別にどうこう言うつもりはないよ」

「ほ、惚れ!?　だ、だから！　何で皆私の話を聞いてくれないんですか！」

「ささ、お姫様。お食事にいたしましょう」

「もう……」

ミリアを椅子に座らせ、俺は向かい側に座る。

「それじゃあ、食べながらで良いから今後の事について少し話そうか」

「はぁ……分かりました」

解放された事で少し落ち着きを取り戻したようだ。いつものクールなミリアに戻りつつある。

「まずは、ジョブ」

「はい。それにしても、あれは本当の話だったんですね」

「え⁉　変えてみせたのにまだ信じてなかったの⁉」

「だって……何年も訓練したのに、ダメでしたから……」

一度見せたから少しは信じてもらえたと思っていたのに。

「でも、こうやって実際に自分が経験したことで分かってくれたでしょ？」

「はい、過程は納得できませんが、概《おおむ》ね」

「それでさ、魔術士になる条件って何なの？」

「えっと、基本的にジョブは、遺伝か訓練によるものです」

「訓練ってどんな内容なの？」

「魔石というものがあって。それに魔力を込めて破壊できたら魔術士として覚醒すると言われています」

「魔石ってどこでも手に入るの？」

「はい、街にある大体のお店で１０銀程度で売られています」

よし、まずはそれを買って俺も魔術士になろう。

「あと、冒険者の人が就いているジョブって、魔術士以外にどんなものがあるの？」

「そうですね……大きく分けて戦士、剣士、闘士《とうし》、射士《いし》、商人、神官などがあります」

「それぞれどうやって就くことができるの？」

「えっと、就けるかどうかは分かりませんが、大体は訓練などで習得できます」

新しいジョブを習得する為に行う訓練とは、剣士なら剣、闘士なら格闘武器、戦士なら剣や格闘武器以外といった感じで、各武器で一定以上の戦闘または訓練を行うと習得可能だそうだ。

戦闘職以外では、商売を行ったり、教会で加護を受けたりと、行動そのものが訓練扱いで一定回数以上でジョブを習得できるらしい。

神官は簡単そうだが、神官は下位職の更に前提のようなものらしく、神官になった後に一定以上の善行や戦闘を積んで、やっと下位職の僧侶《そうりょ》に就けるらしい。

「今説明したジョブ以外には、犯罪者などの盗賊《とうぞく》があります」

「下位職は簡単に就けそうだね。上位職は？」

「上位職は、下位職を極め、尚且つ特定の条件を得た人が就くことができます。騎士である、門を守ってくれているカッシュさん達は剣士からの上位職です」

「そういうことか。さすがミリアだね。可愛いだけじゃなくて賢くもある」

ちょうど飲み物を口に含むタイミングを狙って言ったら、案の定噴き出してむせている。

「ごほっ！　ごほっ！　もう！　そ、そういうのはいいです！　真面目な話をしてるんですから！」

「ごめんごめん。とりあえず全部の職をやってみよう。それで合った職を見つけることにするよ」

「ぜ、ん……ぶ⁉」

「うん、だって何が自分に合うか分からないじゃん」

所詮《しょせん》下位職。そんなに驚く程難しいモノでもないだろう。どうせミリアのように習得しているけれどメインジョブにはできていないとか、そういうことだろうし。

「はぁ……大変なのに。もうタカシさんがやる事に何も言いません。どうせからかわれるだけだし」

「でも、俺が間違ったことしようとしたら止めてね？」

「ブラックウルフの時にも思いましたけど、止めても止まってくれなさそうですし」

「あの時はミリアに指一本触れさせないって必死だったんだよ」

また赤くなった。初心《うぶ》だなぁ。ミリアをからかうのも楽しかったし、これで明日の予定を組めそうだな。

「そういうわけで明日は依頼を処理しながら、一通りの武器を使って訓練してみよう」

「はい！　分かりました！」

ちょうど夕飯も食べ終わったところなので、ミリアと一緒に部屋へ戻る事にする。


部屋に戻ったところで、あることに気が付いた。そういえば、俺、風呂に入っていない！

そんな状態でミリアを抱きしめたのか⁉　うわぁ。今になって恥ずかしくなってきた。

ミリアは良い匂いだったけれど、俺、臭くなかったかな？

「あ、あの。ミリアさん」

「はい、何ですか？」

「このせか……いや、この国ってお風呂に入る習慣とかないの？」

「お風呂ですか。入るのは貴族くらいですかね。タカシさんの国では、違ったんですか？」

風呂が無いだと⁉　ダメだ……この世界に来て初めて心が折れそう。何とかならないだろうか……。

「俺の国は水が豊富だったからね。皆風呂に入ってたんだよ」

「良い国だったんですね。ここでは皆、体が汚れたら濡れた布で体を拭く程度です」

「何とかならないか？　何かこう人が入れそうな石とか鉄、いや木でも良い！　そういうのってない？」

「うーん、材木屋《ざいもく》さんに頼めば木製のお風呂くらい作れそうですけど、お湯が用意できません」

確かに風呂の為だけに何百リットルものお湯を用意するのは大変そうだな。

でもそこはほら、魔術が使える世界なんだしさ。ちょちょいと炎と水で何とかなるんじゃないかな。

「ほかに何かない？」

「お湯を用意するとなると炊き出し用の釜くらいです。でも、お湯を沸《わ》かせても熱いし重くて持てません」

釜か……五右衛門《ごえもん》風呂！　よし、それでいこう。

「よし！　その炊き出し用の釜を買おう！」

「えぇ⁉　どこにでもあるものじゃないですよ！」

「何とかなる。よし、武具屋に相談に行こう！　すぐに！」

「明日にしましょうよ。もう日も落ちてきましたし」

分かってないな。日が落ちる？　尚更だ。お風呂ってのは夜に入って一日の疲れを取るものなんだから。

「ほらミリア。行くよ」

「えぇ⁉　私も行くんですか⁉」

「当たり前じゃん。俺らは一心同体《いっしんどうたい》なんだから。ほら！　日が落ちちゃう！」

そう言ってドアを出て足早に移動する。

「もう……本当に行動の読めない人です……」

ミリアは文句を言いながらもちゃんとついてきてくれたのだった。

程無くして武具屋に到着した。

「おや、これはこれはタカシ様。こんな時間にどうされたのですか？」

「えっと、ご相談したい事がありまして」

ヤバい、何も考えていなかった。どうしよう。確かこの人、アイデアを出したら割引するとか言ってたな。

何かアイデアを出して、それの対価として釜を用意してくれないかな。

「アイデアはあるんですが、どのような物で利益が出るか分からなくてですね、希望を聞いておこうかと」

「おお！　本当ですか⁉　それでは折角の機会ですし、他の店の者も連れて来ます！　少々お待ちを！」

ミリアがジト目でこちらを見てくる……。何も言わずそんな目で見てくるミリアも可愛いな！

それよりも、何故か店主が人を集め出したな。そんなに大事にする気は無いんだけれども……。

「……今度は何を考えてるんですか？」

「まぁ、色々とね」

ミリアから勘繰られてしまうが、「ここは任せて」とだけ伝えておく。

「お待たせしました！　バタバタしてすみません。折角なので、意見を出し合おうかと考えまして」

意外に戻るのが早かったな。じいさんとお姉さん。あと、若いチンピラみたいな奴を連れてきた。

「皆さん。こちらの方は私の店の新商品を考案してくださったタカシ様です。この度、我らの為に知恵を貸していただけるそうなので、何か希望などありましたら仰ってください」

もう良い時間なので手短に済ませたかったのだが、俺の事を紹介し勝手にワイワイやり始めてしまった。

四人が話し合っている間、ミリアがそれぞれ人物紹介をしてくれる。どうやら、あのじいさんは鍛冶屋の店主らしい。もしかすると釜を持っているかもしれない。もしくは作ってくれるかもしれないな。

「えっと、皆さんのお店ではどんな商品を取り扱っているんですか？」

「おっと、これは失礼。こちらが鍛冶屋、そちらが仕立屋、あちらが材木屋です」

金属、布、木か。素材だけで考えれば何とかなりそうだな。

「それだけの技術と素材があれば、何でもできそうですね」

「そうですね。今ちょうど話がまとまってきていたのですが聞いていただけますか？」

「はい、お願いします」

大体の話はミリアと一緒に聞いていたが、確認も込めて本人達から聞くことにする。

「長期的に使えて、低価格で万人が買える物。そして壊れたらまたすぐ買えるような商品が好ましいです」

「長期的で安価……季節に関係が無い物ですよね。ちなみに、この国では四季とかあるんですか？」

「ありますよ。ここら辺ではもうそろそろ雨季になり、断続的に雨が降り続きます」

雨季とはいえ雨は年中降るし、雨の日に使えるアイテムとか良いんじゃないだろうか。

「なるほど。雨の日って何をして過ごすんですか？」

「できるだけ外には出ません。濡れますので」

それじゃあ屋内で使用する物が良いか。

屋内か……色々あるけれど、やはり屋内で使用する物となると電気が必要になってしまうな……うーむ。

そうなると屋外か。雨の日に使用する、傘やレインコートって化学繊維《せんい》だからこの世界には無いよな？

「もし外に出る際はどうやって雨を防いでいるんですか？」

「え、普通に布を羽織《はお》りますが……？」

やはり雨具の類いは存在しないのか。文明の具合から考えて傘くらい有っても良さそうだが……。それよりも、何言ってんだこいつみたいな顔で答えられた。

「ひらめきました」

「ほ、本当ですか⁉」

「まず、図にしますね」

そうやって傘の絵を描く。これなら簡単に作成でき、且つすぐに商品化できるんじゃないだろうか。

「こ、これは、何ですか？　三角に棒？」

「これは、そうですね……アンブレラと命名しましょうか」

「何に使うんですか？　先程聞かれた、雨と何か関係があるんですか？」

「はい。これは人が雨に濡れなくする為のアイテムです」

次に、柄の部分と軸の棒を木、骨は鉄、傘の部分は水を弾く布または皮で作るよう図面を描いていく。

最後に、開閉のギミックを描きながら傘の説明を終える。

「「「「おぉぉぉ！」」」」

四人が同時に驚きの声を上げる。まさか傘程度でここまで驚かれることになるとは……。

「えっと、このアンブレラなら、雨の日限定ではありますが年中使えるんじゃないですか？」

「これは画期的なアイテムですね！　しかも、鍛冶屋、材木屋、仕立屋が全員でそれぞれの部品を作れば、価格も抑えられる！」

四人は俺の描いた絵を見ながら、まさかこれ程とは……なんて言っている。元の世界では当たり前のようにあるアイテムでも、ここまで驚かれると嬉しいな。

「これなら、明日からでも商品化できそうですね！　皆さん！」

「そうですなぁ。これはすごいぞ。街の貿易にも使えるぞい！」

「すごい想像力ですわ！　早速案を詰めましょう！」

「っス！」

まさか貿易の話まで膨らむとは思ってもみなかった。でも、この世界に無い物なのであれば輸出もできるからなんだろうな。さて、それでは報酬の話に進みますかね。

「喜んでもらえて嬉しいです。それで、最初の相談の話に戻るんですが」

「そうでした、すみません。興奮しちゃって！　それで、ご相談というのは何でしょうか？　もう何でも言ってください！　できる限りご協力させていただきます！」

「えっと、まず大きな釜が欲しいんです。人が数人入れそうな」

「それなら、ワシの所にあるぞい。是非使ってやってくれい」

おお、早速目的の一つが達成できた！　あとは武器だな。

「ありがとうございます！　それと、売れ残りや安い物で良いので一通りの種類の装備を探しています」

「武具であればウチの物をお譲りできます！」

「魔術系の武器だったら、ウチにあるっス！」

「私だけ何もしないのは申し訳ないから、布や皮系の装備をご提供いたしますわ」

武器だけ欲しかったのに防具まで付いてきたぞ！　言ってみるものだな！

「そ、そんなに貰ってしまって良いんですかね……」

「いえいえ、提案していただいたアイテムの価値は計り知れませんので！」

「そうですか、それじゃあお言葉に甘えさせていただきますね」

いくらかは割引してくれるだろう程度の事は考えていたけれど、まさか全てがタダで貰えるとは思ってもいなかった。これからも色々と考えて提供しようかな！

「それでは皆さん一度解散といたしましょうか。タカシ様にお礼の品もお渡ししないといけませんし！」

そして会議は一旦お開きとなり、お礼の品を用意しておくのでこの後店に寄ってくれと言い残し、武具屋以外の人達はそれぞれの店へと帰っていく。

「お待たせしました。武器でしたね、本当に売れ残りでよろしいのですか？」

「十分です！」

「タカシさん、どうやってあんな事を思いついたんですか？」

「雨っていうヒントを貰ったでしょ？　それで、こんなアイテムがあったらなぁって考えただけだよ」

「そんな簡単に……私には無理そうです……」

そんな会話をミリアとしつつ、武具屋店主に案内され、倉庫に辿り着いた。

「ここにある物はどれも売れ残りで、処分を考えているものばかりです。好きなだけお持ち帰りください」

そう言われたので、ミリアと二人で色々と物色し始める。実際に装備したり外したりを繰り返していると、中にはシルバーソード＋4など、何故売れ残っているのか分からない物がある。

「装備というものは、出来が良いとか、攻撃力が高いとか、どうやって見分けるんですか？」

「刃の輝きなどですかね。例えば、そこのシルバーソードが良い例です。シルバーを使った素材は輝きが大事なんです。しかし、そのソードは何度磨いても輝きません。だから売れ残ってしまったのです」

「＋4というのは？」

「プラスヨン？　聞いたことの無い名前ですね。シルバーを使った武器の名前ですか？」

もしかして、＋4というのは、見えていないのか？　呼び名が違うのか？

これも人の名前と同じく、他の人には見えない情報なのかもしれない。

「あー、いえ。俺も名前しか知らないんです。ただ、武具屋さんなら知ってるかなと思いまして。特に探しているわけでもないので気にしないでください」

「はぁ、そうですか。お力になれず、すみません」

謝られたら申し訳なくなる。でもまぁ、見えていないのならばプラス付き装備を優先して貰おう！

選んだ武具数本を店主の前に持っていく。

「それでは、これだけいただいてもよろしいですか？」

「これだけでよろしいのですか？」

「はい。色々な武器を使って、自分に合う戦闘スタイルを編み出す為だけの物なので」

「そうですか。では、珍しい武具などを見つけましたらご報告させていただきますね」

「ありがとうございます」

頂戴《ちょうだい》した武器を、一つ一つインベントリに入れていく。

「あ、そうだった。忘れてました。武具屋さんでは魔石とか置いてないですか？」

「魔石ですか。何点かストックはございますよ」

「一つだけで良いので売っていただけませんか？」

「そんな！　魔石くらいでしたら、いくらでもお譲りしますよ！」

魔石もタダでもらえることになった。これは嬉しい。それもそうだよな。貰った武器の方が遥かに高いもんな。

「色々とありがとうございます。また近い内に顔を出します！」

「おお、是非！　その時が来るのをお待ちしております！」


挨拶を終え武具屋の倉庫から出る。

それから、釜を手に入れる為に鍛冶屋に向かう。と言っても隣の店だったのだが。

「お？　来なすったな。これが言ってた釜じゃ！　デカいじゃろ？」

デカい。何百キログラムあるんだ⁉　持てねぇよ。でも人は何人か入れそうだな。

「大きいですね。これ、鍛冶屋さんが作ったんですか？」

「そうじゃ。ギルドの依頼で作った試作品じゃ。どうせあとは鋳潰《いつぶ》すだけじゃし、持ってってくれ」

「ありがとうございます！」

なるほど。試作品なら貰っても大丈夫そうだな。

釜に触れ、インベントリに入れ！　と念じると手に吸い込まれるように消えていった。

入るか心配だったが入ってしまった。あんなにデカくて重い物をいとも簡単に……。

それに、まだまだ空きがある。便利な機能だよな。

「何か加工したりする時は声を掛けてくれ。特別割引で対応するぞい！」

「助かります！　その時はお願いしますね！」


次に、仕立屋へ到着。

「お待ちしておりましたわ」

「何か装備を頂戴するような流れになってすみません」

「いえいえ、良い品を用意できなくて申し訳ないですけれど、好きな物を選んでいただいて結構ですわ」

「ありがとうございます。今日ちょうど戦闘で使い物にならなくなったので、すごく助かります」

ミリアは遠慮しているのか立っているだけだったので、服を体に当て似合いそうな物を選ぶ。

やはり、どれも今日作成したゴスロリ服には全然及ばない。防御力も高くないし、部屋着と下着を選ぼう。

何着か手に取り、仕立屋の店主に渡す。

「これだけで良いんですの？」

「はい。今後ともお付き合いを考えているので、あまり頂戴するのも、ね？」

「はぁ、そんな事は気にせずとも良いのです。これとこれとこれはサービスです。お持ち帰りください」

遠慮していると思われたのかカラフルな布をいくつか渡された。店主に渡した物よりも質が良いので、本当にサービスしてくれたのだろう。風呂を目的としているわけだから、タオル代わりにありがたく頂戴しておくか。

「ありがとうございます！」

「また何かお困りなら声を掛けてくださいまし」


仕立屋の店主と別れ、最後の材木屋に到着。

「待ってたっス」

「材木屋さんなのに、装備を扱っているんですね」

「材木屋は木に関すること全般を取り扱ってるんす。装備は好きな物持っていってくださいっス」

武器屋と同じように、プラスが付いている魔術士用の杖などを何点かもらうことにした。

「雨季になると俺ら材木屋は仕事が無くなるんで、兄貴にはめっちゃ感謝してるっス！」

それは喜ばれるはずだ。武具屋もそれを分かった上で連れてきたのだろう。良い人なんだな。

「それは良かったです。また何か思い付いたら来ますね」

「あざぁっス！」

それぞれの店を回っただけで、各種武器、魔石、大釜、俺の普段着、ミリアの部屋着、下着類、タオル類、それらでインベントリがかなり埋まってしまった。

材木屋にお礼を述《の》べ、貰い物を確認しながら歩いていると、ミリアが落ち込んだ様子で語り始めた。

「私にはタカシさんが分かりません。ただのエッチな男の人だと思ってたけど、戦闘も知識もすごいのにプライドが高いわけでもない。すぐ人に好かれるし。それなのに私なんかが良いとか言ってくるし……」

「俺はそんな大層《たいそう》な人間じゃないよ。それにミリアだって色々な事を知っているし、俺に教えてくれるじゃないか」

「だって私それだけで、戦闘もダメだし、タカシさんにつり合わないっていうか……」

そんな事を気にしていたのか。ミリアは俺の癒《いや》しだから、別にそんな事気にしなくて良いんだけどなぁ。

「俺はただ、ミリアとイチャイチャつきながら暮らしていければ良いと考えている、ただのエッチな男だよ？」

「イチャイチャはしないです……」

「ミリアは魔術士になれたじゃないか。それに俺は身内には厳《きび》しいよ？」

「私、タカシさんに厳しくされたことありません」

確かに俺はミリアに厳しくしたことは無い。だがなミリアよ。君に厳しくするのはこれからなのだよ。

「これからというか今からというか、厳しくするよ。その為に釜を手に入れたんだからね」

「えっ⁉　釜はお風呂にするんじゃなかったんですか？」

「ミリアの魔術の特訓をしようと思ってね。ビシバシいくから覚悟して付いてきなさい」

そしてカッシュとは一言だけ言葉を交わして、再度街の外へと出る。


森へとやってきた。

森の入口には、ミリアに悪戯をした時に見つけた、ちょっとした丘がある。

街を挟んで丘の反対側に回り込み、街から見えない位置に移動して釜を出す。

「釜⁉　一体に何に使うんですか？」

「今からやってみせるからちゃんと見ててね？　大丈夫だと思うけど、これは絶対に秘密だからね？」

インベントリから魔石を取り出し、握り締める。そして漫画で見たような、腕から魔石に力が流れるようイメージを行う……が、何も起こらない。ダメか……。

イメージが違う？　目を瞑《つむ》り、手から魔石に電気が流れるイメージをする……が、何も起こらない。

これも違うのか。今度は血液が指先から魔石へ、魔石から掌へ流れるようなイメージをする。

——パァァン！

「なっ⁉　なな⁉」

ミリアは驚いているが、まだ作業は始まってもいない。

魔力の使い方は血流をイメージすれば良いのか。ちゃんと魔術士のジョブも習得しているようだし、何の問題も無いな。ここまでは予想通り。メインジョブを魔術士に変更する。
▼タカシ・ワタナベ　魔術士01（アンノウン07）ランクD
まずは試しに魔術を使ってみよう。これがこの作業のメインだ。

今度は、掌から水が出るイメージ。水が釜に入るイメージ。水の量は釜の半分程になるイメージ。

——バシャアアアアア！

よし、いける！

次に炎をイメージ。両手から炎が出て釜の下半分を覆うイメージ。炎は持続して釜を熱するイメージ。

——ゴオオオオオオ！

「な、なな、何でぇ！　で、で、ま、マジッ！　マジュッ！」

「え？　さっき魔石に魔力を込めて壊したの見てなかったの？」

「見っ！　ちが！　じゃなくて！　違う！　そうじゃなくて⁉」

「落ち着いて、ね？　まずは深呼吸しよう？」

釜を熱していた火魔術を解除して、テンパっているミリアを勢い良く抱き寄せる。

「ちょ！　だきっ！　ちがっ！　みず！　ひっ！　かまっ、もえっ！」

ダメだ。一瞬で魔術が使えるようになった俺を見たからなのか、ショートすらできずにかつてない程テンパってジタバタしている。頭からプスプス煙が出てきそうな勢いだ。

「ミリア、ひとまず口を閉じて落ち着こう。ね？　じゃないとまたキスするよ？」

「んーっ！」

テンパっていても言う事は聞くのね。でも口を閉じてもまだ何か言おうとしている。余程キスが嫌なのだろうか。傷付くわぁ……。

「ミリア！　俺は、魔術が、使えるように、なった。オーケー？」

「ん、ん！」

ミリアの頬を両手で覆い、強制的にこちらを向かせ目を見て話し掛ける。

「今までできなかったことが、今できるようになった、それだけ。ね？　簡単な話だよね？」

「ぷあっ！　でも！　訓練してる素振りすら無かったじゃないですか！　それなのにとつぜむぅっ！」

うるさいので口を封じた。少しジタバタしていたけれど、暫くすると力を抜いて俺から離れる。

「ぷはっ！　はぁ！　ま、また！　またキスした！」

「だって、ミリアがいつまで経っても落ち着かないからさ。じゃないとキスするって言ったでしょ？」

「でも！　もう……分かりました。静かにします……」

「よしよし」

やっと落ち着いたので、頭を撫でる。

「どうして、いきなり魔術が使えるようになったんですか？」

「俺はね、大体の事ができちゃうんだよ。それで、ミリアからジョブを得る為の条件を聞いた時、あぁ、これなら俺にもできるなって思ってやってみたら本当にできた」

「何ですかそれ……私は何年も頑張ったのに……」

「そういう人も居るんだよ」

泣きそうになり、下を向いて落ち込んでしまったので更に頭をナデナデする。

「それより、これがさっきミリアに言った、特訓ってやつだよ」

「え……魔術士になりたての私にそんな事できるわけ……あ、いやタカシさんはできたのか」

「そう。俺にできるんだから、魔族であるミリアには簡単だよね？」

「わ、分かりました。やってみます！」

そう言ってミリアは両手を前に出し、何やらブツブツ言っている。

「万物の根源たる偉大なる炎よ、彼の者を燃やし給《たま》え！　ファイアー！」

――ボボボボボボ！

「やった！　やりました！　私にもできました！」

「さすが俺の嫁だ！」

かなり小さい炎だけれど確かに火魔術だ。それにしても、詠唱が必要なの？　ゴスロリを着たミリアが詠唱しているとアニメキャラを必死に演じている子みたいで可愛いな。眼帯を付けて、腕に包帯なんて巻いたりしちゃったら、完璧に中二的なあっち系の人にしか見えない。

そんな事をニヤニヤしながら考えていたらミリアに怒られた。

「嫁じゃないです！」

「うん、じゃああとは任せても大丈夫そうだね」

ミリアが魔術の発動を止め、信じられない物を見るような目でこちらに向き直ってくる。

「えぇ⁉　私一人に仕事をさせて、どこかに行くんですか⁉」

「ミリアには特訓を兼ねて、お風呂を沸かしてもらう。俺は武器の特訓で少し汗を流してくるよ」

「特訓……ですか。分かりました！　そういうことでしたら、頑張ります！」

「うん、任せたよー」

ミリアの炎はかなり小さい。あれでは何時間も掛かりそうだが……ひとまずは任せてみよう。

「それじゃあ行ってくるね」

「はい！　いってらっしゃい！　ここはお任せください！」

ここはお任せくださいって、それはフラグだよな。

落ち込むであろうミリアをどうやって慰《なぐさ》めようか考えながら、俺は武器を変え、移動する。


森の中に到着。

とりあえず全ての武器で戦闘をしてみよう。ダガーは今までジョブが付かなかったので後回しにして、習得が分かり易いナックルを装備してウロウロしていると野兎を発見した。

倒してからジョブ確認を行ったが、ジョブは習得していなかった。

何度かやってみようと、同じ事を五回程行うとジョブを習得した。どうやら五回戦闘を行う必要があるようなので、他の武器でも同じ事を繰り返すと、闘士、戦士、剣士、射士、神官、僧侶を習得できた。

神官は加護を受けていないからダメだろうと思っていたが、メイスで野兎や猪を撲殺《ぼくさつ》していると、神官と僧侶を一気に習得できた。ミリアの情報にも誤りはあるようだ。

各ジョブの基本値を確認するが、こんなものか……どれも基本値が低い。所詮は下位職だな。

今後はもしもの時に回復ができるよう、戦闘時には冒険者ではなく僧侶でやっていくことにしよう。

レベルも上がったし、怪しまれないよう魔術士に変更して、そろそろミリアのところに戻るか……。

あ、そういえば。風呂と言ってもただの釜だから、中敷きを作らないと熱くてやけどしちゃうな。

そう思い、武具屋に貰ったハンドアクスとバスタードソードで倒れている木をちょうど良い大きさの板状に加工し、釜に入る為に階段も作っておく。

そうやって加工した木と、大きな葉っぱを何枚かインベントリに入れて、ミリアの所へと戻る。


釜を設置した所に戻ると、ミリアが釜の前で膝を抱えて丸くなっていた。

「ただいま。どうしたの、ミリア?」

声を掛けるとビクっとして、顔を上げてこちらを見る。どうやら今まで泣いていたようだ。

「くすん……わ、わたしには、できないです」

「え?　お任せくださいって言ってたよね?　何でできないの?」

火の威力が弱かったし、分かってはいたことだけれども少し強めに言ってみることにする。責任感の強いミリアの事だ。傷付くかもしれないが、厳しくいくと宣言したのだから我慢我慢。

「だっでぇ……ひっぐ、ひのいりょぐがだりないんでずっ」

「威力が弱いからって、すぐに諦めてそうやって丸まってるだけなの?　何とかしようとしなかったの?　見た感じ、まだ精神力の半分も使ってないようだけど?」

ミリアのステータスは見えているのでMPが足りないなどの嘘は通じない。

「ばがりまぜえん……そんなごど言われでも、わがりまぜぇん……」

「泣いてどうにかなるものじゃないよ?　厳しくいくって言ったでしょ?　ほら。立って」

「うわあああん!」

手を引いて立ち上がらせたらまた泣き始めてしまった。ものすごく心が痛い。でも、経験しないと分からないことなんてこれからいくらでもある。

ひとまず魔術の使い方を教えてみよう。詠唱なんて知らないから、感覚でしか教えられないけれど。

ミリアを後ろから抱き込み、両手を前に出させ魔術を放つポーズを取らせる。

「いいか、ミリア？　目を閉じて、俺の言う事をちゃんと聞くんだよ？」

「うん……」

ガチ泣きしたせいだろうか。いつもなら、はいって答えるのに受け答え方が変わっている。本当の素ミリアは、こういう素直なキャラなのかもしれない。

「まずは前に伸ばしている手の指先に意識を集中して、自分の血液の流れを感じるんだ」

「うん……」

「その血液が腕から指先に行って、指先からそのまま前に出るようイメージしてごらん」

「怖い……」

「大丈夫。俺がついてるから。ほら、やってごらん？　そして次にその血液を炎としてイメージするんだ」

「本当だ。私の手から炎が出てる」

「そう、その炎はミリアが力を込めると次第に大きくなる。ほら、どう？　炎が釜全体を覆ってないか？」

「釜が炎に包まれてる」

「すごいね。どんどん熱くなって釜が赤くなっていくよ？」

「ほんとだ。赤い。熱そう」

「手はそのままだよ。いいか、ミリア？　目を開けてごらん？」

「わぁっ!?」

目を開けたミリアが驚く。釜が炎に包まり真っ赤に加熱され、中に入っていた水は沸々《ふつふつ》と沸いていた。

「これ、わ、私が⁉」

「うん、そうだよ。ちゃんとやればできたでしょ？　よく頑張ったね」

そのまま後ろから抱きしめて頭を撫でてあげる。

「途中、素のミリアが出て、可愛かったよ」

「だって、タカシさんが怖くなったと思ったら、突然優しくなったんだもん」

「俺はいつも優しいよ？　だから、いつでも素のミリアで接してくれて良いよ。すごく可愛かったから」

「恥ずかしい……それより、お風呂に入るんじゃないんですか？」

おっと、そうだった。ミリアの体に集中していて忘れていた。とりあえず持ってきた階段を置いて、湯温を確かめよう。

丸太の階段を上り釜の中の温度を確かめる。ミリアを堪能している間にちょうど良い温度になったようだ。ついでに中敷きを沈めておく。

あとはそうだな。脱衣所が欲しいな。土魔術でも試してみるか。

両手を前に出し、釜の反対側に固い土でできた小さな部屋をイメージし、魔術を発動する。

——ズズズズズズ
おお。良い感じだな。

さすがに土のドアなんて付けられないから、前と後ろにミリアが通れるくらいの穴を作った。

「さぁ、ミリア。風呂に入ろう」

「はい。では待ってますね」

「は？　何言ってんの。ミリアも一緒に入るに決まってるじゃん」

「えぇ⁉　嫌ですよ！　お風呂なんて入ったこと無いから、入り方分からないですし！」

お風呂に入ったことがないなんて、元の世界では爆弾発言だ。この世界では普通のようだが……。

「大丈夫。俺が教えてあげるから」

「うぅ……それでも裸になるのは嫌です！」

「じゃあ下着で良いよ。ほらこっちにきて。はい、じゃあ紐を解くねー。はい、次は手を上げてねー」

「な、何ですか⁉　え、ええ⁉　きゃ、きゃあああ！」

周りに人が居ない事を確認してからミリアを小屋に引き入れて、服の前にあるボタン代わりの紐を解く。

バンザイさせたところで、スカートから一気に捲り上げて脱がしたので抵抗はできない。

「な、ななな、なな！」

半裸のミリアは、上下を手で隠しながらモジモジしている。

そんな姿を見ながら、俺も鎧を脱いで全裸になる。ミリアに下着を残してあげたのは優しさだ。

「さ、行こうか」

「きゃ、きゃあああ！　やめて！　やめてぇ！」

ミリアをお姫様抱っこして、小屋から出て、階段を上る。

下着姿だからだろうか、前みたいにバタバタしないのは偉い。

湯の中に足先だけ入れて温度を確認した後、あうあう言っているミリアと共に湯船に入る。

「ふぃぃ。気持ちいいなぁ」

「うぅぅ……エッチ……」

「特訓をサボって丸まって泣いていたバツだよ」

「も、もう！　でも！　ちゃんとお湯にしたじゃないですか！」

「水を用意したのは俺だし、泣いているミリアにちゃんとした使い方を教えてあげたのも俺だよね？」

「いじわる……」

そうやってミリアを後ろ向きに抱っこし、俺が背もたれになるよう体重を掛けさせる。

「ふぁぁぁ……」

「ね？　こうやると体が伸ばせて気持ちが良いでしょ？」

「え？　あ、あぁ、はい。変な声出ちゃいました。すごく恥ずかしいですが、確かに気持ちが良いです」

「やっぱりお風呂は良いね。一日の疲れが吹き飛ぶよ。次からは石鹸《せっけん》とかも用意しないとなぁ」

「また石鹸とか贅沢品《ぜいたくひん》を……思ったんですが、風呂といい石鹸といい、タカシさんは貴族なんですか？」

「違うよ？　普通な両親の下に生まれて、平凡な人生を歩んでいた、エッチなだけの男だよ」

平均より少し少ない年収の親の元に生まれた、ごく普通の一般人なのは間違い無い。

「歩んでいた、って過去の話で、今は違うっていうんですか？」

「うん。だってさ、こうやって好きな人と一緒に風呂に入れるなんて、まるで夢のような話が実現しちゃったからね。もう普通の男じゃない。羨《うらや》まれる男になっちゃった」

「またそうやって歯の浮くような事を平気な顔して言う……でも少しだけ分かる気がします」

いつもみたいに、あぅあぅ言わないな……しかも分かる気がするって、つまりそういうことだよな。

「お？　ミリアとの心の距離がまた少し近づいたのかな？」

「もう！　慣れただけです。でも、そうだといいですね。ふふ」

石鹸などは無いので、体はあとでタオルで擦るだけにして他愛の無い話をしながらお風呂を楽しむ。

「そうだミリア。さっき教えた魔術の使い方、ちゃんと覚えた？」

「何となくですが、覚えました」

「どんな魔術で、威力はどの程度か、それを使うとどんな効果があるか。要はね、イメージだよ」

「はい。イメージイメージ」

——ボウッ！

ミリアの指先に小さな炎が出る。

「こんな感じですね！」

「そう。でもこの方法は正規の方法じゃないかもしれないから、秘密だよ？　あと、常に練習すること」

「はい、分かりました。イメージイメージ」

——ピューッ！

今度は水鉄砲のように水が前方に飛んでいく。

——サーッ！

今度は涼《すず》しい風だ。風呂にはぴったり……あ、そうだ。

一つ確認しておかないといけない事があったんだよな。ＭＰが尽きてしまったら魔術がキャンセルされるのか、そもそも使えないのか……死ぬことは無いだろうし、ちょうどミリアのＭＰが少ないから試してもらおうか。

「ミリア、今の風気持ち良かったよ。もう一度長めに使ってくれる？」

「はい！　ふふ、どうですか？　きもちっ……」

——ヒュッ！

風は出ていたけれど突然ミリアの体から力が抜けた。どうやら気を失ったようだ。

ＭＰを確認すると赤文字でゼロになっている。ＭＰが切れるとこうなるのか……注意しておこう。

溺《おぼ》れないようにミリアを抱き留めて、暫く目を覚ますのを待つが、呼び掛けても目を覚まさない。仕方が無い。

目を覚ますまでに体を洗っておいてやるか。

ミリアの下着を全て脱がせ、今日貰ったタオルをインベントリから取り出し、耳や鼻や口にお湯が入らないように優しくごしごし洗う。子供の体を洗っているようだ。

それにしてもミリアの肌はプニプニでツルツルだな。色んなところが。

全身余すところなく洗った後、気を失っているミリアにお湯を掛けつつ、俺も体を洗う。

洗い終わって少し待ってみたが、やはり目を覚まさない。仕方が無いな……。

汚れても洗えるだけの湯があるし、その湯が汚れても俺には魔術がある。うん、何の問題も無いな。

外に向くように釜の縁に座り、膝の上に意識の無いミリアを座らせる。所謂《いわゆる》、背面座位だ。

ミリアの頭や首筋、耳に鼻を近づけてミリアの香りを堪能しつつ、左手は揉める程も育っていない胸の先端に刺激を与えつつ、右手で陰部の突起物――クリトリスを優しく愛撫する。

「んっ……」

暫くイジっているとミリアの息遣いが荒くなり、陰部から粘り気のある体液が溢れてきた。

「はぁはぁ……ふぅ、はぁ……」

ミリアの体に力が入ってきたのが分かったので、愛撫のスピードを少しだけ上げる。

――クチュ、クチュ……クチュチュチュ
すると、ミリアの両足がピンっと前に伸び体全体に力が入った。

「んんんっくっ！」

果ててしまったようで、数秒程電気ショックを受けたかのように体を硬直させて震えていたが、やがて力が抜けてぐったりした後、いつものように『チョロ、チョロロロ……』と尿を漏らし始めた。

次第に呼吸が安定してきたので、今度は湯冷めしないよう湯船に浸かり、小さな口を開かせる。

そして、我が息子を押し込むが口が小さ過ぎて半分も入らず、ガリガリと歯が当たってしまう。

どうにかならないかと、何度か出し入れしていると誤って喉の奥を突いてしまった。

「おごっ！　ごぶっ！　おぇぇぇぇ……はぁはぁ……」

危ない……嘔吐させるところだった。そんな事になったら匂いでバレてしまう……。

フェラを諦め、釜の縁にタオルを重ね、その上にミリアをもたれ掛からせてお尻をムニッと開く。

アナルに唾液を垂らし、ミリアの泡だった唾液でベチャベチャの我が息子――ペニスを押し当てる。

「ふはっ……くぅ……んぅ……」

グッと腰に力を入れて押し込むと、意識が無いお陰か先端部分を入れることができた。あとは慣らすだけだ。

先端部分を出し入れし、ミリアの奥へと徐々に侵入していく。

「はっ……はっ……んはっ……はっ……んぅはふっ……」

腰の動きに合わせて、ミリアの吐息も荒くなる。

意識が無いので、少しは緩くなっているはずなのだが、熱く、狭い。

これは開発のし甲斐があると興奮しながらもゆっくり腰を振っていると、早くも波が来てしまった。

久し振りの右手以外、しかもアナル。意識が無い少女、野外、風呂、異世界、という様々な要素もあり、数分もしない内に限界へと到達してしまうが一旦停止。ここで果ててしまうのは勿体無い。もっと楽しみたいからな。

しかし、一旦動きを止めたもののボルテージが上がってしまっていたので、腰の動きを止める判断が半擦り分遅れてしまい、少々漏れた。

まだ完全な射精には至っていないし、ペニスはまだ硬度を保ったままなのでこれはセーフだ。膣ならば余裕でアウトだが、アナルなのでセーフ。謎理論だがこの症状、男性なら皆経験はあるだろう。セックスやオナニーを途中で止めて「まだだ、まだ終わらんよ」状態のアレ。所謂半イキのような感じだ。

そんな経験無い？　ならまだエロを極めてないな。是非今からでもやるべきだ。次の快感が段違いだからな。

おっと、自分を落ち着かせる為とはいえ、一人芝居をしてしまっていた……よし、落ち着いた。続けよう。

ミリアのアナルは、異物を排除しようとしているのだろうか。刺さっているペニスの動きに合わせて、グネグネと動いているように思える。たまに肛門がキュッとなり、これはこれで締め付けが心地良い。

ミリアに挿入したまま、体重を掛けずに後ろから覆い被さり、スベスベな柔肌を指で、時には舌で堪能しつつ腰を小さく動かす。

第二の波も半イキになりつつも一旦停止で何とか切り抜け、時間を掛けてアナルを開発する。

ミリアはさすがに開発中のアナルではイケないようで、腰の動きに合わせて声が漏れているだけだったが、まだまだこれからだ。挿入ができただけでも上出来だろう。

ただ、それだけでは単調だったのでミリアの膣を愛撫する。

「くっ、うぅぅ……」

触った瞬間ブルブルっと体を震わせ唸っていたが、次第に震えは無くなり愛撫している俺の指が濡れてきた。

それに合わせ、ピッタリと閉じている膣肉に守られていたクリトリスを指で剥き、表に出す。

「んぅ……」

クリトリスを優しく指先で転がし、コリコリと刺激を与える。

「あ……うぁ……」

ミリアの喘ぎと同調して小さな体が跳ね、肛門がキュッキュと締まる。その快感を味わいつつミリアが果てるタイミングに合わせて俺もミリアのアナルへと盛大に射精する。

「うっ……くぅ！」

「あぁ……ぁ……ぁ……」

ビュッ、ビュルッ、ビュルルッと何度かに分けて射精するペニスの動きに合わせて、ミリアの体が跳ねる。

我がペニスは半イキから射精まで酷使したにも拘らず、未だ収まらず硬いままだ。続けて二回戦にも挑みたいところではあるが、ミリアの体も心配だし、何より目覚めたら困る。

名残惜しく思いながら、色々なモノで汚れてしまった息子を風呂の残り湯で洗う。続いて汚してしまったミリアの体を洗い流し、膣も広げて洗い流す。お尻も穴の中には指を挿入し、精液を掻き出してお湯でキレイに洗い流す。

その間もミリアのＭＰをずっと監視していたが、赤文字でゼロになったまま戻る事は無かった。一度ゼロになると暫くは戻らないのかもしれない。そして、その間は意識を失ったまま……と。これは、ＭＰをゼロにさせてしまえばいつでも楽しめるということだよな。ふふふ、それが分かっただけでも十分だ。

今暫く様子を見るということで、今日はこのくらいにしておこう。

ミリアを抱き上げ、釜から小屋へと戻る。

さすがに裸のままだと風邪を引いてしまうので、ミリアには貰ったばかりの新品の下着を穿かせて、部屋着を着せた後、俺も貰った服に着替える。

ミリアを着せ替えた後は地面に葉っぱを敷いてその上に寝かせ、俺は風呂場の解体作業に移る。

小屋は土魔術で崩し、釜は転がして中のお湯を捨てた後、全体を水魔術で洗い、インベントリに戻す。

丸太階段は土魔術で代用が利くことが分かったのでそのまま放置して、作業完了だ。

そして、ミリアをおんぶして街へと向かって歩き出す。


街に着いた頃には辺りはすっかり暗くなっており、カッシュに簡単な挨拶をしてすぐ宿に戻る。

「おや、ミリアはどうしたんだい？」

「ちょっと疲れちゃったみたいで、途中で寝ちゃいました」

「あはは、人前で寝るなんて、あんたの事本当に気に入っちゃってるみたいだね」

今朝に比べたら大分仲良くなったとは思うが、まだまだだな。

「そうだと嬉しいです。それじゃミリアを寝かせてあげたいので、部屋に戻りますね」

「あいよ。ミリアの事よろしく頼むよ」

ミーアに鍵を貰って部屋に戻るが室内は真っ暗だったので、早速覚えた火魔術で指先に小さな火の玉を出しつつ、蝋燭《ろうそく》の位置を確認。出していた火を直接蝋燭に近づけ火を灯《とも》す。魔術って本当に便利だ。

明日の予定を立てたいけれど、ミリアはこんなだし今日は色々ありすぎて本気で疲れた。

風呂にも入ったし、かなり早いけれどもう寝るか……。

自分の服を脱いで、ミリアの部屋着も脱がせ、同じ布団に入る。

おやすみの挨拶をしても当然ミリアから返事は無いので、キスをして寝ることにした。

今日も一日お疲れ様でしたっと。おやすみりあ。

Miria・Werle

ミリア・ウェール

私……
実は人族ではないんです。

【プロフィール】
Lv.10　魔術士
Rank.E
身長:140cm
体重:34kg
B72/W52/H74

【ステータス】
HP:154(54+100)
MP:149(99+50)
ATK:43(27+16)
MAG:96(72+24)
DEF:56(27+29)
AGI:27(27+0)

STR:3　VIT:3　INT:8　DEX:3　CHA:3
ステータスポイント:9

【ジョブ】
メインジョブ:魔術士Lv.10
サブジョブ:冒険者Lv.10

習得ジョブ:村人Lv.2　商人Lv.1　奴隷Lv.1
闘士Lv.1　戦士Lv.1　剣士Lv.1
射士Lv.1　神官Lv.1　僧侶Lv.1
習得スキル:体力上昇小　攻撃力上昇小
魔力上昇小　初級魔術
初級魔術障壁

【装備】
武器:ウッドステッキ＋4
防具:ゴシックロリータ　ヘッドドレス
レザーブーツ
所持品:なし

【特徴】
頑固、正義、負けず嫌い、チョロい、むっつり、一生懸命、物知り、頼られるのが嬉しい、説明口調が多い、世間体を気にする

ユニークモンスター

目が覚めると、辺りは真っ暗だった。

今日も夢落ちでありませんようにと、祈りながら身の回りを確認。すうすうという規則正しい寝息が聞こえるので夢ではないようだ。時計を見るとまだ五時前。こんなに早起きしたのは久し振りだ。

欠伸《あくび》と共に伸びをしたらミリアが布団の中で動き始めた。どうやら今ので起こしてしまったらしい。

「う？　あぁ、おはようございます」

「うん、おはようミリア」

ミリアの頭を撫でながら、今日は何をしようか考える。

ミリアにはひとまず、昨日の俺と同じように現在習得が可能なジョブを全て覚えてもらおう。その後、魔術士と答えるのは分かっているけれども、一応なりたい職を直接聞いてみよう。恩恵の言い訳としては、昨日一緒に風呂に入ったから、とでもしておけば良いかな。

「ミリア、体調はどうだい？」

「え、あぁ、はい。ん？　あれ、だ、だい……じょうぶ？　だと思います」

ミリアはまだ寝惚けているのか、布団の中でモゾモゾした後、伸ばした掌を開いたり閉じたりしている。

「あれ？　でも、何で部屋に居るんですか？　え？　しかも何気に一緒の布団で寝てるし？」

やはりまだ寝惚けているらしい。いつもならここで悲鳴を上げるのに。

「昨日風呂に入っていたら、ミリアがのぼせて気を失ったから、部屋まで連れてきて介抱してたんだよ」

「あぁ、なるほど。ご迷惑を……を？　を、お！　おぉ⁉　ななな、何で下着姿なんでえええ⁉」

「のぼせちゃったから、服を脱がせてあげたんだよ。暑そうだったからね」

ミリアの温もりが名残惜しかったけれど、俺はベッドを出て蝋燭を交換し、火を灯す。

「うぇぇ⁉　ぱぱ、ぱん、ぱ、つ、下着！　下着が変わってる！」

「うん、お風呂に入ったから。びしょびしょだったじゃん？　全裸で運ぶのもどうかと思ってね。仕立屋さんから貰った下着を穿かせておいたよ。そのパンツ可愛いよね」

「み、見られた。見られた。見られた……」

思い出して恥ずかしいのか、布団を被ってしまった。

「もう動きたくないです。もうこれ以上恥ずかしい思いしたくないです」

「大丈夫。もうこれ以上恥ずかしい事なんて無いよ。洗い残しがないよう体の隅々まで確認したから」

「隅々⁉　あうあ、もうやだぁ。お嫁にいけない……」

「俺が貰うから大丈夫。安心して俺に任せておいて！　さぁ、今日も一日お仕事頑張ろう！」

いつまでも布団から出ないので引きずり出そうとするも、布団にしがみ付いて離れない。

「いーやぁ！　もうやだぁ！　やーだー！」

寝起きで頭の処理が追い付いていないようだ。完全に子供だな。まぁ、子供だけど。

仕方が無いので先に顔を洗おうとベッドから下りると、音を立てずに少しだけドアが開く。そこにはミリアの声が聞こえたからなのか、ミーアが隙間からこっちを覗いていた。

ちょうど目が合い、挨拶の為会釈する。ってか、怖いわ！　暗殺者か！

ミリアはまだ、やだやだ言ってる。ミーアに気が付いていないようだ。

「それじゃ、俺は狩りの準備に行ってくるから、ベッドの中で待ってなさい」

「っ⁉」

「そんなに部屋から出たくないなら、もう魔術を使うことも無いよね。魔術士は一生封印だ」

「えぇ⁉」

魔術士封印というのが効いたのだろうか、ベッドから飛び下りて走って俺の腕に抱き着いてくる。

「いく。私も行くます！」

「仕事に行くの嫌って言ってたじゃないか。だったら俺一人で行くよ。ミリア一人くらい養えるから」

「いやぁ！　行く！　私も一緒に行くもん！」

まだ寝惚けてんのか。何この可愛い生き物。ほら、見てみろよ……ミーアも、こんなミリアを見たことが無いのか目を見開いて驚いた顔になってるじゃん。

「俺の事好き？」

「すき！　だから一緒に行くもん！」

「行くのは良いけど、そうなるとミーアさんから俺に奴隷の権利を移すことになるよ？」

「うつす！　移して一緒に行く！」

「エッチな事をするかもしれないよ？」

「なれたもん！」

自分が何を言っているのか分かっているのだろうか。寝起きのミリアは可愛いな。まるで幼児だ。

「だそうですよ？　ミーアさん」

「はぇ⁉」

「仕方が無いねぇ。元々その子は奴隷として使役する為じゃなくて、私達の子供として購入した子だからね。譲渡はその子が結婚する時だと考えていたけれど、そこまで好き合ってるなら反対はできないよ」

そう言いながら部屋に入ってくるミーアを見て、ミリアは口をポカンと開けたまま固まっている。

「え……？　おかっ⁉　どこから⁉」

「ん？　お前が布団の中で駄々《だだ》をこねてるところから見てたよ」

「いやあああああ！」

折角天岩戸《あまのいわと》から出てきたのに、また自ら入って行ったじゃないですか。何してくれてんのよ。

「まぁそんなわけだ。タカシ、今日の夕方は時間作っといてくれ」

「え？　あぁ、はい。分かりました」

それだけを言い残し、ミーアは部屋を出ていった。もしかして、ミリアを貰えるのか⁉

喜んでいる俺とは反対に、ミリアがまた布団の中で独り言を言い出した。

「あぁ、もう、私何を言って……」

ひとまずミリアの装備一式を出し、ミリアが食いつきそうな事を言ってみる。

「ほら、ミリア。昨日は悔しかっただろうし、今日は魔力を上げてあげる。だから、早く着替えなさい」

「魔力⁉　本当ですか！」

がばっと布団から出てきて、キラキラした目をこちらに向けてくる。食いつきが半端ない。

「魔力！　本当に私の魔力を上げる事なんてできるんですか⁉」

「ああ、多分できるから。ほら、だから早く服を着なさい」

「本当⁉　本当ですよね⁉　約束ですからね！　やったー！」

下着姿でピョンピョンする程度には俺との生活に慣れてきてくれたのかな。

飛び跳ねながらバンザイしていたので、ついでに上からガバっと服を着せる。

「さぁ、その前に食事だ。今日の日程も決めないといけないし、また食べながら話し合いをしよう」

「はい！」

泣いたり笑ったり、落ち込んだり喜んだり忙しい。ミリアの事が少しずつ分かってきた。

そんなミリアの頭を撫でながら食堂に移動し、朝食をとりつつ今日の行動を話し合う。

「まずは実験したい事があるから、依頼を受けて狩りをしよう」

「試したい事、ですか。それはどのくらい時間が掛かりそうですか？」

「うーん、俺は昨日三十分も掛からなかったな。でも今日はミリアにやってもらうから、ミリア次第だね。それでも一時間もあれば終わるんじゃないか？」

「頑張ります！」

下位ジョブを習得するだけだから、すぐに終わるだろう。

ただ、それからミーアとの約束の時間までかなり空くことになる。何か金になることはないだろうか。

「ねぇ、ミリア。お金を沢山稼ぐ為に、何か良い方法ないかな？」

「そうですねぇ。前に言ったと思いますが、コツコツ依頼を受けるのが確実です。素材も集まりますし」

「そうか。じゃあものすごく価値のある素材とかない？」

「この街の周辺は、他の街と比べて比較的モンスターが弱いです。でもモンスターの居る場所には大抵、昨日のブラックウルフのようなユニークモンスターが居ます。それを討伐すれば報酬は高いです」

そういえば昨日倒した狼の事を、ギルドのおじいさんがユニークとか言っていたな。そんなに危険な奴だったのか……。でも、アンノウンで基本値のブーストが掛かっていたとはいえ一撃で倒せた。そんなに強いとは感じなかったが……。まぁ、もっと数が居たら危なかったけれども。

「ここら辺では、ブラックウルフ以外にどんなユニークモンスターが居るか、分かる？」

「はい、分かります。ここら辺にはあと六体程です。倒された情報は無いので多分今も居るかと……」

ブラックウルフで8金だった。本来ならば三パーティーで挑み、それぞれで分配することになるらしいが、俺らは二人だけで討伐するから総取りできる。

そいつらを討伐しているだけで大富豪になれるんじゃないか？　でも現実はそんなに甘くないよな？

「ユニークって倒してもまた出てくるの？」

「そうですね。ユニークと言っても群れの長的な存在なので、倒したら次の長が誕生します」

「それはどのくらいの頻度で？」

「弱い群れだと生存の為すぐですが、大体一年程度と言われています」

一年か……それだけじゃ生活費だけで無くなりそうだな。

「よし、今日はサクっと作業を終わらせて、全てのユニークモンスターを狩りに行こう」

「えぇ⁉　やっぱりやるんですか⁉」

「もちろんだよ。魔力上げたくないの？」

「行きましょう！」

現金な奴だな……。

食後のまったりした雰囲気を切り替え、カウンターに居るミーアに鍵を返して宿を出る。

まず向かう先はギルドだ。

ギルドに到着すると、相変わらず無言の圧力を受ける。

しかし、昨日程酷くはない。俺達の事はもうどうでも良いと思う奴らも増えてきている気がする。

「実験では森に行くし、昨日俺が狩った兎とかも処理したいから、まずは森の依頼を見に行こうか」

「はい」

掲示板を見るとラインナップはそこまで変わっていなかった。

「ユニークは掲示板に掲載されないの？」

「いつ出てくるか分からないし、監視などは危険なので実際に人や街に被害が出ないと掲載されません。掲載されたら掲載されたで、緊急案件になるので直ぐに討伐されちゃいます」

「なるほど。じゃあユニークを見に行くし、一緒に居るモンスターの依頼も一緒に受けておいた方が効率良いよね。どれ受けたら良い？　選んでくれ」

「ユニークの取り巻きは基本的にDランクです。これとこれ。あとこれらが良いと思います」

ミリアが教えてくれた依頼を全て受ける事にした。これでユニークが居なくてもそいつらを討伐すれば、一応金になる。結局受けたのは薬草採取と、ラビット、ボア、ハーピー、バタフライ、センティピード、ビッグオックス、アサルトシープ、フォレストラットの討伐系が八つ。

兎、猪、鳥、牛、羊、鼠《ねずみ》って何か干支《えと》みたいだな。辰とか居たら強そうだ。

それよりも百足《むかで》はヤバイ。毒《どく》とか使いそう。僧侶に毒治療とかあれば良いけど……こういう時は困った時のミリア先生だ。

「毒とか麻痺《まひ》みたいな、状態異常って治癒魔術で治せるの？」

「僧侶が一定以上の研鑽《けんさん》を積むと治療できるようになるそうです」

「そっか。比較的若い僧侶でも使えている感じ？」

「そうですね。治癒魔術の中でも簡単な方だと聞きます」

治癒魔術の次に覚えそうだな。レベルいくつか分からないけれど、とりあえず10まで上げてみよう。

「それじゃあ、依頼も受けたし早速森まで行こうか」

「はい！　頑張ります！」

ミリアは、昨日と比べて返事も良いしヤル気に満ちているようだ。魔力を上げてもらえるかもしれないという

のが楽しみなのだろう。

ギルドを出て門まで歩き、カッシュに挨拶をしてから森に移動する。

「さて、それじゃあ……この武器を使ってモンスターを倒してみてくれるかな。俺は薬草集めてるから」

「う？　……分かりました。これが実験なんですか？」

そりゃあ疑問だよね。何にも説明していないのにいきなり剣で戦えなんてさ。

「うん。魔力を上げるのに大事な作業なんだよ」

「はぁ、そういうものなんですか？　聞いたことありませんが……」

「えっと、モンスターのどの部位に魔術を当てたら効果があるのか分からないと、どの程度の魔力を込めたら良いのか分からないでしょ？　魔術は無限に放てる訳ではないから、実際に対象に攻撃してどこが弱点なのか知る必要があるんだよ。すると、魔力のコントロールが上手くなり、結果的に魔力が上がるんだ」

「なるほど！　さすがです！　考えてもみませんでした！　確かにそうですよね！」

適当な言い訳だったので早口になってしまったけれど、納得どころか感心されてしまった。でもまぁ、サブジョブを付けることになるんだし、間違いでもないから良いよね。

「ついでにミリアに合う武器も選ぶし、色々な武器を使ってみるから、ある程度狩ったら指示するね」

「はい！　行ってきます！」

ミリアは走って兎狩りに向かった。元気だな。

さて、俺は薬草収集しながら僧侶のレベルでも上げよう。

兎や猪を狩りながら薬草を収集していると、ミリアが早速剣士を習得した。

「ミリア、次はこの武器で戦ってみて」

「え？　もう良いんですか？」

「うん、問題無さそう。ちゃんと見てるから大丈夫だよ」

そうやって同じ作業を繰り返し、昨日俺が習得したジョブと同じものを全て習得してもらった。

ミリアの魔術士レベルが10になっていたのでついでに詳細を見てみると、スキル一覧の中に魔力障壁《しょうへき》というスキルが追加されていることに気が付いた。

「障壁……？」

「はい？　どうしたんですか？　しょへき？」

「あぁ、いや何でもない。ちょっと考え事をしててね」

思わず口に出してしまった。

攻撃力上昇小に初級魔術障壁を覚えたのか。恐らく冒険者がレベル10になって攻撃力上昇小、魔術士がレベル10になって初級魔術障壁を覚えたのだろう。

それよりも、良く見ると基本ステータスにプラスとマイナスが表示されるようになっている。
▼STR：3±　VIT：3±　INT：8±　DEX：3±　CHA：3±　(9)
スキル一覧を見ると、俺にもスキルが増えている。『神眼《かみのめ》』というスキルが増えていた。このスキルが原因だろうか。これは恐らく、アンノウンのレベルが10になったから覚えたスキルだろう。

今まで見えなかったプラスとマイナスが神眼によって見えるようになったのか？　もしかしてこれでポイントを割り振れるようになったのか？　でも、ポイントを振って戻らなくなったら嫌だし、保留にしておこう。

「よし、こんなものかな」

「終わりですか？　私の魔力は上がったんでしょうか……？」

そうだった。これはミリアの魔力を上げる為にやらせていることだったか……忘れていた。

冷静に考えれば、この程度で魔力が上がるわけがない。もし上がるならこの世界の魔術士は最強だろう。それでも俺を信じてくれているミリアには何とか誤魔化しておかないと。がっかりさせるのは可哀想だ。

「ミリア、今朝俺の事好きだって言ってくれたけど、本当？」

「え⁉　な、なな何ですかいきなり⁉」

「俺の能力については説明したでしょ？　これは大事なことなんだ」

「えっと、その……嫌いじゃないです。不本意ながら裸も見られていますし……うぅ、恥ずかしいです！」

両手で顔を覆って恥ずかしがっている。

しつこいようだが真顔で質問してみる。内心デュフフ……と思っているのは隠さねばならぬ。

「ミリアから俺にキスをできるくらいには好き？」

「そ、それは……ちょっと、まだ……恥ずかしいです」

「恥ずかしいけど、できるって解釈《かいしゃく》して良いのかな？」

「あぁ、もう！　……分かりました！　できますよ！　もう！　ほっぺ！　ほっぺに！　ほら！」

軽く頬にキスをしてくれる。一瞬ではあったがそれでもミリアには大変だったようで、今にもショートしそうな程顔が真っ赤だ。ありがとうとお礼を言っておく。

そのまま赤ミリアを抱きしめて、治癒魔術を施しながらサブジョブを僧侶に変える。治癒魔術を使う理由は、掌から淡い光を放つから、力を分け与えてますよーという演出のつもりだ。

サブジョブを僧侶にしたことで、魔力自体は三割程上がったが、そんな事よりも紙装甲だ……狼に一発でも攻撃を貰っただけで死んでしまいそうな程に。

　確かに魔力は増えたが、その他がダメだ。基本値にポイントを割り振りたいけれど、確認するまで安易に割り振れない。どうしようか……。

「ミリア。今から大事な話をする。ちょっと、こっちに来て。うん、そこに座って」

「え……何ですか。何かいけない事しちゃいましたか、私？」

そう言いながら二人揃って、森のど真ん中で座ってミリアの状況について話をすることにした。

「えっと、今現在のミリアの話です。冷静になって聞いて、正しい判断をしてね？」

「な、何でしょうか」

「また俺と仲良くなってくれたお陰で、多分ミリアの魔力は三割程度上昇しました」

「本当ですか⁉　あれだけで⁉」

がばっと立ち上がり掌を開いたり閉じたりしているので、試しに魔術を使ってみたいのだろう。

「いいよ。試してごらん？」

ミリアはコクンと頷いて、早々にファイアーを唱えている。

――ゴオオオオオウ！

「す、すごい……」

「ね？　魔力が上がっているのが分かるでしょ？　じゃあ話の続きをしようか」

「ごめんなさい……それで何を判断するんですか？」

「それでね、その代わりというか、そのせいというか、生命力がね、半分くらいになってます」

目を見開いて、そ、そんな……と口にして、この世の終わりのような顔をし、地面に膝を突く。

「多分ね、俺が素手で殴っても死んでしまうかもしれません。それが今のミリアの状態です」

「そんなに……」

「今なら生命力を戻すことはできます。でも魔力も元に戻ります。どうする？」

「足手まといになるくらいなら、戻すしか……」

ヤバい泣きそうだ。魔力が上がるのを今日の楽しみにしていたからなぁ。仕方が無いよな。

そうだった。あと新しい魔術の事も教えておかないと。

「あ、それとね。魔力が上がったから魔力障壁が使えるようになってるよ」

「えぇ⁉　魔力障壁って、あの魔力障壁ですか⁉」

「えっと、うん。多分その魔力障壁だと思う」

「私が……あの魔力障壁を⁉　そんな、ウソ⁉」

魔力障壁ってそんなにすごいの？　驚きすぎじゃね？　魔術が使えるようになった時並に驚いてない？

「ただの壁だと思ってたんだけど、魔力障壁ってそんなにすごいの？」

「すごいです！　精神力の続く限り、体に魔力をまとって防御力が飛躍的に向上するすごい魔術です」

「うん、名前のまんまだよね。どのくらい上がるの？」

「上級の魔術士は、剣の攻撃ですら無効化するくらい防御力が得られます」

軽減じゃなくて無効化ときたか。そりゃあすごい。ただ、精神力が続く限りってことはＭＰが持続的に減っていくってことか？

「ちょっと使ってみてよ」

「分かりました！」

また立ち上がり、ファイアーのように腕を前にかざすのではなく腕を横に開いて何やら集中している。

「我が躰《からだ》に、魔力の衣を纏いて、全てのものを拒絶したまえ、マジックバリア！」

何か聞いている方が恥ずかしい詠唱だな……と思っていたら、ミリアの全身を白い膜のような物が覆っていた。

「ほんとだ！　すごいです！」

「ミリア、思ったんだけど、詠唱ってどこで習ったの？」

「本を読んで勉強しました！」

この恥ずかしい詠唱は本で得た知識なのか。やっぱり雰囲気は大事なんだろうな。

「このダガーで試してみてくれる？」

「はい！」

多分俺が刺したら貫通しちゃうだろうから、魔力障壁がどの程度か自分でやってもらおう。

——カッ！

ミリアが自分の掌に向かってダガーを刺すが、音がするだけで刺さらない。フンフン！　と何度か力いっぱい刺しているけれど、全く刺さらない事を確認して障壁を解除した。

「思ってたより、すごそうだね」

「すごいです！　これだったら何とかなりそうです！」

「うーん。でも、何かあったら即死しちゃうレベルだしなぁ。やっぱり心配だよ」

「魔術士になるのが夢だったんです。少しくらいの苦難は乗り越えてみせます！」

心配だ。ミリアにもしもの事があったら……やはりＶＩＴの高いジョブにしておいた方が良い。

「お願いです……このままやらせてください！」

ジョブを変えようとミリアに手を伸ばすと、上目遣いで懇願《こんがん》されてしまった。断れるわけがない。

「……分かった。でも、危険だと感じたらすぐに戻すからね？　あと、俺の指示には絶対に従ってね？」

「はい！　分かりました！　ありがとうございます！　従います！」

ひとまずこの状態でやってみることにするか。ＭＰにさえ気を付ければ何回か戦闘はできるだろうし。

「それじゃあ、早速ユニーク狩りに行きますかね。案内してくれる？」

「はい！　頑張ります！」

何か障壁が使えるようになってから舞い上がっているみたいで返答がおかしいけれど、大丈夫だよな？

そして、実験と称したジョブ習得からユニーク狩りへと移る。


折角森に居ることだし、まずは森の中のユニークを一掃《いっそう》する方が全てのユニークを狩るには効率が良い、というミリアの案内の下、森の奥へと進む。

「えっと、聞いた話ではもう少し行ったところにフォレストラットの巣があるはずです」

「分かった。いきなり戦闘になるかもしれないから、合図したら必ず障壁を張ってね？」

「はい！」

注意しつつ、森の中を進む。

大きな木々も多くなり太陽の光が少し届き難くなってきたところで、前方に小型犬サイズの太った鼠が群がっていた――どうやら群れで一匹の猪を食べている最中のようだ。

「あれがフォレストラット？」

「はい。ウルフのように、すぐに仲間を呼んで大群で襲ってくるので注意してください」

「よし、ミリア。あいつらの周辺を燃やすか爆発させて、終わったら障壁を張って待機」

「分かりました」

ミリアが詠唱に入ったので、俺はメイスからソードに持ち替え、ミリアの魔術発動を待つ。

――シュゴオオオオオ！

ミリアが障壁を張ったのを確認してからラットの群れに飛び込んだのだが、既に鼠は全滅していた。

「えっと、ちゃんと威力のコントロールはした？」

「はい。全部燃やせる程度には」

ミリアの魔術で焦げてしまったラットの群れをインベントリに回収しながら、ミリアのＭＰの確認をすると、一割程ＭＰを消費していた。確かに使用しているＭＰは少ない。魔術ヤバいな、強すぎだろ。

この分だと、もしかすると俺も魔術士の方が効率が良いかもしれない。だが、暫くは任せてみるか。

「それじゃあ次の群れを探そう。それまで障壁は切っておいてね。俺が必ず守るから」

「はい」

また森の奥へと進んでいくと、ちょっとした洞窟のような岩穴に到着する。

中からはキィキィと先程の鼠と同じ鳴き声が聞こえる。奥に鼠が居るようだ。

「ミリア。この入り口に土魔術で壁を作ることってできる？」

「土魔術ですか……使った事は無いですけど、やってみます！」

「大丈夫。地面の土が盛り上がって壁になるようにイメージして魔力を込めれば多分できるから」

「はい！」

ミリアは腕を前にかざして、ブツブツ詠唱してる。

「慈愛満ちる母なる大地よ、我の身を守り、彼の者を惑わせ給え、サンドウォール！」

――ゴゴゴゴゴ！

よし、準備完了。ミリアも魔術の使い方に慣れてきたようだな。詠唱は聞いていて恥ずかしいが。

そんな事を思いながらも、壁の隙間から中に誰か人間は居ないか確認する。

「誰かいませんかー？」

よく考えたら、ラットがいっぱいいる洞窟に人がいるわけないか。

「よし、大丈夫だな。ミリア、壁の隙間から火魔術で、この中を火で満たす感じの魔術を使ってみて」

「分かりました！」

「万物の根源たる偉大なる炎よ、彼の者を燃やし給え！　ファイアー！」

——ゴオオオオオオオ！

こんな所に巣を作るとはバカな奴らだ。お陰で一網打尽《いちもうだじん》だな。

鳴き声や物音がしなくなったのを確認し、障壁を張ったミリアをその場に待機させ中に入っていくと、ゴロゴロと鼠の死骸が転がっていた。面倒だが焦げ臭い鼠を一匹ずつインベントリに回収していく。

外見は焼け焦げていたが、インベントリに入れるとちゃんとしたアイテムになっていた。回収できる状態なのであれば特に問題は無いようだ。本当に不思議なシステムだな……。

「中の鼠、全滅してたよ。中に一匹だけレッドラットとかいうのも居たし、そいつがユニークだろうね」

「えぇ!?　すごい！　私がユニークを!?　すごいです！」

「こんなに風通しが悪い状態で火が持続的に燃焼したら、中にある酸素が無くなるからね。さすがに呼吸ができなかったら、ユニークだろうが生物って時点で死ぬでしょ」

「さんそ……？　よく分からないですが、こんな戦い方もあるんですね！　驚きました！」

酸素が分からない？　化学的な事は、魔術のあるこの世界ではあまり知られていないのかもしれない。

「ミリア一人で三パーティー分の働きをしたってことになるね！　さすが、魔法少女ミリアちゃん！」

「うぅ……た、タカシさんのお陰ですから！」

ミリアが照れているので頭をナデナデしつつ、次の目標を聞いてみる。

「次は何のユニークかな？」

「次はセンティピードです。もう少し奥にある、沼辺りに居ると思います」

百足は怖い……というか気持ち悪いな。でも虫だし火に弱いだろう。それに鼠を大量に倒したこともありレベルが上がって治療スキルも覚えた。状態異常は何とかなるだろう。


怖くない怖くないと、自分に暗示を掛けながら森の奥にある沼地を目指す。

「居ました！　あれです！」

「うーわー、キモいね」

「た、確かに。ちょっと近づきたくないですよね」

二メートルくらいはあるだろうか。あれは夢に出てきそうだ。ミリアも顔が引き攣っている。

「じゃあ俺が行ってくる。ミリアはちゃんと警戒して、いつでも障壁を張れるようにしておくんだよ？」

「わ、分かりました。気を付けてくださいね！」

ミリアを少し開けた場所の中心に一人待機させ、俺だけで百足に近づく。

向こうもこちらに気が付いたようで、ガサガサと音を立てて突っ込んでくる。何気に速い！

気持ち悪く、逃げたい気持ちを抑えながら盾を前に出し、いつでもメイスで殴れるよう構える。

「ああもう！　くたばれ！」

盾に衝撃を感じたので、そのまま百足の頭を殴ると汁を撒き散らしながらビチビチと暴れている。キモイキモイキモイ！

「タカシさん！」

「うん？　どうした？」

「忘れてました、早く離れましょう！　センティピードは体液が特殊で、匂いで仲間を集めるんです！」

「ちょっと！　そういうのは早く言ってよ！」

時、既に遅し。辺り一面からガサガサガサガサと地鳴りのように百足の足音が響いてくる。

あんなのと接近戦なんて、無理！　魔術で焼き尽くしてやる！

咄嗟にジョブを僧侶から魔術士に変更し、火魔術をぶっ放す。

「ミリア！　周囲に土壁を作って箱のようにして自身を囲って！　それで、前方だけ開けておいて！」

「へ⁉　は、はひ！　わかりまひっ！」

——ズゴゴゴッ！

突然指示が来て焦ったのか二回も噛んでる。可愛い。

でも指示の意図を理解してくれたのか、簡易防空壕《ぼうくうごう》みたいな箱型の小屋を作って待機している。

——シャアアアアアア！

ミリア小屋が完成したと同時に、俺の方にものすごい数のモンスターが襲ってくる。主に百足だが、中には猪や鼠も居る。見渡すだけで二十匹程だ。これはマズいな……。

攻撃を食らわないように、近づいてきたモンスターから順に火魔術で撃破。集まっているところは爆発させてまとめて殲滅《せんめつ》する。百足はキモイので優先的に撃破。

「キリがない！」

あまり長時間の戦闘になるとミリアのＭＰが足りなくなる。早めに片付けたいが数が多い。

時間が惜しいので、火炎放射器のように掌から炎を出し、走りながら敵を燃やしていく。二十から三十匹程を燃やしたところで、モンスター達も火を恐れ、じりじりと後退していく。

諦めてくれたのか、襲ってくる気配が無いので周りを警戒しながらミリアの方へ後ろ歩きで戻る。

「タカシさん！　大丈夫ですか？」

「うん、二、三発貰ったけど、狼の時に比べたら全然大丈夫」

二人で安否《あんぴ》の確認をしていると、前方から百足の群れが現れた。

こいつらが来たからモンスターは下がったのか。多分あの中の大きいのがユニークなんだろう。

「ミリア、あいつがユニーク？」

「はい、紫色の大きな体なので間違い無いかと」

「よし、じゃあ一気に殲滅するね。ミリアは帰りの事もあるからまだそこで待機してて」

「分かりました」

小さな火の玉を投げて牽制《けんせい》しつつ、移動しながら先程倒したモンスターをインベントリに入れていく。

やはり火に弱いのか、警戒しているのか襲ってはこない。

何とかモンスターの回収が終わり、百足との距離も近づいたところで一撃で倒せる程度の魔力を込める。しかしそれに気が付いたのか、百足の群れが一斉に襲い掛かってきた。

先程とは違い前方からのみの攻撃だったので、襲い掛かってきたモンスターを一気に燃やし尽くし、その流れでユニークと取り巻きをまとめて爆殺する。

「ふぅ、ユニークと言っても大したことないね」

「えぇ!?　ま、まぁ、私ですら一撃で倒しちゃったし、何か聞いていたのと少し違う気がします」

俺はアンノウンの力でねじ伏せただけだし、ミリアは魔術というより単に窒息死させただけだが。自信に繋がってくれることを祈ってそこは黙っておこう。

「さて、回収したら一度街に戻ろうか。昨日と違ってかなり動いたからお腹が減っちゃった」

「はい！」

やっと二匹。森は足元が不安定だから移動に手間取るし時間が掛かるのは仕方が無い。

それでもまだ昼前だし午後はサクサクいこう。今は飯だ、飯！　昼食の為、街へ戻ることにした。

街に辿り着いたら、ひとまずギルドに向かった。

だって、１金も持ってないんだもの。心許ないじゃん。

到着して早々、昨日のおじいさんが居たので精算してもらうことにする。

「おや、ミリアちゃん。それに彼氏さんも、また換金かい？」

「彼氏じゃないです」

「えっと、アイテムを売りたいんですが」

ミリアがまた否定しているが、俺もおじいさんも微笑んでスルーしながら話を進める。

「はいはい。それじゃあここに出してくれるかい？」

おじいさんがトレイを出してきたので、ひとまず兎や猪と薬草などを乗せる。

「ええっと、兎が２１匹、猪が１３匹、薬草が８６枚だね？」

「はい、ひとまずこれをお願いします」

おじいさんはトレイを数回に分けて奥に持っていき、精算後、お金を持って戻ってくる。

「お待たせ。はい、５５銀と６０銅ね」

「ありがとうございます」

トレイに乗せて持ってきてくれたお金をインベントリに移したところで、おじいさんが絡んできた。

「良い稼ぎだね。ミリアちゃんも旦那が高給取りってなると鼻が高いんじゃないかい？」

「彼氏じゃないです」

「ミリアを幸せにする為、まだまだ頑張りますよ！」

「彼氏さん、ミリアちゃんにベタ惚れみたいだよ？　良かったじゃないか」

「彼氏じゃないです」

「もうベタ惚れですよ。ミリアの為なら何だってできますよ、ははは」

「若いっていいねぇ。ミリアちゃんも彼氏さんも仲良くするんだよ？」

「彼氏じゃないです」

「当然ですよ！　ミリアと喧嘩するなんて考えられません！」

「ウチは尻に敷かれっぱなしでねぇ。君達みたいにお互い意識し合ってたら……おっとごめんね」

「彼氏じゃないです」

「いえいえ、それじゃ俺らはこれから昼食なのでこれで失礼しますね！」

ミリアが壊れた玩具のようになっていたので、話を切り上げギルドを出てから機嫌を取ることにする。

「ミリア」

「彼氏じゃないです」

ダメだ。何か変なモードに入っているので名前を呼びながらお尻を揉んでみる。

「ミーリーアーッ！」

「彼氏じゃあああああっ!?」

「ミリアの彼氏のタカシだよ？」

「違います！　まだ彼氏じゃないです！」

頑なに否定するんだな。でも、まだってことは……ってお尻の事より彼氏否定が先かよ……。

「分かった分かった。それより、食事にしよう」

「もう……」

いつものようにミリアの頭を撫でながら、美味しい食事を出してくれるお店を聞いてみる。

「そういえば、この街の名物料理って何なの？」

「この街はオックス料理が有名です。値段が高いのでこの街に住んでる人はあまり食べないですが」

「そうなんだ？　じゃあ、そこに食べに行こう」

「えっ⁉　お昼からそんな贅沢をするんですか⁉　そんな高い食事いただけないです！」

ミリアは宿屋の娘として育てられ、奴隷でもある。高い食事なんて考えられないのだろう。

「これからは冒険者として自分でお金を稼ぐんだ。だから別に遠慮する必要はないいんだよ？」

「うぅ……いいんでしょうか。何か悪い気がします」

「大丈夫。その為にお金を稼いでいるようなものなんだから！」

そう宥《なだ》めながら、この街でオックス料理を出してくれる有名な店に案内してもらう。

辿り着いた店、構えはどう見ても酒場だが、ミリアが言うには夜は酒場だけど昼は料理を出すらしい。

「このお店ですが、本当に良いんでしょうか？」

「いいんだって。ほら、行くよ！」

遠慮して立ち止まっているミリアの手を引いて店に入る。

「はーい、いらっしゃーい。あらミリアちゃん？　手なんて繋いじゃってまぁ。噂は本当だったのねー」

「彼氏じゃないです」

何かもうミリアは行く先々で彼氏じゃないです、としか言っていないな。

少しのんびりしてそうなお姉さんの案内を受けて、隅のテーブルに座る。

「が、外食なんてしたこと無いので、緊張します」

「まぁ、家が宿屋で料理も出してるなら、わざわざ外に食べに行くことなんてないか」

「はい。それにお母さんの料理、美味しいので！」

　確かにミーアさんの料理は美味しい。でもこれからは違う街に行くことになる。外食自体慣れておいてもらう事にしよう。それに美味しい料理を探すのも旅の醍醐味《だいごみ》だ。

「ミリアちゃんが食べに来てくれるなんて、初めてねー」

「は、はい。先日冒険者になったので」

「あらあら、ミーアさんがよく許したわね……それで？　そちらの男性が噂の彼氏さんなのよね？」

「彼氏じゃない――」

「はい、彼氏です」

　今度は言葉を被せることに成功。というかこの街の情報の流れ、どんだけ速いんだよ。

「そうなのねー。じゃあ記念にいつもより腕によりをかけて作らなきゃねー」

「もう！　だから……彼氏じゃ……」

「じゃあ、折角なのでこの店で一番お勧めのオックス料理をお願いします。予算は気にしなくて良いです」

「あらあら、さすがミリアちゃんが選んだ彼氏さんねー。将来、大物になるわよー？」

　お褒めの言葉をいただいた。ミリアの為にも大物になってやろうじゃないですか！

　上客が来たからか、お姉さんは若干スキップするような足取りで厨房の方へと下がっていった。お姉さんの向かった先の厨房からは、よっしゃあ！　と気合いを入れるような声が聞こえる。

「ところでミリア。外食したことがないって言ってたけど本当なの？」

「はい。外食は贅沢です！　私は奴隷ですし食事を出していただけるだけで満足です」

「これからは外食が基本になるから慣れておこうね」

「そんな！　勿体無いです！　自分達で作りましょうよ！」

自炊をしながら冒険をするつもりなのだろうか？　確かに野宿となるとそうなるかもしれないけれど、街で自炊なんて無理だろう。そもそも調理する場所が無いし。

「ミリア、料理できるの？」

「わ、私だって料理くらいできます！　……少しですけど」

「じゃあ、他の街で自炊するとして、どこで調理するの？」

「えっと、宿屋で借りたり？」

「宿屋で、食事にお金が掛かるなら自分で作るので調理場を貸してください。とか喧嘩売るの？」

「ごめんなさい」

宿屋の娘なだけあって、あまりの常識外れの行動に一瞬で気が付いたのだろう。すぐに謝ってきた。

「それに、冒険者が冒険で得たお金で宿に泊まったり、外で食事をするからこそ宿屋も飯屋も続けていけるんだよ？　誰も泊まらない、誰も食べないじゃお店が潰れちゃうでしょ？」

「そうです……ね。確かに住人はあまり利用しないです。そういうことだけは勉強になります」

「そういうことだけ……っておい……聞いてくれたら何でも教えてあげるよ？」

「本当ですか？　えっと、それじゃあ……」

そういう話をしていると、お姉さんが料理を運んできた。

「お待たせー。当店自慢のステーキセットよー。今日は特別に一番良いお肉を使っちゃったわー」

「おお、これは美味そうだ！」

「うわわわ！　お肉！　すごい！　こんなに大きいの初めて見ました！」

「でしょー？　このお肉はねぇ、一匹につき一枚分しか取れない貴重な部位で、とても美味しいのよー」

脂の乗った肉が、鉄製のプレートの上でジュウジュウと音を立て、目と耳から食欲を刺激してくる。

肉は表面が焼けているだけで、自分の好みに合わせてプレートで焼くことができる仕様のようだ。こんな高級そうなステーキ、元の世界でも食べたことが無いわ。

「さぁ、ミリア。冷める前に食べよう！」

「は、はい！　……でもこれ、どうやって食べるんですか⁉」

「まずこうやってねー。自分の好みに合わせてお肉を鉄板で焼いて、好きな大きさに切って食べるのよー」

お姉さんは、「あとは彼氏さんよろしくねー」と言いながら奥に下がってしまった。俺の作法をチラ見していたので大丈夫と判断したのだろう。

「ミリア。別にバカにしているわけじゃないけど、食事の時のフォークとナイフの使い方分かる？」

「ナイフは……使わせてもらえなくて……パンを切るくらいしか使ったこと無いです」

「じゃあ見ててね？　こうやるんだよ」

肉が丁度良い具合に焼けてきたので、早速フォークとナイフで一口サイズに切り、それをパクリ。

「おお、とろける！　こんな美味い肉初めて食べたわ。ミリアも食べてごらん？」

「はい……こうやって、こう。こう、よし！　あむ」

「どう？　美味しいよね」

「んぅーっ！　んんんんー⁉」

ミリアもお気に召したようだ。口一杯に肉を頬張ってんーんー言っている。可愛い。

ライスが食べたくなったがパンしかない。ここ数日で気が付いたことだが、どうやらこの街ではお米を食べる習慣が無いようで非常に残念だ。

「ミリア、こっちのスープも美味しいよ。あと、このサラダのドレッシングも変わった味で美味しい」

「はい！　食べたこと無い味です！　美味しい！　すごいです！」

すごいすごいと言いながら食べている。それにしても、美味しそうに食べる人との食事は一緒のテーブルに着いているというだけで幸せな気持ちになるな。

そんなミリアも、次第に食べる速度が遅くなってきた。やはり小さな体には量が多すぎたのだろう。

「無理して食べなくて良いよ。あとは俺が食べるから」

「いえ、折角出していただいた食事です！　全部食べないと……」

笑顔が徐々《じょじょ》に崩れてきた。限界が近いのだろう。無理して食べさせられる食事なんてただの拷問だ。

そう思い、ひょいっとミリアの前にある肉を奪い取り、食べる。

「あぁっ！　ダメですよ、私が食べないと！」

「美味しいご飯っていうのはね、思い出した時に苦しい思い出になってちゃダメなんだよ」

「っ、はい……ごめんなさい……」

「そこは謝ることじゃないでしょ。ごちそうさまでした！　で良いんだよ」

ミリアの肉も食べ終わり、食後に紅茶のような飲み物が出てきたので、それを飲みながら少し話をする。

時刻は十二時過ぎたあたりだ。ユニークを狩るにはまだまだ時間がある。

「えへへ……美味しかったです！」

「俺もだよ。じゃあ落ち着くまで少し勉強でもしようか。主に俺のだけど」

「そうですね！　何でも聞いてください」

出た。ミリア先生だ。

「そういえば、こないだジョブの話をしたけどさ、上位ジョブになる為の条件とかって知ってる？」

「えっと、魔術士の上位はいくつか知ってますよ」

「さすがだな。それってどんな条件なの？」

「皆が必ずしもそうだとは言えないんですが、沢山の実戦を経験して、一人で数十匹のモンスターを狩れる程度の実力があれば上位に就くことができると言われています」

一人で数十匹か。ミリアの火力は既にその域に達しているはずだ。それなのにまだ就けないということは、やはり一定以上のレベルが必要なのだろう。沢山のモンスターが狩れるということはそれだけ火力やMPがあるということなのだから、当然レベルが関係してくるだろうし。

「今まで上位になった人のレベルってどのくらいだったか、記録とか残ってないの？」

「私が魔術の特訓時に聞いた話では、魔術士は３６レベルで魔導士《まどう》になった人が最短だそうです」

「３６か……」

「すごいですよね！　それも、魔族らしいです！　私もなれたらなぁ……」

３６ということは３０か３５が条件か？　まだまだ先だが、その頃にもう一度確認してみよう。

「剣士とか戦士はどうなの？」

「今剣聖《けんせい》と呼ばれている人が、当時二十四歳という若さで騎士になれたそうです。確か３３レベルだったかな？」

「へぇ。最年少騎士か。俺も目指してみようかな」

「あはは、剣聖ですよ？　魔術を使うタカシさんがなれるわけないじゃないですか」

何これ、ナメられてるの？　それとも魔術士は剣の道には進めないの？　だったらジョブという概念が崩れるぞ？　まぁ、いいか……どうせ俺は既に二十八歳だし、最年少にはなれないからな。でもこれでレベル３５説が無くなったわけだ。次の候補はレベル３０か。案外早く上位になれそうだ。

「ミリアは、最速で魔導士になれるように頑張ろう！」

「わ、私は、その、素質が無かったので……」

「大丈夫。俺が付いてるから！」

「憧れているので頑張りはしますけど、才能が無いので自信が……」

新人魔術士だから自分を卑下するのも分かる。でも必ず上位になれるだろう。俺がそうするし。

「俺に任せなさい！」

「えぇー……不安です」

「俺が今までミリアにウソ吐いたことある？」

「ありますよ！　彼氏だとか！」

あぁ、あったな。ごめん。折角ドヤったのに。

「じゃあウソじゃなくなるように、付き合えば良いんだよ！　そうだ！　そうしよう！」

「ま、まま、まだ！　早いです！」

「そうかな？　もうお互い裸も見てる仲なんだし、別に早くもない気がするけど？」

「あれは！　タカシさんが勝手に見ただけじゃないですか！　私は許可してないです！」

そうだった。確かにミリアに意識は無かったな。それを思い出すと……うん……良い思い出だ！

「キスもしたし？」

「あ、あれも！　タカシさんが勝手に……もういいです。恥ずかしい……」

ミリアからもしてくれたのは間違い無いんだがな。それを思い出したのだろうか恥ずかしがっている。からかうのはここらへんにしておくか……。

「分かった。じゃあ、彼氏(仮)ってことで」

「はぁ……もう、何でも良いです」

よし、仮でも十分だ。あとはゆっくり仲良くなっていこう。ひとまずジョブの話はこれで終わりだ。

「ミリア」

「な、何ですか。いきなり真面目になって……」

「また大事な話をする。驚かないでね？」

「わ、分かりました」

「秘密の話だから、こっちに来て。くれぐれも静かにね？」

テーブルの向かい側から、小声で話せば店内に聞こえない程度の位置——真横にミリアを呼ぶ。

「さっきも言ったように、ミリアはもう特別な存在なんだよ。裸の付き合いもしたし、キスもしたし」

「ぜんぶ……私の意思とは関係無く勝手にされたことですけど……」

「それでもだよ。そんな事になっているのに、ミリアはまだ俺の傍に居てくれているでしょ？」

「それは……その」

普通なら意識を失っている間に何かされたり何度もキスされたりしたら、嫌われるだろう。俺は欲を満たす為に、それ覚悟でやっていたのはあるけど。

「ミリアを多分、魔導士にしてあげることができそうなんだ」

「えええええっ⁉」

はい、きた。いただきます。

「んぅ！　んんんぅっ！」

約束を破った罰です。ミリアからはさっき食べた食事のソースの味がしました。ごちそうさまです。

「ちょっとー？　ミリアちゃーん。他にお客さんが居ないからって店内でそういうことはしないでねー？」

「ご、ごめんなさい。うぅ……もうやだ……」

「静かにって言ったでしょ？」

人前でキスはされるし、お姉さんにも怒られるし、ミリアが赤ミリアならぬ、黒ミリアになりそうだ。

「それで、恩恵を与えられそうだから、どんな風に成長していきたいか一度聞いておこうと思ってね」

「もう！　そういうのは人前でしないでください！」

「人前じゃなければ良いんだ？」

「いえ……そういうわけでは……」

「まぁ、それは夜考えるとして、やっぱり魔力特化で色々な魔術を使いたい？」

「夜!?　え、あぁ、はい。そうですね。沢山の魔術を使ってみたいです」

「そっか。それじゃあミリアに力を分ける時にそうなるように、俺も祈っておくよ」

「は、はい。そんな簡単なものじゃないと思いますが、ありがとうございます」

ミリアは魔力か。俺はどうするかなぁ。今まで色々なジョブを付けたり外したりして計算した結果、MPを上げるにはＩＮＴとＤＥＸを上げる必要があるみたいなんだよな。

あと、全てのステータスにＣＨＡが関係しているのは分かった。しかも加算じゃなくて乗算のようだ。それで計算すると、何の能力を上げるにしてもＣＨＡにポイントを全部振るのが正解になる。

ただ、そんなに簡単な話なのか？　それだと他ステータスの存在価値が無くなってしまう。でも、現状でＣＨＡにポイントを使うだけで、全てのステータスが上昇するのは確実なんだよな……。

折角『神眼』を覚えたんだし試しにやってみようか。

「ミリア。今から力を分けてみるから、ちょっと目を瞑って」

「え!?　今ですか!?　夜にしましょうよ？　見られてますし」

ちっ！　ミリアと見つめ合って小声で喋っているのを、お姉さんが興味津々《きょうみしんしん》に見ている。邪魔だな……。

「分かったよ。夜なら良いってことだね。ミリアから誘ってくれたんだ、楽しみにしているよ」

「何をですか!?」

「そりゃあ……小声で夜にしましょう、なんて言うくらいだから、あんな事やこんな事でしょ？」

「だ、ダメ！　無し！　今の無しです！　そういう意味じゃないです！」

わたわたしているミリアを置いて、お姉さんにお会計をお願いする。

「あら？　もう愛の囁《ささや》きは良いの？　えっと、３０銀お願いね」

「はい。ミリアが色気のある声で、続きは夜にしましょう？　って誘ってくれたので」

「あらあら、ミリアちゃんもそういうお年頃になったのねー。まだ早い気がしないこともないけどー」

「ちょ、ちが！　しないです！　そういうことしないです！　そういう意味で言ったんじゃ！」

「言ったことに間違いはないのねー。ミリアちゃんは大人なのね……」

お姉さんもミリア弄りがイケるクチか。扱い方が分かっている。ただ単にミリアが分かり易いだけっていうのもあるが。ミリアもそろそろ限界のようだし、ショートする前に回収しておこう。

「もう！　もうっ！　しないですからっ！」

「ごちそうさまでした！　とても美味しかったです。またミリアと来ますね」

「いえいえ、こちらこそ。ラブラブ成分ごちそうさまでした。また来てねー」

店を出る時、後ろから皆に知らせておかなきゃ……という不吉な言葉が聞こえてきたが、テンパっているミリアには聞こえていなかったようなのでそっとしておいてあげよう。

「ラブラブ、夜、男、女、ベッド、あぅあぁ、ベッド、あぅあ」

ミリアは完全に一人の世界に入っている。ショート寸前だな。

「おーい。そろそろ狩りを再開するよ？　ミーリーアー！」

「ベッドで再開⁉　何をですか！」

「ミリアの頭の中で、セックスが始まっているのは分かったから、次のモンスターはどこに居るの？」

「せっせせえ、せっせせっせっ！」

だめだこれは。完全にショートしかかってる。

「ほら、おいで！」

「だめですだめです！」

おんぶしようとしたけれど、拒否られた。仕方が無い。お姫様抱っこだな。

「はわわ、べべべ、ベッドベッドだめです！」

抱っこされたまま、ベッドベッドと言っている。そのまま森に行こうと門まで歩くと、カッシュに出会った。

「何をしているんだ？　お前達は……」

「えっと、ちょっとこの子考え事してて、一人の世界に入ってしまっているので、運んでいるんです」

「ふむ。往来《おうらい》であまり不埒《ふらち》な真似はするんじゃないぞ？」

「それはもちろんですよ」

ミリアが突然目を見開いて「不埒⁉」と反応して、カッシュが一瞬ビクッとしていたが放置しておこう。

ミリアの瞼《まぶた》をそっと閉じてあげる。

「えっと、ごめんなさい。この子は放置してください。それで、ハーピーってどこら辺に居るんですか？」

「あ、あぁ。ハーピーか。ここを真っ直ぐ行って、川の反対側の森辺りに居るが、そろそろ巣も大きくなる頃だ。危険だから駆け出しのお前は手を出そうなんて思うなよ？」

「はい。ちょっと見るだけなので大丈夫です」

「その子にも、あまり無理をさせるんじゃないぞ？」

相変わらず心配ばかりしてくれる良い人だな。

心配してくれた事と、道を教えてくれた事にお礼を言い、そのままハーピーの居るらしき森へと向かう。

森へ到着する前にミリアを落ち着かせる為、河原で少し休憩することにした。

「ミリア、そろそろ落ち着いたかい？」

「多分、大丈夫です。タカシさんが変な事言わなければ！」

「それにしても、ミリアって意外にムッツリなんだね。あんな言葉で色々妄想《もうそう》できるなんてさ」

「な、なな、なっ！　ち、違います！　妄想なんてしてません！」

否定しているが目は泳いでいる。分かり易い。今度言葉責めしてみよう。また一つ楽しみが増えたな。

「ムッツリなのは分かった。それで、ハーピーから狩ろうと思うんだけど何か注意する事とかある？」

「もう！　何なんですか！　違います！　もう教えません！」

「分かったから。ね？　それより、ミリアが教えてくれないと俺死んじゃうかもしれないよ？」

「もう……またそうやって誤魔化す……」

いい加減、俺が誤魔化している時の喋り方などがバレてきたようだ。俺の事を分かってくれてきているようで嬉しいが、今後は色々と変化球で責めることにしよう。

「ハーピーはセンティピードとは違って、匂いじゃなくて鳴き声で仲間を呼び寄せます。あと、モンスターなのに他の種類のモンスターと行動を一緒にするので、ハーピー単体のみを狩る事は難しいです」

「そう言いつつも、ちゃんと教えてくれるミリア、大好きだよ」

照れてる照れてる。それにしてもミリアの言うように他のモンスターと一緒に行動しているとなると、各個撃破は難しいだろう。いっその事わざと仲間を呼ばせてまとめて狩るか？

「ハーピーって強いの？　今まで戦ってきたモンスターと比べて、どう？」

「ハーピーは今までのモンスターと比べたら力はずっと弱いです。でも稀に風魔術を使ってくるので、今まで狩ってきたモンスターの中では一番面倒かもです」

　モンスターなのに魔術を使うってのは確かに面倒だな。でも、これからはそういうモンスターとの戦いも増えるだろう。わざと魔術を使わせて慣れておくのも手かもしれない。

「魔術を使わせなければ弱いってことだね。じゃあ早速行ってみようか」

「遊びに行くようなノリですか……」

「大丈夫大丈夫。俺が前衛で引き寄せるから、ミリアが魔術でドーンといこう」

「そんな簡単な作戦で上手くいくと良いですけど……」

　軽いノリで森の中に入っていくと、すぐに蝶《ちょう》のようなモンスター数匹に襲われた。ミリアが言うにはそいつがバタフライだったらしいが、メイスで払っただけで倒せた。弱い……。

「バタフライは弱いですが、鱗粉《りんぷん》を吸うと体が麻痺することがあるので気を付けてくださいね」

「なるほど。特殊な攻撃があるから本体は弱いのか」

「よく分からないですが、そういうものなんですか？」

「あぁ、うん。そうなんじゃないかな？」

　ミリアが首を傾げている。ゲーム感覚だとそうなんだよ。さすがにゲームの説明はできないので誤魔化しながら奥へと進む。

「……あれ？　何か聞こえないか？」

「ですね。何か、声？　みたいなのが……」

　少し先の方で、人ではない動物の鳴き声のようなものが聞こえる。近づいてみると、すごい数の羽の音で埋め尽くされた広場があった。その広場では会話しているのか歌っているのか、ハーピー達が声を出している。更にその周りには、バタフライが隙間無く集まっている。

ピー♪　パー♪　ピピー♪

「ヤバい。何、あの数。今日はモンスター達のお祭りなの？」

「こんな光景見たことも聞いたことも……何なんでしょう？」

「何だろうね。あれを全部倒すとなると時間掛かりそうだな……」

「うーん……ハーピー、バタフライ、集まる、歌？　祭り？」

ミリアは、この状況が何なのか考えているのだろう。探偵物の主人公のように顎に手を当て、キーワードを声に出しながら推理している。

これはあれだろうか。ピコーン！　と閃いてしまうのだろうか。頭脳も体も子供のミリアが。

「あっ！　分かりましたっ！」

「ちょっ！　バカっ！」

やっちまった。推理できたのだろう。もやもやがすっきりして、更にそれが嬉しくて手をぽんっと合わせるのは分かる。だがな、状況を考えてくれ……。

ほら、あいつら歌を止めて一斉にこっち見てるじゃん？　どうなるか分かる、ミリアさん？

「ミリア、あとで、お仕置き、確定、ね？」

「ああっ！　バカ！　私バカァァアァァァっ！」

折角ミリアを見返す為に剣士ジョブのレベル上げをしようと思っていたのに！

数が多い。バタフライは一撃で倒せることが分かっている。あとはハーピーの魔術さえ何とかすれば……。ここは魔術で……いや、確実にダメージを食らうだろうし、何より麻痺が怖い。僧侶になっておこう。

「ミリア！　障壁！　小屋作って火魔術で援護！　俺が前衛！」

「やいっ！」

ミリアに指示を出して俺は広場に向かって全力で走る。ミリアが何か変な返事をしていたけれど、またテンパってないだろうな……？

障壁は張っているみたいだがこちらに走ってきている。小屋を作れというのが分からなかったのか？

心配してミリアを見ていると、広場の全体が見える位置まで来たところで小屋を作り始めた。なるほど、ちゃんと状況判断はできている。偉い偉い。

俺は俺でメイスを振り回し、バタフライを片っ端からミンチにしていく。メイスを振れば振るだけ敵が倒れていくので気持ち良いが、結果はグロいのでできるだけ見ない事にしておこう。

「ミリア、逃げようとしているやつから優先！」

「はい！」

俺はそのまま広場を突っ切り、外周からモンスターをなぎ倒していく。

グチャグチャと殴り倒していると、次第に右半身に違和感を覚え始めた。動きが鈍い。これが麻痺なのだろうか？　思ったように腕を振れなくなってきたところで自分の胸に掌を当て、治療を念じてみる。

体が一瞬白く光ったように見えた後、動けるようになった。

やはりあれが麻痺だったらしい。遅効性か……。これならある程度は耐えられる。

そしてモンスターを倒している間、殴られてもいないのに、たまに鎧に『ガンッ』という衝撃があった。あれがハーピーの使う風魔術なのだろう。見えないからいつ来るのか分からないが、威力自体は大したことがなさそうだ。無視しよう。

そうこうしている間に、ミリア小屋からの固定砲台により、モンスターは残り十四程度になった。

「ミリア、ストップ。あとは俺がやるよ」

「分かりました」

ミリアにはMPを温存させ、近い位置に居るモンスターからメイスで順に叩き落とし、狩り終わった。

「思っていたより、大したこと無かったね」

「タカシさん、すごいですね。ビュンビュン走り回って倒してました」

「ミリアが逃げようとしているモンスターを倒してくれていたお陰で、集中して戦えたよ」

「私はまだまだです」

ミリアとお互いを褒め合いながら、モンスターの死骸を回収していく。すごい数だ。六十匹はあるんじゃないだろうか。これなら朝の分と合わせてかなりの稼ぎになる。それにしても、この集会は何だったのだろうか。

「それで？　お仕置きを控えているミリアさん？　何か弁明はありますか？」

「ひぅっ！　あの、そ、その、ごめんなさい。何なのか分かったら嬉しくて……」

「何が分かったの？」

「こ、この集まりは多分、バタフライの産卵の為の集まりだったんじゃないかと」

産卵の為だけにこんなに集まるか？　産卵っていうのは普通、こっそり隠れてやるものじゃないのか？

「グリーンバタフライはメスのみがなれるんです。そして、産んだ卵にはオスが皆で一斉にせ、せぃ……を掛けて受精させるんです」

「え？　何だって？」

「オスが！　皆で！　卵を受精させるんです！」

「どうやって？」

「もう！」

何だこのやりとり。自分でやっておきながら思ったが、ただのセクハラおやじじゃねーか。それにしてもオスが全員でぶっかけか……結構すごい状況だったんだな。

「でも、何でハーピーが居たの？　関係無くない？」

「ハーピーは基本的に別のモンスターと行動を共にするので、バタフライに付いてきて、その……行為を、見守っていたんじゃないか、と……」

「公開セックスを見学に来ていたのか。じゃあ俺らも見せてあげれば良かったね」

「……」

一発ショートか。ミリアの妄想力の燃料には濃すぎたようだ。

意識が遠いところへいってしまったミリアをおんぶして森を出る。やっぱりミリアのお尻は最高だ。

十分堪能した後、先程休憩した河原まで移動する。膝枕にミリアを寝かせた後、ついでにレベルを確認しておく。
▼タカシ・ワタナベ　僧侶16（アンノウン19）ランクD
▼ミリア・ウェール　魔術士19（僧侶16）ランクE
先程大量に討伐したからだろう。一気にレベルが上がっている。あと少しで20レベルだな。また新しいスキルを覚えるのだろうか。楽しみだ。


レベルの確認が終わったので今度はミリアの確認を行う。ずっとトイレに行っていないし、そろそろタンクの容量も限界が近い頃だろう。

もし出てしまっても、お互いが汚れない角度に体の向きを変え、且つ手が届く範囲に位置を調整し下着をずらす。あぁ……このスジ。ツルツルすべすべ。何度見ても飽きないな。

気を失ってから少し時間が経過しているので、起きる前に全力でスジ上部の小さな突起部をイジる。

「んぅ……ぅぅ……」

次に異物の挿入に慣れさせる為、唾液で濡らした人差し指と中指をアナルに入れて、穴を拡張する。

「んくっ……！」

――ショォォォォォォ
暫くすると、体がビクンと大きく仰け反った後、案の定放尿を開始した。俺も慣れたもんだな。

今日は長時間溜めていただけあり量が多い。汚れないように位置を調整したが、念の為指で広げて出る方向を変え、終わるまで待つ。次第に勢いが弱まり、体がブルっとして終了。

汚れてしまった手を舐めると、先程食べた料理のスパイスの味というか、匂いを強く感じた。

左手で陰部の感触とミリア汁の匂いや味を堪能しつつ、自慰をするとすぐに果ててしまった。ふぅ……。匂いなどが生々しくて興奮してしまったようだ。

汚れてしまったミリアの陰部を洗い、タオルでゆっくりと拭きあげた後、下着を穿かせる。

濡れた地面や匂いなどは、ジョブを魔術士に変え、魔術を行使して証拠隠滅。

そうだ、ジョブを魔術士に変えたことだし、ミリアが起きるまで魔術の練習でもしよう。俺のオリジナル魔術なんか見せたらミリアは驚くだろうな……。


一通りの魔術を使ってみたところ、魔力が低くても、その分ＭＰを多く使用すれば同じ威力になることが分かった。

例えば俺が魔力１００、ＭＰ１０を使って魔術を使うとする。魔力が２５しかない魔術士が俺と同じ魔術を使うとなると、使用した魔力差が四倍なので、ＭＰを４０使えばその差を補える、といった感じだ。

但し、魔力が低いということは比例して基本となるステータスやＭＰも少なく、発動自体ができない可能性もあるのだが。

そんな計算を行いつつオリジナル魔術を開発した結果、土魔術で土の各成分を別々に抽出して玉にし、その玉を火魔術で燃焼させ続け、虹色に燃えている玉を風魔術で飛ばす、という魔術を考案した。

これを『セブンスバレット』と名付けよう。中二感丸出しで良いネーミングだ。きっとミリアも驚く！

命名も終わったところで、セブンスバレットを生成してから、目標に着弾するまでの練習を何度も行う。

練習中、ＭＰの残りが心配になり確認すると、魔術士のレベルが上がっていた。

どうやら魔術の練習をしているだけで魔術士のレベルは上がるらしい。街には戦った事が無さそうな商人でもレベルの高い人達が居たし、そのジョブに合った行為をするとレベルが上がるようだ。当たり前といえば当たり前かもしれないが、これは良い情報を得たな。

ついでにジョブの確認を行うと、初級錬金《れんきん》魔術、初級空間魔術、初級合成魔術というスキルが増えている。

さっきの練習で、成分を抽出し、燃やし、浮かべ、飛ばした。成分を抽出したのが錬金魔術。玉を浮かばせたのが空間魔術。そしてそれぞれ土・火・風を使用した魔術を発動したので、合成魔術ということなのだろうか。良く分からない。ミリアに検証させてみるのも良いかもしれないな。

魔術士だけでこのバリエーション。他ジョブも色々試す必要がありそうだな。特に僧侶なんかは魔術士と同系統のジョブだから色々と隠し魔術などがありそうだ。あとでミリアにも教えてあげよう。


目で追えない程度の速度になるまでバレットの練習をしたところで、ミリアが目を覚ました。

目を覚ましたミリアはまだ寝惚けているのか、酷い言葉を口走っている。

「うぅん……こうかいせっ……」

「お、ミリアおはよう。いやらしい夢を見ていたみたいだね」

「あぁ、おはようございま……じゃないです！　タカシさんのせいでこんなになったんですからね！」

完全に目を覚ましたようだ。起き上がり、腕を振りながら私怒っていますアピールをしている。

「それじゃあ残りのユニークを狩りに行こうか」

「もう！　まだ話は終わってません！　何でいつもそうなんですか！」

「ミリアがムッツリなのは分かったから、早く次に行こう？　俺、夕方から用事があるんだよ」

「もおおおおおおおおお！」

俺が立ち上がり歩き出すと、ミリアが今から倒す牛のモノマネだろうか。モーモー言っている。

「次はどこに行けばいい？」

「勝手にしてください！　もう知らないです！」

「あーあ、早く終わらせて、ミリアに新しい魔術でも教えてあげようと思ってたのにな。残念だなぁ」

「……あたらしい……まじゅつ……？」

腕を組んで背を向けていたミリアだったが、新魔術が気になるのかチラチラとこちらを見ている。

「いや、もういいよ。俺一人でやってくるから。ミリアは先に宿に戻っておいて。それじゃ」

そう言って再度歩き出す。

「新しいの……教えてくれるんですか……？」

いつの間にか追いついてきたミリアに袖を掴まれた。チョロい。

「俺はミリアに魔術士を習得させたし、魔力コントロールも教えた。ある意味師匠だ。これからも色々と教えていこうと思っていたんだけど、ミリアは俺と一緒に居たくないようだし、もう解消。無し無し」

「タカシさんは私の師匠です！　でも、だって、変な事、ばかり言うから……うぅ」

あ、泣きそうだ。調子にのってイジり過ぎたか。

「それはミリアが可愛いからイジっているだけ。好きの裏返しだよ。ごめんな？」

「イジメないでくださいよぉ……」

「この話は魔術の件も含め、時間が掛かる。今夜にしよう」

「……くすん……分かりました」

納得してくれてはいないようだが、ミリアが落ち着くまで少しだけ待ち、再度場所を聞くことにする。

「それで、どこに行けばいい？　さっきも言ったようにもうちょっとしたら用事があるからさ」

「……用事って？　あ、いや、何でもないです。えっと、あっちの平野にシープとオックスが居ます」

ミリアが示している方角を見ると、確かに平野で何かが動いている。恐らくあれの事だろう。

「じゃあ、さっさと行って、サクっと終わらせよう」

「作戦はどうしますか？」

「さっきの戦闘で思ったけど、あの程度だったらミリアさえ気を付けていれば適当で良いと思う。だからミリアは身を守りながら近いモンスターを倒していってくれ。あとは俺がやるから」

「分かりました」

平野の方では牛が大量に川辺で群れていた。どうやらちょうど水を飲みにきていたらしい。その中に一匹だけデカい牛が居るのでそれが群れのボス、所謂ユニーク個体なのだろう。

更に奥の方には、草を食べているクリーム色のような少し濁《にご》った毛並の羊が居る。その中に一匹だけオレンジがかった毛並みの羊が居た。それもユニーク個体だろう。

「それにしても、こうやって見ると、単に放牧しているようにしか見えないね」

「あの子達のお肉を食べているので、確かに放牧と言えないこともないですね。でもモンスターに変わりありません。増えると餌が無くなって村などを襲い始めるので、討伐は必要です」

「でも皆殺しにしたら、街でオックス料理が食べられなくなるよね？」

「オックスとシープは臆病なので攻撃したら逃げます。だからユニークと数匹だけ狩れば良いかと」

なるほど。それなら依頼分もユニークも狩れる。皆殺しせずに済むということか。

「じゃあ、この位置だとシープに逃げられるからマズいな。あっちに行こう」

「はい」

「今度は大声出さないでね？　あの時のお仕置きもまだしてないし」

「もう！　あの時は、その、ごめんなさい。あと、お仕置きは……許してください」

お仕置きを許す？　とんでもない。楽しみにしているのに無しにするとかあり得ない。

そんな会話をしながら牛と羊、両方を狙える位置に移動する。

「それじゃあいくよ？　準備は良い？」

「いつでも大丈夫です！」

「よし、ゴー！」

どちらも仕留められるよう、牛と羊の間に向かって二人一緒に走り出す。向こうもこちらの敵意に気付いたようで一目散《いちもくさん》に逃げだした。

それを見て、指先に土魔術で尖《とが》った石を生成し、風魔術で射出《しゃしゅつ》。ユニーク牛とユニーク羊の頭部を狙いそれぞれを一撃で仕留める。次にその近くに居た牛と羊を順に、ユニーク同様石を射出して仕留める。

ミリアは俺のやっていることを真似したいのか、こちらを見つつも土魔術で石を生成している。しかし作った傍から石が地面に落ちているので、ミリアにはまだ空間魔術や合成魔術は使えないらしい。

何度か試した後、真似は諦めたのか、いつも通り炎で燃やして倒している。

それにしても大丈夫かあれ。肉が上手に焼けました状態だけれど、ちゃんと回収できるんだろうか。

全体の四分の三程度倒したところで、射程内には牛も羊も居なくなっていた。

「ふう。これだけ倒せば大丈夫かな？」

「問題無いと思います。それよりさっきの魔術、どうやってるんですか？　私にはできませんでした！」

「内緒。ミリアが良い子にしてたら、教えてあげるよ」

「えぇー……」

まだだ。まだ教えるのは早い。何か俺を満たしてくれるまでそう簡単には教えないさ。ふふふ。

倒したモンスターを回収し、話を切り替える。

「それじゃあ、さっきのところまで戻って少し休んだ後、街に戻ろうか」

「……はい……」

ミリアは俺が魔術を教えなかったことで少し拗ねている。だがまぁ、それは仕方の無いことだ。

慰め程度に頭を撫でて、ひとまず川辺まで着いたので少し休憩することにした。ここから街までは戻るだけなので、モンスターが出る心配もないだろう。だから普段着に着替えて……いや、もう街から出ないだろうし、このまま風呂に入ろう。

そう考え、川辺に土魔術で小屋を作る。そして外から中が見えないように加工した後、その中に釜などを出して風呂の準備をする。

「えっと、まさかとは思うんですが、また……お風呂ですか？」

「そうだよ？　もうユニークも狩り終わったし、あとは街に帰って用事を済ませたら寝るだけだからね」

「確かにそうですけど、お風呂はちょっと……」

恥ずかしいです……とミリアが言っているが、無視だ無視。

そういえばお仕置きがまだだったな。一緒に風呂に入るのがお仕置きだと、これから先お仕置きの時しか一緒に入ってくれなくなるだろうし、どうしたもんか……。

「ミリアのお仕置きがまだだったね。まずは装備が汚れたから、その整備と洗濯をしてもらおうかな」

「お仕置き……でも整備や洗濯は慣れているので、元からやるつもりでしたし大丈夫です」

おおう、元から洗濯するつもりだったのか。偉い偉い。

「次に、今日は風呂を一人で沸かしてもらう」

「それも魔術の練習ができるので、やります」

それもそうか。確かに魔術の練習になるし。魔術を使ってもレベルが上がるというのも分かったし、当然の結果だろう。そうなるとお仕置きになりそうな事が無いな……。

「あと、今日一日、俺が言うことには必ずハイと答えること」

「何ですかそれ？　お仕置きなんですか？」

「そうだよ。それより、返事は？」

「はい」

準備はこんなもので良いだろう。

ミリアはお風呂を沸かす為、既に釜に水魔術で水を溜め始めているし、そろそろ言っておくか。

「沸いたら当然一緒に入るよね？」

「ふえっ⁉」

「これから先ずっと、お風呂は必ず一緒に入るよね？」

「ええっ⁉」

「あれ？　返事は？」

「えぇぇ⁉　あぁ……はい……。これが狙いだったんですね……」

そうやっている内に風呂が沸いたのでミリアと一緒に入る。

ものすごく恥ずかしがっており何度かショートしそうだった。別にショートしてくれても良かったのにな。

抱き寄せて体を洗ってあげている間、失神を我慢してプルプル震えていたが、股の間を洗ってあげようと手を伸ばしたら「ふあぁ……」と声を出してショートしてしまった。

そうなるように仕向けたとはいえ、ショートしてしまったのであれば仕方が無い。いつもの悪戯タイムだ。

まずミリアを横向きで膝の上に乗せ、瑞々しい唇に俺の唇を重ね合わせる。そして、舌を使って歯を開かせて口内に侵入。そのまま可愛らしい小さな舌を吸いながら、ミリアと体液を交換する。

その間にも先程股の間に挿し入れた手でミリアのお豆さんにクニクニと優しく刺激を与えるのも忘れない。

もちろん空いている手は、ミリアのまな板だ。小さな小さなボタンを指の腹で優しく愛撫する。

「……っ、……っ」

そうやってミリアのアナル以外の開発を行っていると、ミリアは口が塞がっているのもあり、声に出せず少し苦しそうにモジモジとし始めた。

暫くミリアの全身を弄っていると、唸って腰を浮かせた後、ブルブルと震え始めた。慌ててキスを止め、ミリアの様子を見る。

「んふーっ！」

「はぁはぁはぁはぁ……」

顔が真っ赤になっている。口が使えなかったので苦しかったのだろう。

……それでも続けるけどね。

ミリアの呼吸が落ち着くまで、インベントリから木の板などを取り出し、釜の縁を背もたれにできるような高さで即席の椅子を作る。

そこにミリアを座らせピッタリと閉じたスジを左右に広げると、ミリアの愛液が日の光に当たり輝く。

汁が溢れてくるのが分かる。準備万端のようだ。しかし、ペニスの挿入はできない。悔しいがここは我慢。

更に、異物の挿入自体がマズい可能性もあるので、舌を入れるのもやめておこう。

そうなると俺には愛液を舐め取る、またはクリトリスを刺激することしかできない。

だが、今はそれで十分。そんな事を考えながら、一心不乱にミリアの股間に顔を埋めて舌を動かす。

「あっ……んっ……ふっ……」

心なしか硬くなっている小さな乳首を指で転がしつつ、ミリアの股の間から顔を上げる。

「はっ、はっ、はっ、はっ……」

ミリアの呼吸が荒くなってきたので、クリトリスを剥いて軽く歯で刺激を与える。

「あぅっ！」

左手で乳首を優しく摘まんでみたりパターンを変え、移りゆくミリアの表情を楽しむ。右手は俺の自慰用だ。

「ん、んん、んぅーっ！」

ミリアが絶頂を迎えたと同時にプシッと潮を吹いたので、口を付けていたのもあって飲んでしまった。

これがミリア潮の味……なんて思いながらミリアの股に顔を埋めたままペロペロとしていると、絶頂で硬直していたミリアの体がぐったりとなり、今度はチョロチョロと尿が漏れてきた。

当然、ペロペロしていたのでそれも飲むことになる。ついでに俺も出すものを出しておく。

「はぁはぁはぁ……んぅっ……はぁはぁはぁ……」

ミリアは、俺が舐める度に体がビクッと動くので面白くて何度も舐めてしまう。

ふむ……味が違う……。などと賢者タイムということもあり、ミリア汁を分析していると、ミリアの体が少し違う動きをした気がしたので、股の間から顔を離す。

「……はぁはぁ……うぅ……あ、あれ……？」

「あ、気が付いた？　もう体洗い終わるよ」

バレたかとも思ったが、幸いにもミリアは寝惚け状態だったので、慌ててミリアから少し離れて優しくお湯を掛けながら、俺の唾液やミリア汁を洗い流しておく。

「よし、そろそろ上がろうか」

「え……あぁ、はい……ふぅ、ふぅ……」

釜から出てミリアに「おいで」と声を掛け、呼び寄せてから体を丁寧に拭いてあげる。まだ意識が覚醒していないのか、なすがままだ。体を拭いている間、俺の下半身をチラ見していたが、そこは言及しないでおこう。このムッツリさんめ。

「あ、あの、タカシさん……お風呂の間、私に何かして……まし、た？」

「うん？　体を洗ってたよ？」

「そう、ですか……」

もしかすると、悪戯中のどこかで一度目が覚めてしまっていたのかもしれない……マズいな。

ミリアは首を傾げながら俺の下半身から目を逸らさずに小さな声で「夢……？」などと言っている。

「さっきからこれが気になっているみたいだけど、エッチな夢でも見た？」

ミリアの体を拭いている間に再び勃起したペニスを上下にブンブンと動かしつつ、ミリアに問い掛ける。

「うぇっ⁉　ち、ちがっ、ちがましゅ！」

突然動き出したペニスに驚いたのだろうか、目を大きく見開き、噛みながら否定している。

その後、俺は何もしていない、アレは夢だった、と話を誘導し、ミリアを落ち着かせた。

体を拭き、着替えも終わったので釜などを片付けてから小屋を元の土に戻す。

気温はそんなに低くない。むしろ風が気持ち良い。これなら湯冷めもしないだろう。

「手を繋いで帰ろう」

「……はい」

さっぱりしたので、風に当たりながら火照《ほて》りを冷ましつつ、手を繋いで仲良く街へと帰る。

道中、ずっとミリアの顔が赤かったのは湯にのぼせてしまったからだろう。


街に着いたら、まずはカッシュの相手だ。

「ただいまです。戻りました」

「おう、大丈夫だったか？　怪我とかは無かったか？」

「はい、大丈夫です。心配ありがとうございます。それでは！」

「おう」

ずっと守衛をしているだけだからヒマなのだろう。たまには話相手にならないとな。まぁ、近々この街から出るけれど。そんな事を考えながらギルドへ入ると、受付にはいつものおじいさんが居た。

「戻りました」

「はい、おかえりなさい。精算かい？」

「そうです。すごい量ですけど大丈夫ですか？」

「ははは、問題無いよ。ただ、多いならカウンターじゃ狭いだろうからあっちに行こうか」

案内されたスペースに移動して、おじいさんが「はいはいちょっと空けてねー」と言って、雑談していた冒険者達を退去させる。去り際に俺を睨んで舌打ちをしていたが気にしないでおこう。

「じゃあ、ここに並べてくれるかい？」

「はい、じゃあ順番にいきますね」

そう言って、フォレストラットの尻尾41本、センティピードの足19本、バタフライの羽64枚、ハーピーの爪28個、ビッグオックスの牙12本、アサルトシープの爪18本を出す。

続けて、レッドラットの牙、パープルセンティピードの眼、グリーンバタフライの触角、ピンクハーピーの羽、ブラウンオックスの角、オレンジシープの皮を取り出す。

レアそうなアイテムは出さない。ひとまず討伐が分かるようなアイテムだけを先に出すことにした。

「えっ……これ……君達二人で？　えっと、今日一日で……？」

「はい、早朝から狩りに行ってきました。さすがに疲れました」

「君達、まだ冒険者になったばかりだよね⁉　何をしたら二人でこんな数相手にできるんだい⁉」

「んー、不意打ちで少しずつ？　まぁ、あの、狩り方については他の冒険者も居るので内緒です」

驚いているおじいさんに興味を示した冒険者達が集まってきたので、はぐらかしておく。

「あぁ、ごめんよ。そうだね。パーティーにはそれぞれの戦い方っていうものがあるからね。でもこれだけの数、かなり無茶したんじゃないかい？　怪我は無いかい？」

「そんな事ないですよ。ほら怪我もしてないし」

今の俺は冒険者なので、自分で治したからとは言わないでおく。

「そうかい。なら良かった。でも予想以上でびっくりだよ」

「驚いてくれたなら頑張った甲斐がありました。それじゃあ換金、お願いしますね」

はいはい、と言いつつアイテムを数えて何往復かに分けて、奥に持っていく。

俺とおじいさんが素材を数えたり、会話をしている間、ミリアが冒険者達にチヤホヤされていた。

「ミリアちゃんすごいね！　才能あるよ！　俺らと一緒に来ない⁉」

「えっと、ごめんなさい……」

「すげーよ！　あんな数どうやって倒したんだ⁉」

「えっと、その、ほとんどタカシさんが一人で……」

「ミリアちゃん俺と付き合ってー！」

「ごご、ごっ、ごめんなさいっ」

こいつらミリアちゃんミリアちゃんってうるさいな。でもまぁ、それだけ慕われているってことか。いい子だし、当然と言えば当然だ。などと一人得意気にしているとおじいさんが戻ってきた。

「お待たせしたね。んーと、それぞれ164、95、256、140、48、72銀だね。それとユニークの分は6、6、8、8、9、5金だから、合計49金と75銀になるよ」

「おお、ありがとうございます。一気にお金持ちになったな」

「あんまり無駄《むだ》に使うんじゃないよ？　まぁ冒険者に言っても無駄なのは分かっているけれど」

「もちろん、ミリアの為にも無駄使いはしませんよ」

「ミリアちゃんはほんと良い人を捕まえたなぁ」

おじいさんはそんな事を言いつつ、冒険者に囲まれているミリアの方を見ていた。

「ありがとうございました。それじゃあ俺らはこれから用事があるのでそろそろ行きますね」

「はいはい。無理はしないようにね」

「もちろんですよ。ミリアー！　そろそろ行くよー！」

囲まれているミリアを呼び戻し、ギルドを出ることにする。相変わらず皆は俺に冷たいけれど誰も俺に襲い掛かってこないので、早々にギルドを出て、ミーアの宿へと向かう。

「戻りましたー。まだ早かったですか?」

「いや、本当なら何時でも良いんだ。ただあんた達の邪魔をしたくなかったから夕方にしただけさね」

「なるほど。それで用事って何なんでしょうか?」

ミーアはミリアの方を向いて少し動きが止まっていたが、カウンターから出て来て俺の正面に立つ。

「そうだね、順に行こうか。今日はどうする? まだ泊まるかい? だったら先に会計しておこうか」

「あぁ、はい。じゃあ、これで」

ミーアは手を前に出し金をよこせというジェスチャーをしてきたので、代金を先に渡しておく。

「毎度どうも。部屋は昨日と同じだよ。それでこれは鍵。はい……さて、じゃあ先に夕飯でも食べな」

「え? まだ早いと思いますけど?」

「今日は用事があるからって事で少し早めに用意しておいたんだよ」

それならば、サクっと食べてしまおう。

「じゃあミリア、先に食べちゃおうか」

「はい」

ミーアをその場に残し、食堂に移動して夕飯を食べることにする。

今日もとても美味しい料理だったがミーアを待たせるのも悪いので早めに食べ、飲み物で一息つきながらミリアが食べ終わるのを待つ。

「ミリア。そんなに急いで食べなくて良いよ。ちゃんと自分のペースで食べなさい」

「はい。えへへ……。タカシさん、たまにお父さんみたいな事を言いますよね」

「俺は恋人にはなってもミリアの父親になる気はないよ」

「分かってます! いや分かってない! 彼氏じゃないです!」

どっちだよ、と良く分からない突っ込みをしながら夕食を楽しみ、お茶で一息つく。

お腹が落ち着いたところでミーアの下に戻ると、待っていたかのように喋り出す。

「まずはね、ミリアに話があるんだよ」

「え？　タカシさんじゃなくて、私に、ですか……？」

「あぁ、もちろんタカシにも話はあるよ。でも、まずはミリアなんだよ」

ミリアは警戒しているが、ミーアは無視して話を先に進める。

「短い間だけど、ずっと憧れていた冒険者をやってみて、どうだった？」

「毎日楽しいです。タカシさんはエッチですけど……それ以外は楽しいです！　それに聞いてください！　タカシさんのお陰で魔術を使えるようになったんですよ！　タカシさんはすごいんです！」

「そうかい。魔術……それはすごいね、良かったじゃないか！　うん、良かったねぇ」

「えへへ……」

ミーアは微笑みながらミリアの頭を撫でている。どこからどう見ても親子だ。絵になる。

「それで、どうする？　まだ冒険者を続けてみるかい？　それとももう魔術を覚えたし満足したかい？　またギルドの手伝いに戻るかい？　アタシはね、それを聞いて今後の事を考えなきゃならない」

「あ……そうですよね。お店の事もあるし、ギルドも急に仕事を抜けちゃったので……」

いきなり現実に戻されミリアは恐縮してしまっているが、それでもミーアは話を続ける。

「本当はね、あの人が逝ってしまってからすぐ、お前の事をもっと幸せにしてくれる所にでも売ろうとしたんだよ。……奴隷は持ち主が死なない限り解放はできないからね」

一度奴隷になった者は基本的に解放されないらしい。但し持ち主が死んだ場合に限り、持ち主の遺言状を基《もと》にして解放するか再度売却するか、その後の人生が決まるらしい。

ミリアはショックだったのか「そんな……」と一言だけ発し、既に涙目になっていた。

「でも、あの人が何故所有権をアタシにしたのかを考えたら、それはダメな気がして……それに、ギルドや店の手伝いを頑張ってくれているお前を売る事なんてできなかったよ」

「……嫌ですよ？　私はこの家が良いです！　違うところの奴隷になるなんて考えられません！」

「大丈夫だよ。今は……売るなんて考えていないから安心しな」

「お母さん！」

抱き合う親娘の図。微笑ましいな。しかしミーアが両手をミリアの肩に乗せて引き離す。

「それで、話は戻るんだよ。お前はどうしたい？　冒険者に満足したのならウチに戻っておいで。冒険者を続けたいのなら、それでも構わない。お前の本音を聞きたいんだよ」

「私は……もちろんお母さんと一緒に……でも冒険者も……」

「どちらも続けるってわがままを言うのなら今までの話は全て無しだ。アタシは、いや、人生はそんなに甘くないよ。しっかり自分の考えで答えを出しな」

「はい……私は……目標だった魔術も使えるようになりました。でもまだまだです……この魔術でどこまでやれるのか……まだ！　冒険者をやってみたいです！」

何か二人の空間が出来上がっていて、俺が入る余地なんて無いんだけど。これって俺必要なの？

「本当に冒険者をやってみたいんだね？　それがお前の答えなんだね？　もう変えられないよ？」

「あの……それは冒険が終わって戻ってきても、この家に私の居場所は無いってことです……か……？」

「何言ってんだい。お前の家はここだろう？」

「はい！　じゃあ冒険者を続けたいです！」

一気に明るくなったな。浮き沈みの激しい親娘だ。一緒にいる俺の身にもなってくれ。

「良い返事だ。それじゃお前との話はこれで終わり。次はタカシだよ」

「え？　今ので話は終わりじゃないんですか？　聞いている限りでは俺の必要性は無かったですけど？」

「いや、ここからが話の本題だよ」

もう話は終わったと思っていたらまさか俺に話が来るとは……。何の話だろうか。考えられるのは俺にミリアの所有権を譲ってくれることくらいだが。

「お前さんを信用してミリアを預ける。だからこれから奴隷商のところへ行くよ」

「えぇ!?　私売られちゃうんですか!?」

さっき売らないと聞いたばかりなのに、奴隷商の所に連れて行かれるとなると驚くのも分かる。でも話の流れ的に違うだろうよ。気付け、ミリア。

「理由を聞かせてもらっても？」

「奴隷は一定期間持ち主から離れることはできないんだよ」

「なるほど。ちなみに離れるとどうなるんですか？」

「死ぬ」

逃亡を防ぐ為なんだろうが、そりゃあ一大事じゃねぇか。だから街を離れる前にこの話をしたのか。納得。

「そういうことだ。ミリアも分かったね？　それじゃ、ほら行くよ！」

「私が……タカシさんに……うぅぅん……」

ミリアは渋々といった感じでミーアに付いて行っている。ミリアが俺の奴隷かぁ。所有者から離れたら死んでしまうなら仕方が無いよね！

色々とムフフな事を考えながら、俺も後を追う。

ファラ

到着した奴隷商の店は、商品である奴隷も一緒に暮らしているからなのか建物がすごく大きい。

「いらっしゃいませ。おぉ、これはこれはミーア様。ようこそお越しくださいました。本日はどのようなご用件でしょうか。奴隷の購入、ですか？」

何か貴族風の格好をしたおっさんが、いきなり馴れ馴れしく話しかけてきた。一度ミリアを買ったというだけで名前も覚えているものなのだろうか。

「いや、ウチの奴隷の権利をそっちの奴に移したくてね。あと雑用の子が居れば考えなくもないが」

「やっぱり、私は要らない子なんですかっ⁉」

「……人の話を最後まで聞かないのはお前の悪い癖だよ。追加の奴隷はお前が居ない間の雑用さ」

「ご、ごめんなさい……」

ミーアが溜息を吐きながらミリアに説明している。そんな二人を横目に広い館内を色々と見てみる。

いずれ来る予定ではあったけれど、まさかこのような形で来るとは思ってもみなかったな。どんな奴隷が居るのだろうか……気になる。とても気になる。

「承知しました。それでは奥へ。追加の奴隷は後でご覧ください。すぐに用意させますので」

「はいよ」

そういって奥の客間へと案内される。

「それでは、先に譲渡の儀式を行いましょう。こちらの子の権利を、そちらの男性に、ということで？」

「あぁ、間違い無いよ」

「承知しました。それで、あの、失礼ですが、お名前をお伺いしてもよろしいでしょうか？」

あぁ、俺の事か。いきなりだったので、館内を見ていて話を聞いていなかった。

「これは失礼。俺はタカシ。タカシ・ワタナベです」

「タカシ様ですね。初めまして。私はエルモート・グレイオと申します。以後お見知り置きを」

「はい。俺も奴隷を買うと思うので、その時はよろしくお願いします」

「おぉ、それはそれは！　その際は是非お声掛けください！　商品だけでもご覧いただければ幸いです」

奴隷を見せてくれるらしい。どんな子が居るのかだけでもチェックしておこう。

「それでは、まず奴隷紋を出して頂いてよろしいですか？　あと、ミーア様は血を頂戴したく存じます」

「はいよ」

儀式台に仰向けになったミリアがモジモジしながら服の前を捲り上げ、プニプニの可愛いお腹を出す。

ミーアが指先に針を刺し、ミリアのお腹に血を一滴垂らすと、エルモートが詠唱を始める。

ミリアが目を瞑って恥ずかしさに耐えていると、次第にお腹に書かれた奴隷紋が淡い光を放ちながら浮かび上がってきた。

「それでは、タカシ様も血をお願い致します」

「はい」

ミリアの頭を一撫でして、お腹の奴隷紋に血を垂らすと、またエルモートが何かを詠唱する。

エルモートが詠唱を終えると光は収まった。どうやら儀式はこれで終わりのようだ。簡単だな。

ミリアも目を開けて、お腹についた血を拭いた後、早々に服を直した。

「これで完了です。念の為カードの確認をお願い致します」

自分のカードを確認すると、所有奴隷という項目が増えていた。
▼所有奴隷：ミリア・ウェール
「それでは、いかがでしょう？　用意はできていると思いますので商品をご覧になりませんか？」

「そうだね。見せてもらおうか」

「俺も見させてもらいます」

「ありがとうございます。それでは案内しますので、こちらへどうぞ」

エルモートの案内により、階段を上がって二階へと移動する。

「それではこの部屋でお待ちください。すぐに連れて参ります」

「はい」

エルモートが部屋から出て行き三人だけ取り残される。ミリアはソワソワして落ち着かないようだ。

「ところでタカシ。さっき言ってた、奴隷を買うかもしれないっていうのは本当なのかい？」

「えぇ。そろそろパーティーメンバーを増やそうと思っていたので、丁度良いタイミングかと」

「なるほどね。ミリア、お前と同じパーティーに入る奴隷なんだ、お前もちゃんと意見するんだよ？」

「は、はい」

相変わらずミリアは緊張している。店に入ってからずっとこんな感じだ。不安なんだろう。

「お待たせしました。こちらに並ばせますので、どうぞご覧になってください。ほれ」

エルモートが並ばせた奴隷は、幼女からおばさんまで年齢層が幅広い。薄い布一枚なので、体のラインもはっきりしている。右から年齢順なんだろうか？　左に行くにつれて歳が上がっている気がする。

「あ……あの子……」

ミリアが何かに気が付いたようだ。視線の先を見てみると、可愛らしい女の子が一人こちらを見ている。

銀髪のロングで、身長はミリアよりも低い。眠たそうな目というか無表情でジッとこちらを見つめているし、色白ということも相まって、まるで人形なのではないかと勘違いしてしまいそうな子だ。

「ミリア、あの子がどうかしたの？」

「え、あ、いえ。私と同時期に売られてきた子なんですが、まだ居たのでちょっと驚いたというか……」

「ミリアより年下に見えるね」

「あの子、親が有名な魔術士らしいんですが……その、人体実験に使われたそうです。その時に呪いに掛かったから売られたとかで……年齢は知りません」

「何じゃそら！　ひでぇ親が居たもんだな」

「はい……それで、お互い親が魔術士ってこともあって、ここを出るまで魔術の話とかしてたんです」

実の子供を人体実験に使うとか、マッドかよ。そんなの漫画の中じゃなくても実在するんだな……。

「そっか、ちなみにどんな呪いなの？」

「何かモンスターを呼び寄せる？　みたいな事を言ってました。詳しくは聞けなかったですが」

「人体実験……許せないを通り越して悲しくなる……しかも、呪いのせいで売られて、更に売れ残るとか」

「はい……」

そんな感じでミリアとあの子の境遇に同情しながら話をしていると、ミーアが割り込んできた。

「あんた達、奴隷はそういう子が多いんだ。いちいち悲しんでたらキリがないよ。割り切りな」

「そうでしょうけど、俺には割り切ることはできませんよ……」

「じゃあ、それら全てを受け入れな。そしたら少しは世の中平和になる。それができないのなら諦めな」

「無理なのは分かってます。でも俺は偽善だろうが、手が届くならできる限りの事はするつもりですよ」

ミリアは俺とミーアのやり取りに何か思うところがあったのか、目を見開いてこちらを見ている。

すると、ずっとこちらを見ていたエルモートが、話が一区切りしたのを察して近寄ってきた。

「いかがでしょうか？　この子達の中で気になる子が居ましたら、呼び寄せますのでお申し付けください。もし居ないようでしたら、次は男の奴隷をご案内させていただきます」

「えっと、あの右から三番目の子と話をしてみたいです。呼んでもらっても良いですか？」

「ええ、もちろんですとも。おい、ファラ、こちらへおいで」

銀髪の女の子はファラというらしい。無表情のままこちらに歩いてくる。

「こちらはタカシ様。お前と話がしたいそうだ」

「……ん」

「ファラちゃん？　君はここに何年居るの？」

「ろくね……」

六年と言いかけたファラは途中で何かに気が付き、エルモートを見た。

どうやらあまり言ってはいけない事のようだ。それはそうだろう。それだけ売れ残っているとなれば、何か理由があるのかと思って客は購入を見送る可能性もあるだろうし。それにしても六年か……長いな。

「長いね。外に出たら何をしたい？」

「たび」

「奴隷には無理だよね」

奴隷になったら主人から離れられない。行商人などに買われたらその夢も可能だろうが、滅多に無いだろう。

「俺は冒険者なんだけど、これから世界を旅する予定がある」

「っ!?」

「でもね、冒険者だからモンスターと戦うんだ。ファラちゃんはモンスターと戦える？」

「たたかえる」

即答だった。ミリアより小さい体なのにどこからそんな自信がくるのだろうか。

ミーアもミリアも心配そうに俺らを見つめているが、黙って聞いてくれている。

「どうやって？」

「がんばる」

「皆頑張ってるよ。ファラちゃんはどう頑張るの？　頑張ってもモンスターに食べられちゃう人居るよ？」

「魔術」

魔術か……。親が有名な魔術士と言っていたから、ミリアみたいにジョブだけは覚えているパターンかもしれない。それにしても意地悪しすぎたかな。無表情だけれども声のトーンが落ちてきている。

「魔術だけではどうにもならないよ。剣も槍も、武器を使えるようにならないと」

「なる。夜のごほーしも。だから買って……ください」

は……？　今何て？　ご奉仕？　何それ、俺の知っている夜のご奉仕なのか？　こんな小さな子が？

「買います」

「「はぁ!?」」

ミーアとミリアが驚いた声を上げた後、汚物を見るかのような目で俺を見ている。ファラですら驚いているしエルモートに至ってはやれやれと肩をすくめている。どうやら何かを勘違いしたようだな。

「タカシ様は、そちら側のお方でしたか。これからもご贔屓《ひいき》にしていただけそうで私は嬉しいです」

「ちょっと！　タカシさん!?　やっぱりそういう人だったんですか！」

「タカシ、あんたも男だ……性癖をあまり強くは非難しないが、その、その子は幼すぎじゃないかい？」

三人とも同じような意味に捉えたらしい。幼い子が好きなわけじゃないよ？　ご奉仕に惹かれたわけでもないし、ただ単に可愛い子が好きなだけだよ？　大して変わらないか……。

「いやいや、皆何か勘違いしてない？　違うよ？　世界を旅する為に魔術も剣も槍も覚える。モンスターとも戦う。更には好きでもない男にでも尽くすっていう、その覚悟を買ったんだよ？」

「はぁ……もう言い訳は良いです……」

「ミリア、勘違いは良くないよ？　ミリアの知り合いでもあるんだろう。それも理由の一つなんだよ？」

「タカシ、それ以上言うな。お前がそういう奴だってのは分かったから。ミリア、気を付けるんだよ？」

「はい……」

ああもう……でもそれで丸く収まるのなら別に良いか……そう、俺はただのロリコン野郎さ。それで良いよ。

次はちゃんとした年頃の巨乳の子を選んでやる。

「それではタカシ様。金銭的なお話に移りたいのですが、よろしいでしょうか？」

「あぁ、はい。いくらですか？」

「この子は、まだそちらの方は未経験でして。年も若く、将来美しく育つのは目に見えてお分かりいただけるでしょう……そこで、２０金程でいかがでしょうか？」

「え？　幼いから処女なのは当然。それに六年物。更には呪いもある。それは高いんじゃないですか？」

「いやはやさすがです。……では、１６金でいかがでしょうか？」

「これからもお世話になるかもしれないので、そこらで手を打っておきましょう」

もうちょい値切れそうだがこれからも奴隷を買うかもしれない。値引きはこのくらいが無難だろう。

１６金をエルモートに支払う。

「ミーア様はいかがですか？　どれかお気に召す奴隷などはございましたでしょうか？」

「アタシは今度にするよ。今はもうそんな気になれない……はぁ……」

「承知しました。それでは奴隷契約の儀式を行いますので、先程の部屋に戻りましょうか」

「分かりました」

先程の部屋に戻る途中、ミリアが、もう！　もう！　と言いながら俺の踵《かかと》を何度も蹴ってくる。ヤキモチを焼いているのだろう。そう思っておこう。

「何度も申し訳ございませんが、今一度血を頂戴してよろしいでしょうか」

「はいはい」

ファラは左の太ももに奴隷紋があるらしい。薄い布をたくし上げ白い肌が露わになる。恥ずかしくないのか、布を両手で胸元まで上げているものだから、全て丸見えだ。

エルモートは何も思わないのか、すぐに詠唱を開始して、すぐに儀式は終わった。

「それではカードの確認をお願いいたします」
▼所有奴隷：ミリア・ウェール　ファラ・オスロ
「問題無いようです」

「それは良うございました。まだ奴隷は沢山居ますが、もう一人いかがでしょうか？」

「いえ、今日は一人だけにしておきます。また近い内に来ますね」

「承知しました、今後ともご贔屓に」

ファラは何をしたら良いのか分からず、儀式が終わった後もじっと無表情で佇《たたず》んでいる。

「自己紹介はあとで宿に戻ってからしよう。ファラ、今日からよろしくね」

「ん」

「ファラ、これからはご主人様にしっかり尽くすんですよ？」

道中、ミリアが一言も話をしてくれなかったので、あとでからかってあげよう。

そうしてファラを新しい奴隷として契約したところで、奴隷商の館を出て帰路につく。

「はい。ありがとうございました。またのお越しをお待ちしております」

「それじゃあ、俺らはこれで」

さっきのやり取りで察したのか、エルモートも抜かりないな。そしてファラもそれを理解しているようだ。

エルモートがファラに尽くすよう促している。そう、尽くすのは大事だからな。

「……ん」


宿屋に戻り、終始無言のミーアに追加料金を払い三人で部屋に戻る。

「さて、それじゃ自己紹介をしようか」

「……」

「……」

何で二人とも言葉を発してくれないんだよ？　ファラは無口キャラみたいだからそんなに苦じゃないけれど、
ミリアが怒った顔をしているのが怖い。

「ミリア、言いたい事があるのなら、ちゃんと言葉にして言おう？」

「タカシさんは……やっぱり最初に思った通りの、そういう人だったんだなって思いました」

「そういう人って？」

「奴隷を性の対象としか見ていない人です！」

あぁ、だから怒っていたのか。あながち間違いではないけれどこれは訂正しておく必要があるな。

「まだ勘違いしてるの？　俺はファラの覚悟を買ったんだよ。ミリアもファラの覚悟を聞いたでしょ？」

「聞きましたけど……ファラちゃんを買ったのは、その、ご、ご奉仕が……ってところじゃないですか！」

「確かに間違いではないけど、見知らぬ男にでも尽くすくらいの覚悟があるって俺は捉えたんだけどな……ムッツリなミリアは違う風に捉えたんだ？」

「うぅ……ムッツリじゃないです！」

ミリアはプンプンだ。今までで一番怒っているかもしれない。この表情も可愛いな。

「ふたりは、ふうふ？」

ファラは空気が読めないのか、空気を読んだのか、見当違いな爆弾を投下してきた。

「なっ⁉」

「そうだよ。もう裸の付き合いもしてる仲だよ」

「ちがっ！」

「じゃあ、ファラのごほーし、ミリア……さん、おこる？」

そっちの心配をしていたのか。だが心配無い。ご奉仕は大歓迎だ。何なら二人同時でも良いくらいだ。

「怒らないです！　それと、さん付けじゃなくて良いです！　ご奉仕もしなくて良いです！」

「いやいや、それを決めるのは俺だよ？」

「じゃあ、何でおこってる？」

「怒ってないです！」

いやいや、どこからどう見ても怒っているじゃないですか。顔も真っ赤じゃないですか。怒っているのか恥ずかしがってるのかは分からないけど。

「ミリア、それくらいにしておこう。ファラは今日来たばかりだ。それ以上続けるなら……俺も怒るよ？」

「うぅ……だって！」

「ごほーし。ファラも手伝う」

「私はしません！」

ファラはやはり空気が読めない子のようだ。今何が問題になっていて、何に対してミリアが怒っているのか理解していない感じだ。

「はい、そこまで。それじゃ自己紹介を始めよう」

「ん」

「もう！」

「えっと、俺はタカシ・ワタナベ。タカシって呼んでくれ。冒険者をやってる。一応、君達の主人だ」

ファラはともかく、ミリアもさっき俺の奴隷になったから間違ってはいないよね？

「ん。ファラはファラ。タカシのどれー」

「ファラは、うん。そうだよな。他に何か無いの？」

「ない」

「そっか……。じゃあ、次ミリア」

「それでいいんですか……？　はぁ……私はミリア。ミリア・ウェールです。……不本意ですけど、さっきそちらのエッチな人の奴隷になりました」

モーモーミリアは少し落ち着いてくれたようだ。ちゃんと自己紹介をしてくれた。

「えっと、俺は魔術士、剣士、僧侶なんかは一通りできる。ミリアは魔術士。ファラは何ができる？」

「ええ⁉　僧侶なんて聞いてないです！」

「あぁ、言ってないからね。それより、今はファラに聞いてるんだけど？」

「あぅ……タカシさんはずるいです……」

そういえばミリアに言って無かったな。でも狩りの時にはたまに治癒とか治療とか使ってたんだけれども……気付いてなかったのかよ。

「ファラはどれー」

「うん、だからそれは分かってるよ。魔術とか剣術とか何かできないの？」

「これから」

「そっか。これからか」
▼ファラ・オスロ　奴隷05（なし）
ファラの簡易ステータスを見てみるが、確かに奴隷のようだ。当たり前だが。というか、それより中身が見えない。あれ？　そういえばパーティを組んでいないから、それが原因か？

「ミリア。ファラをパーティーに入れてあげたいんだけど、ギルドに行かないと組めないの？」

「いえ、パーティーリーダーであれば誰でもできますよ。ファラちゃん、カードを出してくれる？」

「ファラでいい。……ん」

「分かった。ありがとう、ファラ。それじゃあタカシさん、自分のカードを出して、このファラのカードと重ねてからパーティーと念じてみてください」

言われるがまま自分のカードを出し、ファラのカードと重ねて念じてみると、パーティー窓にファラが加わっていた。よく考えたら、ギルド外でパーティーを組めないと不便だよな。

改めてファラのステータスを見てみる。
▼ファラ・オスロ　奴隷05（なし）
▼HP：6（6＋0）　MP：6（6＋0）
▼ATK：3（3＋0）　MAG：3（3＋0）

▼DEF：3（3＋0）　AGI：3（3＋0）
▼STR：1±　VIT：1±　INT：1±　DEX：1±　CHA：1±（04）
▼JOB：奴隷05（なし）　村人01　魔術士01　使徒《しと》01
▼SKL：なし
▼EQP：なし
▼INV：なし

やっぱいな。デコピンで殺せそうな程弱い。全ステータス1がここまで酷いものだとは……。それと、やはり魔術士のジョブがあったな。あと呪いってステータスには表示されないのか？　そんな事より、使徒って何だよ。聞いたことが無いぞ。

ファラのジョブを使徒や魔術士に入れ替えて色々と確認してみる。すると、魔術士をメインにしたところで、初級召喚魔術というスキルを覚えていることが分かった。

この子、メインにもしていないレベル1のジョブなのに、何で初級魔術以外のスキルを覚えているんだよ。

あぁもう、分からない事だらけだ。

「ミリア、気になったんだけどさ、使徒ってジョブ知ってる？」

「しと……使徒？　えっと、確か昔、勇者のパーティでどんなスキルでも使えた人がそんなジョブだったと思いますが、どうしてですか？」

「勇者のパーティーっておい……いや、何でもない。じゃあさ、召喚魔術ってどんなものか知ってる？」

「何なんですかもう……。召喚魔術はその名の通り、モンスターなどを使い魔として魔術で召喚できます。私も魔術士なので頑張れば覚えられると思います」

ただの奴隷であるファラが何でそんなジョブと魔術を持っているんだ？

そんなジョブなら俺も欲しい。ミリアにも覚えさせたいし、習得条件が知りたいな……。

「そもそも勇者の物語自体作り物だという噂ですので、そんなジョブ自体あるのかどうか疑わしいんですが……」

「そうなの？」

「はい。だって……その物語では勇者がこの世界に召喚されるところから物語が始まるんです。まずその時点で意味が分かりません」

うん？　意味が分からないってどういうことだろうか。

もしかして、俺はこの世界の人間じゃないし、その勇者じゃないよな？

勇者だなんてそんな目立つ役割は勘弁してほしい。モテるなら話は別だが……いや、ないな。勇者だからと、アレやコレや色々と任されそうだ。

問題とかを解決すればチヤホヤされるだろうが、俺はそんな優越感に浸りたくてこの世界に来たわけじゃないし。

「まぁ、いいや。勇者の話は今は置いておこう」

「さっきから何なんですかもう！」

またモーモーミリアに戻っている。今は放置しておこう。

さて、そんな事よりもまずはファラのジョブだな。何とかしておかないと、野兎にすら殺されてしまいそうだし、それはあんまりだ。

「ファラ、冒険をするにあたって、どんな戦い方をしたい？」

「魔術」

「やっぱりそうだよな……ごめん、聞き方が悪かったかな。魔術はもうちょっと俺達と仲良くなってくれたら、俺が直接使い方を教えてあげる。でも、とりあえずは武器を持ってモンスターと戦う練習をして欲しいんだよ。そんなわけで、どんな武器が良い？」

「ん。じゃあ槍」

俺の考えを理解しているのかどうか怪しいが、素直でよろしい。槍ならば戦闘系のジョブにでもしておこう。使徒は……バレるとマズいよな、とりあえずサブにでもしておくか。

それにしても、さっきからミリアの視線が痛い。

「……さっきから何だ、ミリア？」

「魔術を教えるって何ですか……私の時みたいに襲うんですか？」

「おいおい、人聞きが悪いな！　もちろん合意の上で、だよ！」

「タカシにならおそわれてもいい」

ちょっとファラさん、空気読んでくださいよ。ミリアに爆弾投下したらダメだって。

「お、おそっ！　ダメだよファラ！　もっと自分を大事にしなきゃ！」

「……？　ファラはタカシのどれーだからごほーし。ミリアはどれーなのに、ごほーししない……？」

「そうだね。ファラは良い子だね」

「な、なっ⁉」

ファラの頭を撫でながらミリアを見ると、顔を真っ赤にしてワナワナ震えている。

「ファラ。ご奉仕はファラが自分からしたくなった時だけで良いよ？　俺がミリアに怒られちゃうから」

「ん。わかった」

「もう！　またそうやって私が悪いみたいに！」

ミリアにもナデナデしつつ、ファラのサブジョブに使徒を入れておく。こんなところだろう。

あとは装備だ。ミリアみたいに武具屋に似合いそうな防具を作ってもらうか。何が良いかな……。

ロリで無口。それこそゴスロリにクマのぬいぐるみでも持たせたら最強だ。ミリアとお揃いにするのも良いな。

そう考えると二人に似合いそうな……やっぱりスモック⁉　いやいやそれは露骨すぎる。逆に俺が恥ずかしい。

無難に学生服か？

制服と言えばセーラーとブレザー。でも、二人ともアジア系の顔じゃないし……ブレザーが良いか。

「よし、それじゃあファラの服を作りに行こうか！」

「ふく？　今着てる」

「俺のパーティーに入る子は、俺の選んだ服を着てもらうんだよ」

「そんなのいつ決まったんですか⁉」

今だよ今。そんな事を言ったら、またモーモー言い出すから言わないけれども。

ミリアの質問には答えず「ほら行くよ」と言って、二人を部屋から連れ出す。


ミーアに鍵を預けて宿から武具屋まで歩いて行くと、ちょうど店を閉めようとしていたところだった。

「おや、これはこれはタカシ様。今日はいかがされました？」

「あぁ、すみません。お店閉めちゃうところだったんですね」

「おっと、タカシ様は特別ですよ。ささ、気にせず中へどうぞ！」

「そうですか。ありがとうございます」

店主は閉店準備をしていたが、中へ招き入れてくれた。傘効果すごいな。

「それで、何をお求めでしょうか？　もしや……もう新たなアイデアが⁉」

「んーまぁ、似たようなものですが、今日からこの子の主人になりまして、この子の服を作ろうかと」

「おぉ、そうでしたか！　ミリアちゃんと同じ服でよろしいですか？」

「そうですね。ミリアと同じ服を一着。それと新しいデザインの服を二人にそれぞれお願いしたいです」

そう聞いた瞬間、店主は小間使いだろう男の子に顎で合図をして、書くものを持って来させた。男の子はそのまま店を飛び出してどこかに走って行った。恐らく仕立屋を呼びに行ったのだろう。

「それでは、こちらにどうぞ」

紙とペンを渡される。前回同様、デザインを描けということなのだろう。

「えっと、一番のポイントはここですね。スカート部分をこんな感じにします」

ファスナーは存在しないだろうから、上下一体のワンピースタイプにして、スカートの先にはレースを。次に表と裏のデザインを描く。形はプリーツスカートだ。ただプリーツ加工ができない可能性があるので、折り目と縫いで表現するよう説明を書き加えておく。

「ほうほう。このギザギザは、こうやって表現するんですね」

「そうなんです。このギザギザが重要なんですよ。これがあるだけで、スカート全体に立体感が出ます」

「なるほど！　今まで見たことの無い加工技術です！」

「それで、上はこんな感じです」

夏用と冬用を、これも同じく裏と表のデザインを描いておく。襟元はブレザーに合う明るい色の大きなリボン。あとは夏冬それぞれ違うデザインのセーターとソックス。ローファーと、ブーツをオプションとして描いておいた。

「おおお、やはりタカシ様のデザインは素晴らしいですね！　絵もお上手だ！」

「あら、これはまた可愛いですわね」

武具屋店主と話していると、いつの間にか仕立屋の店主も来ていた。

「この服は、セイフクブレザーと名付けます。作れそうですか?」

「少し防御力に難がありそうですけど、作ることはできそうですわね」

「それじゃあ、お願いします」

ゴスロリ服も作るし、何か割引が利くようなネタでも提供しようかな。

「これは学び舎の生徒など、複数の人間が同じ目的を持って集まる施設なんかに売り込むと、良いと思います」

「それは何故……ですか?」

「えっと、複数の人間が同じところで生活をすると、どうしても貧富の差が身に着けるものなどに如実に出てしまいます。まずは形から、皆が同じ服を着用し見た目で差別が起きないようにする事が目的です。売る側としては、売り込みさえできれば、数十、数百と同じ服が売れることになります」

「おお! 確かに! まさか売る側、売られる側の事までお考えだったとは……感服しました」

思い付くことをスラスラ並べただけで感服されてしまった。俺ってそういう言い訳みたいな事を言う才能でもあったのだろうか。それって詐欺師だし、あまり嬉しくはないが……。

「す、すごい……」

「やるわね……」

「すごい……?」

俺の説明はウケが良かったようだ。ただファラはよく分かっていないようだが。

「そういうわけです。いくらで作れそうですか?」

「おお、すみません。タカシ様のご高説のお陰で色々と想像しておりました。ふむ、前回のデザインより様々な施設へ販売できそうですので3金ずつ。先日の服は既に量産体制が整いましたので特別に3金として、合わせて計9金程でいかがでしょうか?」

「分かりました。またメンバーが増えたらデザインを持って来ますので、その時も割引お願いしますね」

「おぉ、分かりました！　では、お約束いただけるのでしたら、７金で結構です！」

ミリアの時はゴスロリ服が５金だったのに、約束だけで１金になったぞ！　言ってみるものだな。

店主の気が変わらない内に７金を支払う。

「はい、確かに。ではすぐに取り掛かります。もう遅いですし、明日になりますこと、ご容赦ください」

「いえいえ、割引していただいたんです。明日で構いませんよ」

「ありがとうございます！　では、明日お届けに参りますね」

「はい、待ってます」

挨拶を済ませ、武具屋を出る。仕立屋も店に戻るようで一緒に出てきた。ついでだし仕立屋に寄っていくか。

「あの、ついでなのでお店に寄らせてもらって良いです？」

「ええ、構いませんわよ。是非おいでくださいな」

武具屋から近いので、そのまま仕立屋と一緒に店に入る。

「えっと、この子達の下着とか諸々《もろもろ》を買いたいんですが」

「あぁ、そういうことですの。予算はどのくらいかしら？」

「予算は気にしなくて良いです。可愛いのをお願いします」

二人が更に可愛くなるのなら金に糸目は付けない。下着を見るのは俺だけだしな！

「ふふ……あなたってそこらの男性とは違って、良い男ですわね」

「はは、この子達の為なら全財産だって使いますよ！」

「ミリアちゃん達が羨ましいですわ。さ、二人共ご主人様があぁ言っているわ。おめかしの時間よ」

ちょっと見栄を張りすぎた、しかし悔いは無い。

三人が選んでいる下着に興味はあるが、俺は野宿の為の布団やタオルを物色しつつ時間を潰す事にした。

「こんなものかしらね」

「あの……こんなにしてもらっていいんでしょうか……」

「いいのよ、女の子は可愛くするものなのよ」

ミリアは遠慮して少し申し訳なさそうにしているが、ファラはよく分かっていないのか、選んでもらった衣類を単に抱えているだけだ。

「あと、これらも一緒にお願いします」

「分かりましたわ。今回は特別に全部で3金でどうかしら」

「はい、ではこれで」

店主に3金を渡し、買った物をそれぞれに渡す。しかしファラはまだ冒険者登録をしていないので、インベントリが使えない。俺が代わりにインベントリに収納しておく。

「良い商売ができました。感謝しますわ」

「はい。こちらこそ良い買い物ができました。それでは、また寄らせてもらいますね」

「是非、お待ちしておりますわ。服はこれから作りますわ。楽しみにしておいてくださいな」

「はい、楽しみにしていますね。それでは」

仕立屋を出て宿に戻らずに素通り。やはりファラのインベントリが使えないのは面倒だと考え、ついでだからギルドに寄ることにする。

「ミリア、ギルド開いてるかな?」

「まだ大丈夫だと思いますよ」

「よし、じゃあ今日の内にファラを冒険者にしておこう。インベントリが使えないのは不便だ」

「そうですね。タカシさんに下着を持たせるなんて怖いですし」

まだミリアは怒っているのだろうか。仕立屋ではあんなに遠慮して申し訳なさそうにしていたのに……これは少々ミリアの俺に対する認識を改めさせないといけないな。


そんな事を考えていると、ギルドへと到着。

「おや彼氏さん。どうしたんだい？」

ギルドを出たばかりなのに再度来たことを疑問に思ったのだろう。おじいさんが先に話し掛けてきた。

「えっと、この子がパーティーに加わったんです。それで、冒険者登録してもらおうかと思いまして」

「あぁ、そういうことかい。何かあったのかと思ったよ」

「ご心配ありがとうございます。それで登録お願いしていいですか？」

「構わないよ。それじゃお嬢ちゃん。カードを出してくれるかな？」

「ん」

ファラがカードをおじいさんに渡す。相変わらずあまり喋らない子だな。まぁそこが可愛いのだけれども。

「はいはい、それじゃあちょっと待っててね」

おじいさんは奥に行ってすぐに戻ってきた。相変わらず登録は速いんだな。

「お待たせ。はい、これで君も冒険者だよ。これからよろしくね」

「ん」

ファラは受け取ったカードをジッと見つめている。自分が冒険者になった事に何か思うところがあるのだろう。

その姿を俺とミリアが眺めていると、ファラのカードがスッと消えていった。そのタイミングでおじいさんが挨拶してきた。

「はい。明日からまた頑張ってね」

「はい。ありがとうございます。ではこれで」

他の冒険者達に絡まれないよう早々にギルドを出て、宿に戻る。

ひとまずは部屋に戻り、預かっていた衣類をファラに渡す。それらを受け取ったファラはインベントリが珍しいのか、渡したアイテムを出したり入れたりして何かを確かめている。

「ファラ、インベントリは初めて？」

「ん。べんり」

「だよね。俺も初めての時はそうやって遊んでたよ。出し入れ楽しい？」

「楽しい」

無表情だが楽しいらしい。それは良かった。

「それで、タカシさん。今後どうするんですか？」

「あぁ、そうだね。えっと、ファラも加わった事だし、どう戦うのが良いか希望を聞こうと思ってさ」

「うーん。ファラは槍を使うって言っているので、ファラが前衛、タカシさんがそのサポート、私が後衛で魔術を使ってアシスト、という感じがベストじゃないですか？」

俺も同じ事を考えていたが、パーティーでの戦い方なんて知らないからなぁ。でもミリアがそう言うのだからそうなのだろう。ただ、ファラが前衛っていうのは防御力的な面で怖いが、仕方が無いか……。

「そうだね。じゃあ、ファラに魔術を教えるまではそれでいこう」

「本当に教えるんですか？　いやらしい事無しで？」

「それは……まぁ、俺は強制しないしファラ次第っていうかさ……ってそんな事より、今日のミリアは怒ってばかりだね。俺の事嫌いになった?」

話を逸らす為、それと釘を刺すという意味も込め、ミリア自身の話題に変えてみる。

「え、いえ、別に怒ってないです！　ただ……その、何ていうか……その、全部私が悪いみたいだったので……

タカシさんの知らない事もあって……くすん」

「あぁ、違うよ。ちょっとミリア。こっちきて」

　ミリアを呼び寄せ、強引に膝の上に座らせて頭を撫でる。ファラはどうしたら良いのか分からないのか、立ったままジッとこちらを見ている。あとでファラにもナデナデしてあげよう。

「別にミリアが悪いなんて思ってないし、話を早く切り上げる為にあんな事を言っただけだよ。それに俺の事なんて聞いてくれればいくらでも教えるからさ、ね？」

「だって……。いつもはぐらかされるもん……。私だって聞きたい事言いたい事沢山……あるのに」

「何でも教えてあげるから。ね？　ほら、ファラも居るんだからいつものミリアに戻ろう？」

「やくそく……」

「分かった。約束する」

　こうなってしまったらミリアもまだまだ子供だな。可愛い。

　暫くするとミリアも落ち着いたのか、立ち上がり、ファラの方へ行く。

「じゃあ、ファラ。寝る前に体拭こっか」

「ん」

「ファラ、立たせたままでごめんな？　俺外に出てるから、体拭くの終わったら呼んでくれ」

「ん。わかった」

　ファラの頭を撫でつつ部屋の外に出ることにした。

待っている間に、今日の成果について考えていると、アンノウンのレベルが20になっていた事を思い出す。

確か予想通り新しいスキルを覚えていたんだよな……『神脚《かみのあし》』か。ヒマだし実験でもしてみるか。

脚というくらいだから足に関係があるのだろうか。とりあえず足に魔力を集中し、床を蹴ってみる。

……何も起こらない。蹴る行為ではないのか。何だろうか。単に足が速くなる、とか？

試しに扉の前から廊下の突き当たりまで走ってみる。

……特に足が速くなった気はしない。何なんだよ！　スタミナが上がったとかなのか？　でもそんな項目のステータスは存在しないし。あぁ……ヘルプ機能が欲しい。何とかならないだろうか。

廊下の突き当たりから、歩きながら色々考えていると、ドアが開き、中からミリアが顔を出していた。

「あ、あぁ。タカシさん何してたんですか？　終わりましたよ」

「あ、あぁ。すぐもど……」

――シュンッ
「るぁっ⁉」

「ひゃっ！」

ミリアまで十メートル程の距離があったが、部屋に戻ろうとしたら一瞬でミリアにぶつかりそうな位置まで移動していた。何がどうなったんだ？　瞬間移動するスキルなのか？

「な、ななっ！　何ですか⁉　今もがっ！」

「シーッ！」

ミリアがドアの外に居るにも拘らず大きな声を出そうとしたので、口を塞いで部屋へと戻る。

「んーっ！　んーっ！」

「タカシ。どうしたの？」

ファラが何事か聞いてきたことで気が付いた。ミリアの口を塞いだつもりが、ミリアの顔が小さいことで口と鼻を一緒に覆ってしまっていたようだ。ミリアが苦しそうにバタバタしている。

「ぷあっ！　もう！　苦しかったじゃないですか！」

「ごめんごめん、ミリアが突然大きな声を出すからさぁ」

「もう！　じゃなくて！　さっきの！　びゅんって！」

「とりあえず落ち着こう？　ね？　じゃないとキスするよ？」

スッとミリアが後ろに下がって警戒したのが分かった。ものすごく切ない……代わりにファラをこちらに引き寄せて膝の上に乗せ、抱っこする。ファラは抵抗もせず素直に俺のなすがままで人形みたいだ。

「はぁ……。それで？　さっきのは何なんですか？　何でも教えてくれるって約束ですよ？」

「さっきのはね、新しい魔術の実験をしてたんだ。まさか成功するとは思わなかったけど」

「あんな魔術聞いたことがな……あ、いや、え？　もしかして転移魔術です……か？」

「うん、まぁ、そんなところ」

まぁ、魔術はスキルだ。アンノウンの能力もスキルだ。じゃあ同じカテゴライズだから間違いではない！　うん。そうだ。今更訂正はできないし、そういうことにしておこう。

「え？　ウソ。何で。え？　本当ですか？」

「え？　うん、ウソは言ってないけど？」

お互いよく分かっていないようなやり取りになってしまった。

「タカシさん、空間魔術、いえ、その上の転移魔術までも使うことができるんですか……!?」

「うん。今日、川辺で休憩してる時あったでしょ？　あの時ミリアがあまりにも可愛い寝顔だったから、起こさないように一人で魔術の特訓をしていたんだよ」

「たった、あれだけの時間で⁉」

「そうだよ？　ミリアにも教えてあげようか？」

ミリアの眼がキラキラと輝きだした。可愛い寝顔と言ったのにそれは華麗《かれい》にスルーされている。魔術となると本当に周りが見えなくなるよな……それに今から教えるとなると寝かせてもらえるかな……。

ファラはそのやり取りが気になったのか向きを変えて横座りになり、こちらを向いて目を合わせてきた。

「ふたりとも、まじゅつ、つかえる？」

「うん。そうだよ。あれ？　言わなかったっけ」

「ミリア、つかえないって言ってた。どうやって？」

ファラも魔術が使いたいというのは知っている。だからなのか興味津々でミリアに聞いている。

「えっと、その、た、タカシさんに……」

「タカシに？　教えてもらった？」

「教えてもらったっていうか……その、き、きす……」

「きす？　キス？　ちゅー？」

ファラが首を傾げてチュウと言いながら唇を前に出している。このお人形さん、破壊力あるな。二人のやり取りに興味があるので、俺は黙って聞いておくことにする。

「ちゅーしたら魔術使えるようになる？」

「ちゅ、き、キス……私はキスでしたけど、それだけじゃ……」

ミリアが助けてオーラを出しながら涙目でこちらを見つめてきたが、スッと目を逸らし無視しておく。俺は抱っこしているファラの頭を撫でるのに忙しいのだ。

「タカシにちゅーしたら魔術使えるようになった？」

「えぇ……いや、でも、あれは、勝手にされたっていうか……その……」

「じゃあファラもする」

「でもキスだけではダメらしくて、その……えぇ⁉」

ミリアがモジモジしながら何かを説明しようとしていたが、ファラは既にミリアを見ておらず、俺の首に腕を回してキスをしてきた。

「あぁ！　き、ききっ！　ダメェ！」

「ちゅ……んぅ……ちゅ……」

「だめだめ！」

ファラが啄《ついば》むような軽いキスで何度もちゅっちゅしてくる。それを見ているミリアはこちら側に手を伸ばして止めようとするが、俺らに触れる前に手を止め、悲しそうな顔をして「あぁ……」など言っている。

「ファラ。キスしたことあるの？」

「はじめて」

「そうか。これからは俺以外には絶対にしちゃダメだよ？」

「わかった」

「じゃあミリアが寂しそうにこっち見てるから、もうキスは終わろうね？」

「ん」

ファラは首に回した腕を解いて俺の膝の上に横座りになったまま、手を開いたり閉じたりしている。さっきのミリアとの会話で、キスをすれば魔術が使えるとでも思っているのだろう。

「つかえない……」

「そりゃあ、まぁ、ね」

無表情だけれども声のトーンが悲しそうだ。魔術が使えるようになることを期待していたのだろう。でもそんな簡単なものじゃあないんだよ。

「あと何すればいい？　タカシにならら何されてもいい」

「うーん……ミリア。どう思う？」

「はぁ……もう……いいです……」

ミリアは何かを諦めたようにベッドに腰を下ろす。別にキスしたくらいでそんなに落ち込まなくて良いのに。

あれ？　でもこれってヤキモチってやつじゃないのか⁉

「ミリア。真面目な話をするからこっちにきて」

「はぁ……。何ですか……？」

ポンポンと俺の横を叩きここに座りなさいと合図する。

「ミリアに新しい魔術を教えようと思う。それでね、相談なんだけど」

「……何ですか？　もう眠たくなってきました」

「寝ることにも関係があることだよ。ってほら、イジけてないでこっち向いて。ね？　ちゃんと聞いて」

ミリアが『何かもうどうでもいいや……』的な感じになっている。そんなに俺とファラがキスしたことにショックを受けたのか？　とりあえずミリアの頭を撫でながら話を続ける。

「今後、野宿以外では寝る直前に魔術の練習をする。それも俺が良いというまで行うこと」

「拷問ですか……？」

「違う。魔導士になりたいんだろう？　な、俺の言う練習をしてくれたら最年少魔導士にしてあげる」

「ほ、本当ですか⁉」

現金な奴だな。さっきまでの投げやりモードはどこに行った。

「あぁ、約束する。だから言う事を聞くように」

「分かりました！」

「それと、ファラを魔術士にする。魔術を教えるなら一緒の方が効率が良いからね」

「そういうことですか。でももうそれは良いです。だってどうせキスしたからとか言って魔術士にするつもりだったでしょうし、私が何を言ったところで何も変わりませんから」

ば、バレてる⁉　でもまぁ、言い訳しないで済むし良いか……。

ミリアの許可も出たことだしファラを魔術士にしておこう。

「それでね？　最年少魔導士にするって約束したけど、ファラの方が年下でしょ？」

「です……よね。多分？」

「じゃあ、言いたい事、ミリアなら分かるよね？」

「はい……一緒に教えるから、ファラの方が先に最年少魔導士になるかもしれないってことですよね……」

さすがはミリアだ。言わずとも理解するのが早い。それにファラは有名な魔術士の家系らしいから、自信の無いミリアにはすぐに分かったのかもしれない。

「でもね、互いに意識し合うのは良いけど、喧嘩とか仲が悪くなるようなら俺は二人の魔術を封印する。一生使わせない」

「えぇ⁉　……でも大丈夫です。そんな事で人を嫌いになったりしません。絶対に」

「ファラもそれで良い？」

「ん。約束」

二人が仲良くしてくれるなら俺も嬉しい。早速ＭＰが尽きるまで練習させることにしようかね。

その前に、さっきのキスの件もあるしファラのジョブを冒険者から魔術士にしておこう。

「よし、それじゃあ早速魔術の練習をしてみようか」

「はい！」

「ん」

「よし、まずはファラが初めてだから、ミリアも復習を兼ねて火魔術からやってみよう」

今日河原で俺が考えた、指先から火を出してその火を圧縮する練習を二人に行わせる。

――シュウウウ！

「おぉぉぉ……。できた。タカシ、できた」

ファラは目を見開き、発動した火魔術を一心に見つめている。初魔術に感動したのだろう。

火魔術は問題無いようだ。イメージし易いしな。

次に物を浮かせる練習を行わせる。まずは土魔術で作った小石で練習だ。

「できない」

「難しいです。どうやってるんですか？」

「んー。こう、掌の上に何か物があるとするでしょ？」

いきなり口頭説明じゃ難しいか。絵に描いて教えることにしよう。

「物体の大きさはこれくらい、重さはこれくらいって、まずはイメージするんだ」

「はい」

「ん」

「それでね、その物体の下部に魔力を集めるんだよ。まずは掌から魔力を出すイメージね。そして次にその魔力が物体を持ち上げるイメージをするんだ」

　絵に描いたから分かり易かったのか、早速二人が言った通りの事をやっている。

「浮いた！　浮きましたよタカシさん！」

「できた」

「おお、上手いぞ。それで掌から浮いたら、今度は下部に魔力を送りつつ別の部分にも魔力を送る。例えば、右から魔力を送ったら左に移動する。みたいな感じでね」

　フワフワ浮いているだけで、少し動いたと思ったら床に落ちる。また浮かせて動いたと思ったら床に落ちる。その繰り返しを練習させる。

　次第に横移動もフワフワとゆっくりではあるが、できるようになってきた。

「タカシさん、ものすごく教えるのが上手です。何かそういうことやってたんですか？」

「ん。タカシうまい」

「ううん、やったことないよ？　ただ二人にはこう教えた方が良いかなって考えながら教えているだけ。よし、それができるようになったら今度はスピードを上げて、こんな感じになるように魔力を調整だ」

　石を浮かせて、ビュンビュンと高速に移動させる。

「わわわ！　すごい！　さすがです！」

「ん。タカシ」

　ファラはさっきの褒め言葉を略したのだろうか。略しすぎて意味が分からなくなっている。

「さぁ、頑張ってくれ」

「はい！」

「ん」

暫く練習しているとミリアが突然倒れた。恐らくMPが尽きたのだろう。今日も頑張ったからな。

「あぁ、ファラ。言うの忘れてたけど精神力が切れたら今のミリアみたいに突然意識を失うから、自分の精神力があとどのくらい残っているか意識しながら魔術を使わないとダメだよ？」

「わかった」

本当にミリアのMPが尽きているかステータスを確認すると、何故かミリアも使徒のジョブを得ていた。もしかして条件って俺の、いやアンノウンの奴隷になることなのかもしれない。三人目をパーティーに加える時にでも確認しておこう。

あと、魔術士のレベルが20になっていたので新しいスキルを覚えている……『付与《ふよ》魔術』か。名前の通り、何かに対して能力を付与したりするのだろうか。これは明日ミリアに実験させてみよう。

ついでにそれぞれのステータスを確認すると、今の魔術練習で俺の魔術士レベルが1、ファラは2上がった。

そこでファラのMPが一桁になっているのに気が付いたので練習を中断させる。

「ファラ、それ以上魔術を使うと倒れるよ。だから練習はもう終わりにして寝ようか」

「ん。ファラはどこで？」

どこ？　ファラは何を言っているのだろうか？　一緒に寝るのが嫌ってことは……ないよな。別の部屋を用意しろとは奴隷が言うはずもないし、何かあるのだろうか？

「当然一緒に寝るけど？　どうするつもりだったの？」

「ご主人様とべつの部屋？　床？　らしい」

「そんな事許しません。これからは必ず俺の傍で寝ること」

「ん、わかった」

ファラをベッドに呼び、俺はいつものように寝る為に服を脱いでパンイチになる。脱いだ服を畳《たた》んでからベッドに向き直ると、ファラもパンツ姿になっていた。

「え⁉　別にファラは脱がなくても良いんだよ？」

「タカシといっしょ」

「あぁ、そっか。分かった。じゃあ一緒な」

「ミリアは？」

そういえばミリアはベッドの上に倒れたままだったな。ごめん……別に放置しているわけじゃないんだ。ちゃんと布団は掛けておいたし、そのまま寝かせるつもりだったんだよ。

「折角だし、皆一緒に寝よっか」

「わかった」

そう言って俺はファラの脱ぎ散らかした服を畳む。そして、振り向いたらミリアもパンイチ姿になっていた。

「えぇ⁉」

「みんないっしょ。だから脱がせた」

単に一緒に寝るつもりだったんだけれども、ファラ的には全員がパンイチの同じ姿で一緒に寝ると勘違いしたのか……でもまぁ、ファインプレーだファラ。ミリアの服も畳んで三人で同じ布団に入る。

「ミリアはここに寝かせて……っと。ファラはこっちね」

「わかった」

「それじゃあ、おやすみ、ファラ」

「ん、おやすみ」

まさか、両手に華の状態で寝ることができるようになるとは……異世界って素晴らしいな。

そんな幸せな気持ちで目を瞑っていると、モゾモゾとファラが動き出した。トイレかとも思ったが魔術の練習前に済ませてある。それにおやすみと言ってからまだ一分も経過していない。そんな俺が起きているであろうタイミングで悪さを行うというわけもないだろう。

ファラの行動を推察していると、突然俺のパンツを脱がせ始めた。

「えっと、ファラ。何してるんだ？」

「ごほーし」

なるほど、夜のご奉仕というわけか。などと納得していると、脱がせられた俺のパンツはポイっとベッド脇に投げられ、次に息子をギュッと握られる。

「おふっ」

「きもちいい？」

「いやいや、痛い痛い。もっと優しくして？」

「ん」

握り締めるかの如く強く握られたので、思わず声に出してしまった。初めて触る感じだよな、これ。とりあえず好きにさせてみるか……。

暫くファラの好きにさせてみたが、慣れていないのもあり、息子が元気になる様子が無かったので、隣で寝ているミリアのパンツの中に手を入れ優しく撫でる。やはりミリアのスジは素晴らしい。

「んっ……んぅっ……ふあ……」

ミリアの処女性については、まだミーアさんと話をしていないので、ここを攻略するのは保留としよう。ただ、スジを指で弄る分には何の問題無いはずだ。今は俺の息子が大きく育てば、それで十分。

ミリアを弄って楽しみ、ファラが舐め始めてくれたのもありムクムクと息子が成長する。

「つぎ」

ファラが突然声を出したので何だろうかと考えていると、突然俺の息子を咥えて顎を動かし始めた。

やはり、奴隷なのでそういうことを仕込まれるのだろうか。でも、どう見てもこの動き、初めてだよな。奴隷として知識は仕込まれるが実技はしないスタンスなのだろうか。正直ぎこちなくて下手だ。

やり方は分かるけれどもコツは分からないらしく、ジュポッジュポッと音を立てながら不器用にフェラを行うファラ。フェラとファラって似てるよな。……などとくだらない事を考えながらファラの様子を窺うと、右手でフェラのサポートをしつつ、左手で自分の陰部を弄り出していた。

なるほど、ご奉仕というくらいだからご主人様に前戯で濡らしてもらうわけにはまいりません。とか、全て私がやりますのでご主人様は寝ていてください。とか、そういうことなのだろうか。正直寂しい。

「ファラ、お尻をこっちに向けて」

「ん？　……ん」

何の事か分からないようだが俺の言うことには従ってくれるようだ。

ミリア弄りは、ミリアが安定のお漏らしで果ててしまったのでそのまま寝かせておく。タオルを敷いておいて良かった。ミリアの陰部を拭き取った後、ファラのお尻を引き寄せ俺の顔に跨《また》がらせる。軽いな……。

「ファラ。その状態でさっきのをやって。喉の奥まで入れてくれると気持ちが良いかも」

「ん。わかった」

ファラにはフェラの続きを行わせつつ、俺はファラのピタッと閉じているスジを両手の親指で開き、舌でペロペロと舐める。先程風呂の代わりにミリアと一緒に体を拭いた際、陰部もちゃんと拭いていたらしい。そのお陰かファラの膣内部はそれ程臭わない。

「んぁっ、んんっ、ごほっ、ごっ、んんんっ！」

「気持ち良いか？」

「ん、んんっ、んんんっ、ごはっ、ごぉっ、はぁはぁ……んっ……ぐっ……」

指でファラのクリトリスを弄りつつ舌を膣に出し入れする。ファラはファラで一生懸命に喉の奥まで俺の息子を出し入れし、何度もえずいて吐きそうになっている。

時間としては十分程だろうか。どちらも果てること無く無心で舐め合っていた。

「つぎ」

「うん？」

ファラが突然フェラを止め、体をこちらに向け跨ってきた。

するると、自分の膣に俺の息子を押し付け始めた。舐めている際に思ったがファラの膣口は当然小さい。そんなに小さい穴に入るのだろうか……。

「おいおい、本当にヤルのか？」

「ん。できる」

「痛いぞ？」

「だいじょぶ」

さっきまでの無表情とは打って変わりキリっとした表情……のように見えるファラが腰を落とし始めた。

「くっ……うぅ……あぅ……」

「ほら、痛いだろう？　別に無理しなくても良いぞ？」

「いけ……る」

意志は固いようだ。頑張っているファラを眺めていると半分程入ったところで腰が止まった。

「はぁはぁ……ん。いけた」

「気持ち良いか？」

やはり根元までは入らないようだ。でもコツコツと何かに当たる感じがする。恐らくファラの子宮口まで届いているのだろう。ただ、こんな状態で上下に動くことができるのだろうか……。挿入が浅すぎて動いたら抜けてしまいそうだ。

「そこから、どうするか分かるか？」

「ん。しってる」

知っているらしい。誰にどう教わったのか気になるところだ。

「くぅ……かはっ……はぁはぁ……んんっ、んっ、んっ……ふぅふぅ……」

ファラが腰を落とし始めた。正直狭すぎて痛いくらいだったが、次第に気持ち良さに変わってくる。

「ふっ、んんっ、ふっ、ふっ、んっ……はっ、はぁっ、はぁっ、き、きも、ち、いい？」

「あぁ、すごく気持ちが良いぞ」

慣れてきたのだろうか、ぎこちなかった腰の動きが次第にスムーズになってくる。

「ふぁ、ふぁら、も、き、きも、きもち、いい」

挿入時、ファラの眉間には皺《しわ》が寄り、脂汗《あぶらあせ》まで掻いていた。俺も締め付けが痛かったがファラの方がもっと痛かったはずだ。だからお尻を掴む振りをして膣周辺の裂けている部位や擦れている部位などに、何度か治癒魔術を施してあげていた。その甲斐あって慣れてからは激しく腰を振っている。

「そうか。それは良かった。じゃあ、もっと気持ち良くなろうか」

「んぁっ、ふっ、ふっ、んんっ！　はぅ、あぁ、んぉ、んぅっ……」

ピストン運動は跨っているファラに任せ、俺はファラのクリトリスと乳首を優しく愛撫する。それが功を奏したのか、次第にファラの表情が恍惚とし始めてきたので俺も腰を突き上げてみる。

「どうだ？　少しは気持ち良いか？」

「んっ、ん。き、きもち、いい。いいっ！」

元から締め付けが強かったのもあり、果てそうになってきたので、ファラ弄りの速度を上げる。

「あっ、ん、あぅ、あっ、だ、だめっ、あっ、それっ、んんっ、ぅぅぅっ！」

「気持ち良いだろう？　俺はそろそろイクぞ。ファラも一緒にイケるか？」

「あふっ、いく？　ん！　ふぁ、ふぁっらも、いっしょっ、い、いっしょ！」

ファラの偏った性知識では、イクというのが分からないのだろう。

説明するよりも経験だ、ということで更に腰の動きを加速させると、ファラが目を瞑って上を向き、俺の胸の上に乗せている掌に力が入り始める。

「くぅっ、く、くるっ、なんか、くる！　くる！」

「それがイクっていうんだよ。ほら、俺もイクぞ！　一緒にイこう！　イクぞ！　くぅっ！」

「んっ！　いく！　イクっ、たかし、いく！　いっんんんっんぅぅぅぅぅぅっ……」

ファラは絶頂も初めてだったらしく、全身を激しく痙攣させながら俺の胸にガリガリと爪痕《つめあと》を残した後、盛大に仰け反りつつ果てた。

仰け反った際、そのまま後ろに倒れそうになったので腰を掴んで引き寄せる。

「ファラ、大丈夫か？」

「はぁ……はぁ……はぁ……」

ダメだ。意識を失っている。

奴隷としての使命感からやっているのかもしれないが、ファラって無口のくせに意外と大胆なんだな。

さて、どうしたもんかね。まだ膣内が小さく収縮を繰り返しているので気持ち良くて挿入したままだ。それに膣内に出してしまったけれど……大丈夫だろうか。

そもそもファラは初潮を迎えているのか……？　念の為、今度聞いておこう。まぁ、もしデキたら認知もするし、ファラも子供も大事に育てる。

とりあえず今は朝起きた時にミリアに怒られないよう、後片付けと証拠隠滅だけはしておこう。


こんなものかな。片付け完了。と言っても汚れを拭いただけなのだが。

はぁ……それにしても、両手に可愛い少女。しかも俺の奴隷。こんな幸せで良いんだろうか。

明日からは何をしよう。楽しい異世界生活になりそうだな……。夢じゃありませんように……。とそんな事とを考えて寝ようとしていると、ファラの意識が戻った。

「タカシ、きもちよかった？」

「ん、おう。気持ち良かったぞ」

「ん。でも、まだ大きい……」

射精した後、硬度を落としていたペニスは、意識の無いミリアとファラの体を拭きながら幸せを感じていると、また大きくなってしまった。仕方が無いよね。男だもの。

「おう、ミリアもファラも可愛いからな」

「ん。じゃ、またする」

そういってファラが起き上がり、寝転がっている俺の上に跨ってきた。

「おいおい、疲れただろう。もう寝ようぜ？」

「だいじょっんぅ……っ」

ファラは痛みへの恐怖は無くなったのだろうか、俺に跨るとほとんど濡れていない膣へ躊躇わず挿入した。

「痛っ……くない」

「いやいや、痛かっただろう。ほら、じっとして」

「ん」

挿入の痛みで眉間に皺を寄せているファラを挿入したまま抱き寄せ、再度膣に治癒魔術を施す。

「入れる前に、こうやってここをちゃんと濡らしておかないと痛いんだぞ」

「ん、どこ？　んぅ……あぅっ……」

「ほら、ココだ。クリトリスな。ここを弄ると気持ち良くて濡れてくるんだ。覚えておくんだぞ？」

別に唾液で濡らしても良いけれども、ファラは無知のようなのでクリトリスや膣の弄り方を教える。

「ん、くり。あっ、あぁっ……うぁぅ……」

「気持ちが良いだろう？」

「ん。いいっ……きもち、いっ……いいっ」

本当に魔術って便利だな。先程まで処女だった少女がセックスで快感を得られるなんて。もしかしたら、裂けた部分などを治癒する際、ファラがセックスで気持ち良くなりますようにって気持ちを込めながら魔術を使ったから、それが反映されたのかもしれない。

「んぅ、んっ、んっ、んっ……」

そんな事を考えている間に、ファラが腰を上下に動かし始めた。

「き、きもち、いい……はぁはぁ……」

「俺も気持ち良いぞ」

動きはぎこちないが、ミリアナルとは違って奥の子宮口にゴツゴツ当たる感覚は初めてで気持ちが良い。

「ん。はぅ、が、がんばる」

「無理はするなよ？」

「ん、んんんんっ、く、くる。いくっ！」

ファラが俺に跨って少し斜めの変な角度で腰を激しく上下に動かしているな……と思ったら、どうやらそこがファラの快感のツボだったらしく、勝手に一人でイってしまった。

魔術のせい、または子宮口をガンガン突いているからかもしれないが、一人で勝手に始めて勝手に果てるのは良くないな。俺がディルド扱いされているようで虚しい。

これはお仕置きが必要だな……。

「ファラ。ご奉仕なのに、何一人で勝手に盛り上がっているんだ？」

「ふぇ……？」

「ご奉仕じゃないのか？　まるで俺が奉仕しているみたいじゃないか？」

「ん……」

ファラは基本的に無口で返事は「ん」しか言わないが、これは分かる。かなりしょんぼりしている「ん」だ。心なしか眉が下がっているような気もする。

「ご、め、な、さい……」

「じゃあ、お仕置きな。そこで仰向けになりな」

「んぅっ」

果てた影響で体に力が入らないのだろう。ゆっくりと膣からペニスを引き抜き、素直に仰向けとなる。

「よし、始めるぞ」

「ん……」

これは不安の混じった「ん」だろう。そんなに怖がらなくても良いんだけどな。

無表情でジッとこちらを見つめるファラと目を合わせたまま、ファラの膣に挿入する。

「んっ」

すぐに奥へ到達し、そこが行き止まりであることがペニスに伝わってくる。念の為ファラの膣に治癒魔術を施し、ゆっくりと腰を動かしていく。

「んぁ、はぁはぁ……うぅぅ……っ」

先程ファラが一心不乱に刺激を与えていた部分に向けて、ペニスを突き上げる。

「んあっ、あっ、あっ、あっ、だ、だめっ、んぅぅぅぅぅっ」

次第に腰を動かす速度を上げ、高速ピストンを開始する。

「んぅぅぅっ、んぅぅぅっ、んぅぅぅっ」

まるで嫌々をする子供のように顔を左右に振りながら体を痙攣させ、左右に逃れようとするファラ。しかし、それでも構わずゴスゴスと子宮を突く。

「い、う、いって、る、いっ……てる、だめ、いま、んぅぅっ」

ファラがイっても気にせず腰を動かす。更に、ピストンに加えて一度抜いてから奥まで突き刺す動きを追加。その動きに合わせてファラの膣内に入った空気が強制的に空気が吐き出される為、ブボッ、バボッといういやらしい音が鳴っている。

「ち、ちが、おなら、ちが、うんぅぅっ、い、いぐぅぅっ」

小さなファラが壊れないよう何度も治癒魔術を施しながら、激しく腰を打ち付ける。

「あっ、あっ、あっ、あっ……」

次第に言葉数が少なくなり、涎を垂らしながらガクガクと体を痙攣させて失神したので、お仕置きは小休止。

ファラに挿入したまま、プニプニの頬をチョンチョンと突き、言葉を掛ける。

「おーい、ファラー。起きろー。お仕置きはまだ終わってないぞー？」

「……」

「おーい」

「……ん。んぁぁぁっ……」

ファラは目が覚めた瞬間仰け反りながら盛大にイってしまい、また気を失った。

「大丈夫かこれ……」

ファラが再度気を失ったので、自分のペニスが今ファラの体内のどこにあるのか、ファラのお腹を触りながら膣の最奥まで突き入れたりしていると、ファラがガクガクと動き始めた。

「……ん。はぁはぁ……た、たかし……いって、る……いま」

「おはようファラ。ずっとイってるな。そんなに気持ち良かったか？」

「ん……んぅ……とめ、て……い、いく……から。だめ、いっ……くぅっ！　んぅぅぅっ！」

ファラが目覚めたので腰の動きは止めて、ファラのお腹を擦っていただけなのに、またイってしまった。お腹越しにペニスを触っていたからかもしれないが、ファラに変なイキ癖が付いたらどうしよう……。

「はっはっはっ……はぁはぁはぁ……」

「大丈夫か？」

「ん……はぁはぁ……おしおき、は……？」

「ファラが限界みたいだし、今日はこのくらいにしとこうか」

「だめ、さ、いご、まで……」

ファラをめちゃくちゃにした俺が言うのもなんだが、ファラの体が心配で今日のところは終了しようとかとも思ったが、まだ大丈夫らしい。正直続けるか悩むところだ。

「でも、もう限界だろう？」

「だい、じょぶ……」

「じゃあ俺がイクまで続けるぞ？」

「ん……」

言質を取ったので、ファラに治癒魔術を掛けつつ腰を動かし始める。

「んあああぁっ」

数ストローク腰を動かしたところで、再度ファラが果ててしまった。さすがにこれは早すぎるだろう……。

それでもファラは、歯を食いしばり、俺の背中をギュッと掴み、足を俺の腰に巻き付けて耐えている。

「ぐぅ……んぅぅぅ……」

これ以上はファラが限界のようだし、可能な限り早くイケるように腰と内腿に力を込めて、ファラのツボではない部位を突く。しかし、そもそも膣内が狭い為、どうしてもツボにも当たってしまう。

「んぁぁぁ」

本日何度目の絶頂か分からないファラの喘ぎを聞きつつ腰を動かす。

「グゥウッ、い、イグゥウゥッッ……」

ファラはまた絶頂しながら気を失った。その際、全身を硬直させ小さな痙攣を繰り返していたが、治癒魔術と治療魔術を施しながら俺は腰を動かし続ける。

「……。……。ファッ!? アッ、アッ、アッ……!? だ、だだだめ、だ、ングゥウゥッ」

ファラは覚醒と失神を繰り返している。元の世界ではセックスでこんな状況、見たことも聞いたこともない。

大丈夫なんだろうか、何か後遺症でも残りそうな程の絶頂ループだ。

「ンガッ、ハッ、ハッ、ハッ、んぅぅ、た、たか、シィィィ……ッ」

ただ、それ程までに俺で感じてくれているという状況が、更に興奮を高めてくれて腰が止まらない。何より、

白目を剥いて失神するような演技がファラにできるわけもなく、ただただ感じてくれている状況が嬉しい。

元より、ミリアとセックスができないというストレスがあったのかもしれないし、それをファラで解消すると言ったら聞こえは悪いが、やはり意識がある女の子とセックスができるのは気持ちの高まりが違う。

「……た、はぁ、たか、し、し、しぬぅっ、うぅぅぅんグッ……」

ファラが何度失神しようが、回復魔術を施しつつ、俺の腰は止まらない。

そして、十何回目かの失神でファラが硬直ではなく脱力するようになると、俺のペニスを食いちぎろうとしていた膣圧も同時にふっと緩むようになった。

その緩みを感じ取ると、子宮ではなく膣壁をピストンで突いてファラを覚醒させる。

「……ンガァ⁉ ハッ、ハッ、ハッ、ンゥゥッ……」

「ファラ、そろそろ俺もイクぞ？」

「……」

ようやく射精感がピリピリとペニスを刺激してきたので、ラストスパートでファラの膣をドスドスと犯す。

「……ンッ、ンッ、アッ、アッ、ハッ、ハッ、ハッ……」

「ファラ！　おい、ファラ、我慢だ。俺もイクから一緒に逝こう！」

「んぅっ、わ、わかっ、たぁっ、んんんっ、んんんっ、アッ、アッ、アァァァァッ……」

「くぅぅっ」

ファラが絶頂で体を大きく逸らせると同時に、最奥にペニスを突き刺し、子宮口目掛けて射精する。

ビクンビクンと射精の度に波打つ俺のペニスに対して、ファラの膣内は激しいピストンによってかなりの熱を持っており、入口はギュッと俺のペニスを締め付けて離さず、膣壁はまるで俺の精子を残さず飲むかの如く脈動を繰り返している。

「ふぅ、イったぞ、ファラ？」

「……」

ファラは既に失神しており意識は無い。結局、虚しく一人で後処理をする羽目になった。


暫く続いていたファラの荒い呼吸も落ち着いた頃、俺の後処理も終わり、一息つく。

ベッドに寝転がり、右にミリア、左にファラを腕枕し、天井を見つめる。

今回の件で分かったことは、ファラって無表情で無口だけれど、意外に頑固なのかも。

奴隷だからっていうのもあるかもしれないが、あまり追い込むのは良くないかもしれないな。

それにしても久し振りのセックスだった。ミリアとはアナルセックスをしているが、それはそれ。やはり膣は気持ち良い。しかも、ファラは体が小さいのもあって、かつて味わったことの無い締まり具合だった。子宮口にゴツゴツと当たる感覚も初体験だし、これはハマりそうだ……。

これからずっとファラが居るってことは、お願いすればいつでもできるだろう。

出したばかりなのに、そう考えただけでも勃起しそうだ……というか勃起した。

本当に何なんだろうな、この性欲は……。

気持ちを落ち着かせる為に、ミリアとファラの頭を撫でる。

まだこの世界の事は何も知らない。これから色々と大変な事が起こるかもしれない。それでもこの二人と一緒ならば乗り越えられるだろう。

めちゃくちゃに犯したような後に言うのも何だが……もっと大事にしよう。

おやすみ……。

エピローグ　次の目標

朝起きたら、既にファラは起きていたようで俺の腕の中でこちらをジッと見ていた。

「おはよう、ファラ」

「ん。おはよ」

ミリアはまだ寝ているようだ。ファラの頭を抱き寄せて、その温かさを実感する。あぁ幸せだ。

「昨日、魔術を使ってみてどうだった？」

「かんたん。べんり」

「そっか。今日はモンスターを相手に練習してみような」

「わかった」

起きたのは良いが、まだ夜が明けたばかりのようだ。窓から差し込む光はまだ薄い。朝食にはまだ早いし、もう少しこの幸せな時間をまったり味わっておこう。

「タカシは、何でジョブ変えられるの？」

「うーん、何でだろうね？　俺にも分からないや。だからこれは秘密だよ？」

「わかった。今日どこ行く？」

言われてみたら、そうだ。戦い方は決めたけれど、どこで狩りをするのかを決めてなかった。

「どこにしようか。ここら辺のユニークは全部倒しちゃったしなぁ。ファラは行きたい所ある？」

「いろいろなとこ」

「そっか。色々な所に行くの約束だもんな。じゃあ、今日は少し遠出してみようか」

「ん。約束」

ミリアならどこか金になりそうなモンスターが居るところを知っているだろう。

「ミリアが起きたら聞いてみようか」

「ん」

本当に素直な子だな。ファラの頭を撫でているとミリアがモゾモゾし始めた。俺達の会話や動きで起こしてしまったのかもしれない。

「うぅん……、あ、タカシさん。おはようございます」

「あぁ、おはよう」

「おはよ」

「ファラも、おはようございます。……そっか、昨日魔術の練習中に私寝ちゃったんですね。ごめんなさい」

ミリアの中では倒れたんじゃなくて、途中で寝た事になっているようだ。

「寝たんじゃなくて、精神力使い過ぎて倒れただけだから」

「はぁ……もっと自分の事把握しなきゃですね……」

「そうだな。あとどのくらい使えるか、感覚を掴まないとね」

「はい。……それで、何で私、裸なんですか……？」

あれ？　今日は怒らないんだな。怒られると思って少し身構えてたのに。

「俺が脱いだら、ファラも脱いじゃってね。どうせなら皆一緒になろうかって事で、結果的にこうなった」

「へぇ。で、意識が無い私を、無理矢理脱がしたんですか？」

「ファラが脱がした」

「うん。俺が無理矢理脱がしたんじゃないからな？」

ミリアも意識がはっきりしてきたのか、次第に責めるような口調になってきた。

「私の意識が無かったから無理矢理じゃないですか！　ファラもファラです。簡単に裸になっちゃダメ！」

「タカシといっしょがいい」

「はぁ……もう！　着替えるから外に出ててください！」

「俺、まだベッドから出たくない。そのままでもいいじゃん？」

「うぅ……何でそんなにイジメるんですか……」

ミリアに布団を取られた。布団を巻いて、その中で着替えようとしているようだ。

「ミリアが布団取ったら、今度はファラが裸なんだけど？」

「あぅ……もう！　どうしろっていうんですか！」

ミリアがそう言いつつ、ババっと服を着て毛布をこちらに投げてきた。もうちょっと見ていたかったのになぁ。

「はい、二人も早く着替えてください！」

「えー……早いっしょ。朝食もまだだろうし」

「い、い、か、ら！　早く着替えてください」

「分かったよ……ほら、ファラ。ミリアが怒るから着替えよっか」

「ん」

ファラがパンツ一枚で目の前をウロウロしているので、俺はベッドから出ることができない。代わりにファラに昨日俺が畳んでおいた服を回収してきてもらい、インベントリに収納しておく。

「タカシさん、早く！」

急かされるので仕方が無く布団の中で服を着る。ファラには昨日仕立屋で買った部屋着を着せる。

「はい、これで良い？　それで、どうするの？」

「それが普通なんです！　えっと、朝食に……」

「だから、朝食もまだ準備できてないってば。ファラおいで」

「ん」

ファラを俺の膝の上に乗せる。ファラはもうここを定位置にしよう。ちょうど良いサイズで落ち着く。

「あ、そうだミリア。今日は、ちょっと遠いところにでも行ってみたいんだけど。どこかお金になる場所とか、モンスターの居そうなところってないかな？」

「お金になる場所……モンスターですか……もうユニークは倒しちゃいましたし、特にこれと言って……。あ！　隣街にダンジョンが完成したばかりなので、攻略すればお金になるかも？　です」

「ダンジョンか！　ワクワクするな……ん？　完成？　どういうこと？　ダンジョンって人が作ってるの？」

「いえ、ダンジョンと言ってもモンスターみたいなものなんです。倒したモンスターの思念や魔力が集まって、一つの空間が出来上がります。所謂高度な空間魔術のような違う次元ですね。なので、元になった思念や魔力の大きさ次第ですけど、基本的に中はすごく広かったりします」

モンスターの思念ってなんだよ。異次元を作りだす程の怨念じゃないのか？　そんな事よりもダンジョンと聞いてワクワクしたけれど、出来上がる行程を聞いた後だと……何か怖いな。

「思念の大きさってことは、ダンジョンが広ければ広い程、沢山のモンスターが居る可能性が高いってこと？」

「はい、そうですよ。ダンジョンの中では、色々なモンスターが出てきますよ。中にはユニークモンスターや、レイドモンスターなどが出てくることもあります」

「それを一つのパーティーで攻略するのは難しいな」

「はい。中では他のパーティーと出会うこともありますが、入る時は一つのパーティー毎で、出る場所もランダムらしく複数のパーティーで一緒の場所に出ることはできません」

入る時は一つのパーティーじゃないと入れなくて、入ってしまったらダンジョンのどこに出るのか分からないのか。じゃあ、入った瞬間にモンスターに囲まれてるとかいう状況があるんじゃないか？　まじで危ねぇ。

「あれ？　でも、入るのは入口があるとして良いけど、出る時はどうやるの？」

「出るには、出口を見つけるか、ダンジョンの空間を作っている、思念のコアを壊さないと出られません」

「うわ。難易度高っ！　それじゃあ、一生出られないかもしれないじゃん」

「はい。昔から、まだ誰も出てきたことのないダンジョンもあります」

やばい。ダンジョンまじヤバい。この世界にきて目標であるハーレムの半分も条件を満たしていないのに、出られなくなるのは非常にマズい。嫌だ。

「まだファラも加わったばかりだし、出られるかどうか分からないようなリスクは冒せない。ダンジョンはもう少し強くなってから考えようか」

「そうですね……」

ダンジョンの話をしていたら良い時間になってきた。そろそろ朝食も用意されることだろう。

「それじゃあ朝食後、少し遠出をして依頼をこなしながら魔術の練習をしようか」

「はい！」

「ん」

三人で部屋を出て食堂へと移動する。

俺とミリアが席に座ると、ファラはまだ奴隷の時の癖なのか、立ったままこちらを見ている。

「ファラ。これから先、俺がどこかに座った場合、膝の上に座ること。食事の時は隣に座ること。いい？」

「わかった」

「膝の上って何ですか！　私にはそんな事言わなかったじゃないですか！」

「え、だってミリア恥ずかしがって嫌がるじゃん。俺としては、いつも座って欲しかったんだよ？」

「うぅっ……」

何回か誘ったのに、スルーして横に座ったりされたし……。

ひとまず唸っているミリアをスルーして食事をすることにした。ミリアは今度強制的に膝の上に座らせよう。

練習で気を失った時でも良いな。いや、でも、できれば気を失わずに練習させてあげたい。迷うところだ。

気を失うで思い出した。この世界に回復アイテムはないのだろうか。

気を失わせずに練習をさせるのであればMPを回復させるアイテムが欲しい。

「ミリア、精神力を回復するアイテムってないの？」

「道具屋さんにありますよ。この国には魔術士はあまりいないので、需要が少なくて少し高いですが」

「一ついくらで、どのくらい回復するの？　使用せいげ……あぁ、用法用量とかあるの？」

「一つ20銀くらいだったかと。一度服用したら、全力の半分ほど魔術が使えるくらい？　を一時間ほど掛けて回復するそうで、連続で飲んでも気分が悪くなるだけだそうです」

使用制限は一時間か。それで半分回復するなら上出来だろう……これは買い占めておく必要があるな。

「よし、じゃあ街を出る前に道具屋に寄って買っておこう。練習には必要だしね」

「でも高いです。もっとお金を貯めてからにしましょう？」

「いや、そのお金を貯める為に魔術の練習をするんだから、これは先行投資だよ。それに、折角練習するんだ。

二人には気を失わずに練習してほしいから、高くはないよ」

「ありがとうございます……」

少しでもミリアポイントを稼ぎつつ、食事を終える。


お茶のような何かを飲みながら、一息ついたところで食堂を出て、そのままカウンターのミーアに鍵を返す。

「そういえば、また武具屋から荷物を預かってるよ。そこに置いてあるから持って行きな」

「おぉ、ありがとうございます。これでミリアとファラがもっと可愛くなります！」

「なんだいそりゃ。怪しい物じゃないだろうね」

「ミリアとファラの装備ですよ。ミーアさんもミリアの可愛い服見たことあるでしょう？」

今回はゴスロリだけじゃなくて、制服なんだけどね。

「あぁ、あれかい。でもね、あんたの選ぶ装備は、防御力が低いくせに高すぎなんだよ」

「ごもっともです。でも、可愛い格好をさせてあげたいじゃないですか。これは大事な出費です」

「はぁ……可愛がる事に文句は言わないさ。ほら、今日も行くんだろ？　さっさと行きな」

「分かりました。よし、それじゃあ二人とも、行こうか」

「ん」

「はい。まずは道具屋さんですね。こっちです！」

防具を受け取り、インベントリに入れた後、ミリアに案内されて道具屋に到着する。

店主がすぐにこちらに気が付き、向かってきた。

「いらっしゃいませ。何をお探しですか？」

「えっと、精神力を回復するアイテムを探してます」

「マナポーションですね。現在２０個ほどございます。いくつお求めでしょうか」

２０銀で２０個。４金か。高い買い物だけど、これも二人の練習の為だ。仕方が無い。

「あぁ、じゃあ全部ください」

「えぇ⁉　全部買っちゃうんですか⁉」

「うん、２０個くらいすぐ無くなると思うし。別に二人の為だけじゃなくて、俺も使うし、問題ないかなって」

「毎度ありがとうございます。それでは４金となります。商品はこちらになります」

カウンター横に並べてあった瓶を手に取り、二人には５個ずつ渡し、残りは俺のインベントリに入れておく。

「あと、投げナイフ的な小さなナイフが欲しいんですが、やっぱり武具屋に行かないとないですかね？」

「ウチでも取り扱っております。こちらなどいかがでしょうか？　一本５銀になります」

そう言って店主が果物ナイフのような物を持ってきた。

このサイズなら空間魔術で飛ばすこともできそうだ。ミリアの付与魔術の実験用に買っておこう。

「じゃあ１０本ほどください」

「はい、毎度ありがとうございます！」

「何かタカシさんって、すごくお金遣いが荒そうです……」

ミリアが残念そうに溜息を吐きながら、そんな事を言っている。確かにそうかもしれない。

次の奴隷を迎える為に貯金しなきゃいけないんだけれども、これも二人の為だ。そう思うことにしよう。

「こんなもんかな。何か他にも興味のあるアイテムがあるので、また来ますね」

「はい、是非お越しください。いつでもお待ちしております」

店主に別れを告げてから店を出て、そのまま門まで移動する。

門へ移動したら、当然遭遇する人が居る。

「おい、そっちの小さな子はどうしたんだ？」

「この子はファラ。昨日から俺の奴隷になった子です」

「ファラはファラ」

「お、おう。よくそんな金があったな。それにしても、お前は……子供、が好きなのか？」

何か誤解しているな。言葉を選んだ感はあるが、概ね合っているから否定はしない。

「子供は好きですよ？」

「そ、そうか……。奴隷だからって何でもして良いわけじゃないからな⁉」

「分かってますよ。なぁ、ファラ？」

「ん。タカシはいいあるじ」

ナイスアシストだファラ。これでもう何も言えないだろう。

「ふむ。でも、酷い事をされたらすぐに俺のところに来い。君の主人を懲らしめてやる」

「わかった」

「酷いですね。俺はそんな事なんてしませんよ？」

「してます！」

黙って聞いていたミリアが突然爆弾を投下しやがった。こいつ……あとでお仕置きだな。

「あーあ、ミリアが空気読まないから、俺は牢屋にでも連れてかれるかもなぁ……魔術の練習できないな……」

「うえっ⁉　あの、ちゃが、違います！　そういう意味じゃないでしゅ！　変な事されているだけですっ！　酷い事はされてません！　だいじょぶです！」

「変な事されてるんじゃないか！　成敗してくれる！」

もうやだ。この単純肉だるま。俺の事は信じてくれないのに、小さい子の事はすぐに信じる。何か俺のところに来いとか言ってたし、こいつこそロリコンじゃないのか？

この状況どうしよう……ミリアに何とかしろ、と目で合図する。

「ごめんなさい……変な事っていうのは、その別に、その、とにかく！　何でもないです！　私は幸せなので何の問題も無いです！」

「お、おお、おう。変な事をされて幸せというのは、それこそ変な話だが……俺には子供の考えがよく分からん……。しかし、うーむ、本人が変な事をされて幸せならば、それはそれで良いのか……？」

「そうみたいです。では、今日は忙しいからもう行きますね！」

変な事で幸せを感じるミリアはテンパっていて、これ以上は泥沼になりそうだ。早急にこの場を去らねば。

「変な事……幸せ……酷くはない……何なのだ……」

「さぁ、二人とも行くよ」

カッシュが一人の世界に入ったので、そそくさとその場を去る。

「変な事で幸せを感じるミリアさん。さっきのあれは、ちょっと酷いんじゃないですか？」

「うぁう……」

もうダメだ。ショートする寸前だ。お仕置きは夜に残しておいて、ひとまず移動しよう。

ミリアをおんぶして、ファラと共に道沿いに歩いて行くと、ミリアはそのまま意識を失ったようだ。

「タカシ、どこいく？　ミリアだいじょうぶ？」

「とりあえず、このまま道なりに進んでみよう。ミリアはたまにこうなるんだよ。だから大丈夫」

十分ほど歩いたら、ここ数日行っていた森とは雰囲気の違う森に到着した。ここら辺、森が多すぎだろう。

その入口付近には家の跡だろうか。石が積み重ねられた壁のようなものがある。

「そこにちょうど良い場所があるし、練習前に着替えておこうか」

「ん」

「はい、これ服ね。武器は槍って言ってたけど、魔術の練習をするからとりあえずワンドにしておこうか」

「わかった」

装備を一通り渡して着替えてくれるのを待つが、ファラは手に装備を持ったまま着替えない。

そうか。俺が居るからか！　今朝またミリアに怒られたばかりなのに期待して見てたわ。

ミリアを壁にもたれ掛からせてから、壁の外側に出て行こうとする。

「タカシ、まって」

「うん？　どうした？」

「これどう着る？　教えて」

そうか。こんなデザインの服なんて売ってないもんな。紐みたいなの多いし、確かに分からないかも。

そう思っていると、ファラが今まで着ていた服を脱いでパンツ一枚になったので、そのままゴスロリを着せる
……これはマズい。パンツ一枚はそりゃあもう興奮するけれど、ゴスロリ姿のファラもやばい。

ミリアの時も可愛すぎて抱きしめたが、ファラは違う。飾りたい。これはもう芸術だ。

「どうしたの、タカシ？」

「え、あ、ううん。大丈夫。ファラが可愛すぎて見惚れてた」

「そう」

この素気ない態度も相まって、まさにこの子の為にあるような服だな。

そんなファラを見ていると劣情を催したので、ミリアのゴスロリを脱がせて発散した後、新しい下着を穿かせて、ついでにセイフクブレザーを着せておく。

「着替えたし、ミリアが目を覚ますまで、少し休憩しようか」

「ん」

そう言ってミリアの右側に腰を下ろすと、ファラはさも当然の如く、胡坐《あぐら》をかいた俺の上に乗ってきた。ファラを抱っこして頭を撫でつつ、ファラの育成方針を考える為、少し深く聞いてみることにした。

「ファラの両親は有名な魔術士だって聞いたんだけど？」

「ん。召喚。ファラは手伝い」

「そっか。やっぱりファラも召喚術士になりたいの？」

「ん。そう、かも？」

何か曖昧な返事だな。何で疑問形なんだろうか。他にやりたい事でもあるのだろうか。

「そっか。あと、モンスターを呼ぶ呪いに掛かってるって聞いたんだけど、それ以外に何かあったりする？」

「かんじょー？　なくなった？　らしい？」

「あぁ、なるほどね。それって治るの？」

「しらない。別に治らなくてもいい」

無表情だけど、たまに感情の込もった顔をする時があるから、実際に感情が無くなったわけではないのだろう。

本人は別に治らなくて良いと言っているが、治す方法でも見つかったら、また本人に聞いてみよう。

「ファラ。召喚魔術使ってみたい？」

「ん」

「どうやって使うか知ってる？」

「ん。召喚したいとこに魔力？　で陣？　を描く？　で、モンスターの生態？　を考える、らしい？」

「曖昧だね。どこで知ったの？」

「ずっと見たり聞いたり」

親が召喚術士で、その実験の手伝いをしていたのなら知っていて当然か。でも曖昧すぎるだろう。

「召喚って、どこかに居るモンスターの本物を召喚することができるの？」

「ちがう。魔力でせいせー？　ほんもの召喚は、でんせつきゅー」

「なるほど。モンスターを魔力で生成するのか」

「ん」

俺は本物だからその伝説級とやらで召喚されたことになるのか？

そりゃあまぁ、神が使う魔術や魔法だったら初級だろうが伝説級だろうが関係ないか。

「陣ってどんな物なの？」

「円ならなんでも。大きさがじゅーよー」

「あぁ、その円に収まる大きさじゃないと召喚できないわけなのね」

大きな対象を召喚したければ、それだけ魔力を使って円を描く必要があるのか。なるほど。理に適っている。

「召喚したモンスターって襲ってきたりしないの？」

「そういうのにすればいい」

「そうか。魔力で生成するから、召喚対象の思考は好きに生成すれば良いのか」

「ん。主が消すか魔力が切れるまで消えない」

便利だな。でも、これで召喚魔術というものがどういうものか分かった。これなら俺にもできそうだな。

ミリアはまだ起きそうにないし、実験してみるか。

右手のナデナデを中止して、地面にかざす。左手はファラのプニプニお腹を堪能したままだ。

魔力を放出し、地面に円を描く。

次に目を閉じて、今まで一番相手をしたであろう野兎の姿形や生態をイメージする。

性格は従順。常に俺に懐いてくる性格、最後にその形を魔力にして、円の中に出現するようイメージ。

――ボフッ
円の中では白い兎がキョロキョロと周りを見ていた。

目が合った瞬間、ピョンピョン跳ねながらこちらに向かってくる。俺を探していたのか？

俺の傍に来て、俺の脚にスリスリと頬を擦り付けている。

「ん？　タカシ、召喚？　……つかった？」

「え？　うん。使えたね？」

「なんで？」

「いや、何でって言われても。使えたから？」

驚いたのか、自称呪いで感情の無いらしいファラが見開いた目でこちらをガン見してくる。

「ファラにも教えてあげようか？」

「ん。やる！」

ファラが既に召喚魔術を使えるのは、昨日ステータスを見たので知っている。

何故覚えていたのか分からなかったが、今なら分かる。やはり使い方を知っているかどうかが重要なのだろう。

これなら、錬金や空間、合成などを覚えさせるのも簡単そうだ。

「分かった。ミリアもまだ目を覚まさないし、教えてあげよう」

「おー……タカシ好き」

「俺もファラの事好きだよ。召喚できるようになったら、何かお礼してね？」

「わかった」

兎にはミリアの横に移動するんだ、と念じたらちゃんと移動してくれた。偉いぞ。

さて……できるからやってみろ、というだけじゃダメだよな。ミリアにやった時みたいにするか。

堪能していたファラのプニプニなお腹から左手を離し、ファラの左手を握る。

右手も同様にして、俺のジョブを僧侶に変え、手を光らせて神聖さを醸し出す為、治癒魔法を掛ける。

「何してる？」

「ファラが召喚魔術を使えるようにしてるんだよ」

「それでできるようになる？」

「うん。でも、これが知られると困るから、俺とミリアとファラだけの秘密だよ？」

「わかった」

ファラのジョブを魔術士に変更した後、そのままファラの左手を下ろし、俺の左手は元の位置でお腹を堪能する。

右手はファラの手首に持ち替えて、地面に向ける。

「ファラ。そこの地面に、この兎が入れそうな円を魔力で描いてみて」

「ん」

「おっけー。次に、目を瞑って、頭の中でファラの知っている兎の姿形をイメージしてみて」

「ん」

ファラが地面に魔力で円を描いたまま、想像を開始する。

「次に、その兎の性格をイメージしよう。そうだな、性格は優しくて俺の召喚した兎と仲が良いというのはどう？」

「そうする」

さすがに人がイメージしている時にお腹をサワサワされていたら集中できないだろうから、頭を撫でる。

「よし、じゃあ、イメージしたその兎の輪郭をなぞるように魔力で形にしてみて」

「……できた」

「最後に、魔力で形にしたイメージを、そのまま陣の中で生成しよう」

「んっ！」

——ボフッ
成功したようだ。俺の時と同じく白い兎が召喚され、先程と同じようにキョロキョロしている。

対象を見つけたのか、俺の召喚した兎目掛けて駆けて行った。

「ん。できた。タカシのおかげ」

「今みたいにやれば、大体の事はできると思うから、精神力に余裕がある時にでも練習しような」

「分かった」

そういってファラは向きを１８０度変え、座ったまま正面から抱き着いてくる形になる。

「うんうっ⁉」

何をしてくれるのかと聞こうとしたら、首に腕を回されてそのままキスされた。

ファラめ。分かってるじゃないか。上出来だ。

「ありがとう。タカシはすごい」

「俺こそお礼ありがとう。嬉しいよ」

二人して見つめ合っていると、横から気配がした。

「あの……な、何で、き、キス……とかしてるんですか？　見つめ合って……しかもファラからだし……」

ものすごく良い、いや、悪いタイミングでミリアが目を覚ましたらしい。しかも涙目だ。

「え、あ、いや、これはファラからだし、問題ないよな？」

「ん。タカシへのお礼」

「お礼……？　キスをする程の事？　何があったんですか……？」

未だに抱き合っている俺等を見ていて恥ずかしいのか、顔を赤くしたままミリアが尋ねてくる。

「そうだ、ミリア。そこ見てみて」

兎がイチャイチャしているところを、目で合図する。

「え？　きゃああ！　う、さぎ！」

「あぁ、大丈夫だよ。それ、召喚した兎だから」

飛び退いたミリアが兎に警戒しながら、驚いた顔でこちらに向き直る。

「ん。ファラが召喚した」

「良くできてるでしょ？　そのお礼だってファラが俺にキスしてくれてたんだよ」

「ファラが⁉　昨日魔術士になったばかりなのに⁉　ずるい！　私もまだ使えないのに！」

確かに、ミリアが気を失っている間に教えたのはずるいかもしれない。でも、自爆したのはミリアだしなぁ。

「教えたら、キスしてくれるの？　ミリアから？」

「えぇ⁉　き、きき、キス⁉」

「うん。ファラがキスしてくれたから」

ミリアからしてくれるとは思えないな。でも、期待せずにはいられない。

「ファラはタカシにならなんでもできる」

「うぅ……ずるい……」

「今度教えてあげるよ」

涙目でウーウー言っている。モーモーだったり、ウーウーだったり、本当にミリアは可愛いなぁ。飽きない。

「さて、ファラにキスされて元気も出たことだし、そろそろ休憩は終わり！　今度こそ本当に出発しようか！」

「うぅ……キス……魔術……ずるいですファラ……」

「ずるくない。ミリアもすればいい。ちゅーってするだけ。かんたん」

「だって……は、はずかしいし……」

ファラを俺の上から下ろし、立たせた後、伸びをして準備する。

「さぁ行こうか。ミリア、お金になりそうなモンスターはどこに行けば居る？」

「え、あぁ、はい。キス、じゃない。えっと、ここの森を抜けた先に街があるんですが、その周辺に山が沢山あって、洞窟内にはモンスターの巣がいくつかあると思います、ダンジョンもその山にありますし」

「じゃあ、初めての遠出ということで、その街を目指してみようか」

「森は半日もあれば抜けられると思いますが、そこから更に半日は掛かると思います。途中は野宿ですね……」

野宿か……。三人で協力して頑丈な石の小屋でも作れば問題ないだろう。出発する時壊せば良いし……いや、誰か他の冒険者が使うかもしれないし誰の土地でもないなら、残しておいた方が便利なのか？

「初野宿だね。小屋でも作って、そこで野宿しよう。森は危険だから、魔術の練習は小屋の中でしよう」

「ん」

「分かりましたって、え、あれ⁉　服、ん⁉　パンツも⁉」

ミリアが何かに気付いたようだが、これでやっと出発できる。ひとまず森を抜けることにしよう。

街に奴隷商が居れば、お金を貯めた後に奴隷を買うことができるし、人数が集まればダンジョンにも行ける。

「何一人でウンウン納得してるんですか！　また勝手に服を脱がしましたね！」

これから楽しくなりそうだな！

「もーう、タカシさん⁉　聞いてるんですかっ⁉　ねぇ、ちょっと、タカシさーん！」

次の街に向けて出発！

Farah・Oslo

ファラ・オスロ

……ん。
ファラはファラ。タカシのどれー。

【プロフィール】
Lv.5　魔術士
Rank.E
身長:131cm
体重:28kg
B66/W46/H66

【ステータス】
HP:90(90+0)
MP:215(165+50)
ATK:68(45+23)
MAG:130(120+10)
DEF:74(45+29)
AGI:45(45+0)

STR:3　VIT:3　INT:8　DEX:3　CHA:5
ステータスポイント:4

【ジョブ】
メインジョブ:魔術士Lv.1
サブジョブ:使徒Lv.1

習得ジョブ:冒険者Lv.1　村人Lv.1　奴隷Lv.5
習得スキル:初級魔術　初級召喚魔術
魔力上昇小　模倣

【装備】
武器:アイアンランス＋３
防具:ゴシックロリータ　ヘッドドレス
レザーブーツ
所持品:マナポーションx10、投げナイフx2

【特徴】
無口、無気力、好奇心、何も考えていないようで実は賢い、世間知らず、空気をある意味読んでいる、嫉妬深い

書き下ろし　ミリアの悩み

「……ん……ふあぁぁ、ふぅ……」

寝起きは苦手です。暫く頭がボーっとして何も考えられません。

でも、今日は違いました。目を開けるとタカシさんの横顔がドアップだったからです。

危うく悲鳴を上げるところでした。

どうやら寝ている私にタカシさんが腕枕をしてくれて、タカシさんに抱き着いてしまっていたようです。

私に抱き着き癖なんてあったんですかね……腕や足までタカシさんの体の上に乗せちゃってるし……これ完全に抱き着いちゃってますよね……お父さんとも一緒に寝たことが無かったので、分からないです……お父さんは知っていたのでしょうか、私の癖。

それより、どうしてこんな状況に……？　あぁ、そうでした。魔術訓練をする前に少し仮眠をしようって話になって、二人で一緒に寝たのでした……。まだ私の頭は寝惚けているようです。

一緒に寝るのは恥ずかしかったのですが、魔術の訓練の為に仕方が無く一緒に寝たのでした。

そう、仕方が無く一緒に寝たのです。大事なことなので二回言ったんですよ、聞いてますか、お父さん？

でも、どうしましょうか……。離れても良いんですが、タカシさんを起こしてしまいそうです。タカシさんを起こしてしまったら、すぐ変な――エ、エッチな事をしてくるから、起こさないように抜け出すのは大変なんですよ。どうしたら良いですかね、お父さん？

タカシさんの懐から抜け出すことを考えていたら、ゴロゴロっとお腹が鳴り、痛くなってきました。

これはマズイです。緊急事態です。心の中でお父さんに語り掛けている場合じゃありません。

あまりの緊急事態に冷や汗が出てきました。

タカシさんを起こさないように脱出しないと、大変な事が起こります……。

そっと、そぉーっと……。

事態は急を要するのですが、こればかりはしっかりじっくりゆっくり行わないとタカシさんにからかわれるだけでなく、もうお嫁に行けないくらい大変な事故が起こってしまいます。

……ふぅ。時間は掛かりましたが何とか抜け出せました。さすが私です。お陰で目も覚めました。

ただ、ベッドを出てもまだ安心はできません。

ゆっくりとドアを開け、忍び足で部屋を出ます。そしてドアを閉め――脱出成功です！

さすが私！　タカシさんしてやったり、です！　他愛無い！　部屋を出る時にベッドの軋む音が聞こえたのでヒヤっとしましたが、タカシさんは起きていないようです。私という重さが無くなったので、寝返りでもしたのでしょう。タカシさんチョロすぎです。

さて、小さくポーズを取りながら対タカシさん勝利宣言をしていましたが、まだです。新たな問題が生まれてきました。

今は夜。皆は寝ている時間で誰も居ないのに、通路に明かりとして火を置いておくなんて危険な事はできません。当然通路は真っ暗です。何も見えません。

明かりの道具は部屋の中にしかありません。トイレに行く人は部屋の中で明かりを点けて、それを持ってトイレに行くのです。お腹とタカシさんの事ばかり考えていて、失念していました。

目が覚めたとか言っていたのは誰ですかっ！　私でしたっ！　ごめんなさいっ！

はぁ……まだ寝惚けていたようです。今やっと目が覚めました。今度こそ本当です。

お手伝いをしていたので、トイレまでの道のりは完璧。むしろ余裕で、目を瞑っていても辿り着ける自信すらあります。でも、トイレ内は危険です。誤ってトイレに落ちようものなら目も当てられません。

だから明かりが必要なのです……困りました。

——ゴロゴロ……ゴロ……

ま、マズいです。でんじゃーです。

こんな事になるくらいなら、魔術訓練は日中に行ってもらえば良かっ——魔術訓練！

そうです！　私は魔術士になったんです！　魔術士！　魔術が使えるんです！

明かりを出すなんてちょちょいのちょい、ですよ！

「万物の根源たる炎よ……」

小声で詠唱を行い、小さな火の玉を指先に出します。

——ボッ
これで安心してトイレに行けます。


トイレに到着すると早々に服とパンツを脱ぎ、上着一枚になります。

世の女性達はパンツをズラすだけのようですが、私は小さい頃にお気に入りの服を汚してしまって以来、服も脱ぐようになってしまいました。

脱いだ衣類を籠に入れ、トイレに跨ります。何とか間に合いました。

跨ると同時に出すものを出します。

ここで最近の悩みが頭をよぎります。数日前、大きい方をしているとお尻の穴がヒリヒリして痛かったんです。一瞬痔になっちゃったかと思ってショックでした。でも、それから何度かトイレを重ねると、今度は、その、何ていうか、えっと、き、気持ち良いっていうか、ゾクゾクするというか、頭がふわっとなるっていうか、……説明が難しいです。

とにかく、全身がゾクゾクっとなって、頭がふわっとなるんです。ゾクふわです。

実はこの感覚に少しハマっていたりします。当然、誰かに相談できる内容じゃありません。痛いんじゃなくて気持ちが良いから大丈夫ですよね？

あ、気持ち良いって言っちゃった。

「ふぁ……」

おっといけない。またゾクふわしちゃったので思わず声が出ちゃいました。おまけに集中が乱れてしまい魔術で出している火の玉が不安定になるところでした。

それにしても、この感覚って何なんでしょうか。大きい方をするのってこんなに気持ちが良い行為だったのでしょうか……人には聞けない事なので、少し不安でもあります。

ふぅ……こんなものでしょうか。

お尻の穴とおしっこで濡れてしまった所を拭き――あぁ、そうでした！　あと、これもおかしいんです！

ゾクふわの後、おしっこをする穴が敏感？　になるんです！

そ、その、何ていうんでしょうか、き、気持ち、良い、んです……。

拭こうとすると、体がビクンとしてしまいます。そして好奇心に負けて触ってしまうんです。

「んっ……」

トイレでこんな事をするのって、本当はイケナイ事なのかもしれません。でも、だって、これがまた、お尻の穴とは違った気持ち良さがあるから仕方が無いんです。

「んんっ、はぁはぁ……」

おしっこの穴をクニュクニュすると、ヌルヌルになってきて何も考えられなくなります。エッチな事をしているって分かっているのに、手が止められません。

「んっ……ふぐっ……んっ」

危ない危ない。声が出てしまっていました。気持ち良いですが、誰かに聞かれたら恥ずかしいです。

誰も居ないのは分かっているのですが、声は出せません。

「っ……」

気持ち良い、気持ち良い、気持ち良い。

「ぁっ……くっ……んぅっ」

コレをやっていると、ずっと気持ち良いんですが、一際気持ちの良い波が来る時があります。

その、気持ち良い、波が、気持ちイイ、癖になり、キモチイイ、つい、キモチイイッ、してしまいます。ああもう……気持ち良いしか考えられなくなってきました。気持ち良い！

「くっ……るっ……」

来る、くるクル、クルッ、キタッッッッッ。

「んん、かっ……はっ……」

はぁはぁ……今回は過去最高の気持ち良さだったかもしれません……。ふぅ……。

初めての時は、体の力が抜けてトイレに落ちかけました。あの時は本当に焦りました。咄嗟に横に倒れ込んだので助かりましたが……。それを経験してからは、トイレの隅でやることにしています。だから、力が抜けて倒

れても壁があるので大丈夫です。

ふぅ。すっきりしました。

ただ、最近これについても少し悩んでいます。

これを他人――タカシさんなんかにやってもらったら、もっと気持ちが良いんじゃないか……とか考えるようになっちゃって……。何なんでしょうか、この思考は。何でタカシさんなんでしょうか……。

他の女の子達は、どうやってるんでしょうか。気になります。

でも聞けないです。だって「あなたはおしっこ穴をどうやってイジってますか」ですよ？　聞けるわけがないじゃないですか。恥ずかしいし、ただの変態じゃないですか！

そもそも他の女の子達はやってないのでしょうか。

やっぱり気になります。誰か聞ける人、居ないかなぁ。居ないなぁ。

……あれ、考えても誰も出てこない……もしかして、私って同年代の友達が居ない!?

よくよく考えてみたら、そうだ！　私、ギルドの関係で大人の人しか知り合いが居ない！

えっ……この歳で友達が居ないとか何やってたんだろう、私……。

いいもん。これからはタカシさんと沢山の冒険をして、友達増やすもん……。って私、エッチな事をしながら何を考えているんだろう。

悲しくなってきました……。

それに、誰に言い訳してたんだろう。お父さん？　はぁ……聞かなかったことにしてください……。

さて、手を洗って――あ、そうだ。火魔術で明かりを出せたってことは水魔術で水も出せる。

おしっこ穴もヌルヌルになっちゃったし、ついでに水魔術で洗っておこうかな。

直射して痛かったら嫌だから、まずはトイレの穴に向かって練習です。

――バシュッ！

あ、危ない……こんなのが直撃していたら穴が三つになっていたかもしれません……。

――ビュッ！　ビューーッ！　ビュルルル！　シャァァァァ！

うん、このくらいの威力でしょうか？

再度トイレに跨り、調整した水魔術でお尻の穴とおしっこ穴を洗浄。

「ひゃっ……」

冷たくて声が出ちゃいましたが、良い感じの刺激です。

あれ……？　これも気持ちが良い……？

おしっこ穴より少し上で割れ目の境界のところが気持ちよいかも……。それにお尻はお尻で……。

ふあぁ……。

感覚に集中をしていたら、いつの間にか威力が上がっていました。

どうやら洗うという目的も忘れて、ゾクふわに夢中になっていたようです。でも、気持ち良いんですよ……。

あうぁ……これも癖になりそう……。あ、クルかも……。

くる、くるくる、クルッ！

「んぁぁぁっ！」

またやっちゃいました。

そして、クルと同時に魔力の操作が不安定になり、威力が上がって割れ目に勢いよく直撃。先程の過去最高の気持ち良さを更新したのは良いのですが、あまりの勢いにお尻の穴に水が入っちゃいました。

お陰で最高の気持ち良さは一瞬で過ぎ、お尻の穴の中が沢山の水で変な感じです。

それに、先程のが気持ち良すぎたので膝立ちになり、ガクガクして暫く立てそうにありません。

——ギュルルルル……

「くぅっ！」

膝立ちで壁に手を付いて倒れるのを耐えていると、今度は過去最高の腹痛が襲ってきました。

さっき出したばかりなのに！　その痛みに耐えられずお腹とお尻の穴に力を入れます。

——ビュウウウウッ！

今度は、さっきとは逆にお尻の穴からトイレに向かって勢いよく水が噴出。

「んはぁぁ……！」

これはこれでさっきの急激な腹痛とは別に、お尻では過去最高の快感が全身を巡ります。

痛いけど気持ち良い……イタきもです！


むふぅ……やっと落ち着きました……そして、これも癖になりそうですね……。

おっと、気持ちが良かったのでまたおしっこ穴がヌルヌルしてきました。二度目を行う気は無いので、すぐさま水魔術で洗い流します。

あ、でもあと一回くらいはお尻の方を経験しておかないと……次する時、水の勢いを間違えたらいけないですよね。これは自分の体を守る為の大事な実験です。もう一回だけやっておきましょう。

——シャアアア……ビュルルル……ビューッ！

初めはゆっくり、次第に勢いを上げてお尻の穴を両手で広げて水を注入します。

——ギュルルルル……

うぅ、この痛みは何なんでしょう。痛い痛い痛い。痛いけど、このあと快感が来るんですよね。さっきのは偶然じゃないですよね。ね？　あぁ、もうダメです。限界です。もう出しちゃいます！

――ビュウウウウ！

「んぁぁ……」

やっぱりキタ！　はぁ……おしっこ穴程の快感は無いですが、脱力感はこちらの方が上のような気がします。これは強制的に大きい方を出さないといけないですし、程々にしておきましょう。

ふぅ……最後に穴を洗って、良し、終わりです！　もう一回はありません！　さぁ部屋に戻りましょう！

タカシさんを起こさないよう、静かに部屋へと戻ります。

匂いとか大丈夫ですよね、私。スンスン……うん、大丈夫っぽいです。

タカシさんはまだ起きそうにないし、起こしたら起こしたで何かされそうだし、それにさっきのでかなり疲れちゃったし、二度寝でもしましょう、そうしましょう……。

お邪魔しまーす……って、何自然とタカシさんの懐に入ろうとしてるんでしょうか、私はっ⁉

むぅ……ベッドは一つしかないし、仕方が無いですよね。そう、そうなんです！　何も考えるな、私！

……タカシさんの指でアレしたら、気持ち……良さそう……だ……なぁ……。

すうすう……。

書き下ろし　エロティックマジック

隣を見る。

規則正しい吐息が聞こえる。

この愛らしくエロの知識なんて無さそうに見えるミリアだが、実はこっそり抜け出してエッチな事を一人で楽しんでいるのを、俺は知っている。

……何故知っているのかって？

そりゃあ覗いたからさ。……変態？　ふふ、変態で結構。ただ、一つだけ言い訳をさせてほしい。

ミリアは寝惚けが酷く、起きても暫くはボーっとしてることが多い。でも、たまに寝惚けたまま〝お父さん〟とか言って俺に頭をグリグリ押し付けてきたりスンスンと匂いを嗅いできたり甘えてくるものだから、ミリアが先に起きた場合、俺は起きても寝た振りを続けている。

……だって、可愛いじゃん？　甘えられたいじゃん？

おっと、話が逸れた。

その寝惚けミリアが、寝惚けずに俺を起こさないよう、そっと部屋を出ていったらどう思う？

怪しいだろう。何をするのか気になるだろう。後をつけたくなるだろう。

俺は部屋を出ていったミリアに気付かれないよう後をつけ、ミリアが違う部屋に入ったのを確認し、暫くしても出てこないのを確認してからミリアの入っていった部屋の前まで移動したわけだ。すると、そこは部屋などではなくトイレだった。

しかし、中に入って暫く経っても出てこないので寝惚けていて中で寝てるんじゃないかと思い耳を澄ましてみるが、小さな物音はしていたので寝てはいないようだった。

それならば寝ているはずの俺が待っているわけにもいかないので、ついでに別のトイレで小便をした後、部屋に戻ろうと、再びミリアの入ったトイレの前を通ると、小さく喘いでいるミリアの声が聞こえるじゃないか。

一瞬何かの間違いだろう、別の音がそう聞こえただけだろうと思ったが、そうじゃなかった。

ドアに耳を当て中の音を探ると、ミリアの小さな喘ぎ声だけでなくクチュクチュと水気のある音までした。

やがてクチュクチュという音は勢いを増し、突然音がやんだと思ったらドッと壁に震動があった。

その状況から、果てて壁に背を預けたのだろうと想像できた。

ミリアの「はぁはぁ……」という息遣いが心配になりつつも耳を澄ましていると、どんなに頑張っても人類が出せるような音ではない〝バシュッ〟とか〝ブシュウッ〟というような水を射出するような音が聞こえてきた。

何をしているか心配になり中に入ろうかどうか迷ってドアに手を掛けると、なんと……鍵が掛かっていなかった。相変わらずのうっかりさんだ……と思いつつも、こっそり隙間から中を覗く。

するとミリアの小さな可愛いお尻がこちらを向いており、トイレに跨って下からアナルに向けて水魔術を射出しているでないか……。正直目を疑った。

まさか、水魔術を使って浣腸をしているなんて……俺の調教は上手くいっていたわけだ。こちらには一切気付いていないようだったので、ミリアのアナニーを見つつ、俺もオナニーをしてしまった。

とまぁ、そんなわけだ。

男なら誰しもドアの向こう側で気になる子が喘いでいたら気になるだろう？　つまり、そういうことだ。初めから覗こうと思って覗いたのではない。心配で覗いたのだ。

それにしても、あそこに居たのが俺で良かった……。他の男だったら襲われていたかもしれない。

今度からは、ミリアがこっそり抜け出したらアナニーだと思い、その性活をしっかり見守っていこう。

覗き見じゃないし、監視でもないよ。誰にも邪魔させないよう護衛するだけだからね。

そんな決意をして一足先にベッドへ戻り、ミリアが俺の腕の中に戻ってきて寝たのを確認した後、俺も寝た。

そして、起きてからは魔術の訓練を行わせ、MPを尽きさせて現在に至るというわけだ。
日中にミリアの意識が無かったとはいえ、アナルセックスをしたので疲れが出ているのかもしれない。更には
こっそりやっているつもりのオナニーやアナニーで疲れているかもしれないから、ゆっくり休ませて……などと
一瞬考えもしたが、下着姿で意識の無い美少女が隣に居るこの状況をスルーできる程、枯れていない。
むしろ、滾っている。
そりゃあそうだ。オナって落ち着いたとはいえ、あんな姿を見てしまったんだ。未だに興奮している。
そもそも俺ってこんなに性欲が強かっただろうか。この滾る性欲は何なのだろう。
この世界に来る前は、社畜という程は忙しくなかった。それに毎日パコパコやれる相手も居なかったし、性欲
より睡眠欲が勝っていたような気もする。もちろん性欲はあったし、学生の頃に付き合っていた子とはヤること
はヤっていた。独り身になってからも、ムラっときたら自慰をしていたし……もしかして、この世界に来た時、
この世界に適した体へと変化したのだろうか。
レベルという強さを示すパラメータがある世界だ。生物としての本能的な部分が強く表に出た可能性もある。
そうだ。そういうことにしておこう……って、俺は何を真面目に分析しているのだろうか。
意識の無い下着姿の美少女と二人きりの部屋。そして、俺はそれに欲情している。今はこの状況だけで十分。
意識を失わせたのも下着姿にしたのもお前だ、この下種。と言われても俺の心には一切届かない。だってさ、

下種だもん。今更言われたところで……。また変な事を考えていたな。

そう……今からミリアに悪戯という名の調教をしようと思うのです。折角アナル開発を行っているわけだし、ミリア自らアナル洗浄までしているので、このチャンスを逃す手は無い。

ただ、どう開発を進めようか……。

方法は色々とあるだろう。でも、目を覚ますかもしれない激しい行為や傷付けたりする行為は禁止だ。こんなに好き勝手やっているけれども、ミリアの事を大事に思っているのは本当だから、そこはルールを設定する。

そうなるとやはり、指で広げたり刺激を与えたりするしかなくなるか……。

しかし、毎回それじゃあ面白くないいんだよな。もっと違う刺激を与えてあげたい。

考えろ、考えるんだ俺！　これは今後ミリアとの性生活には必要な事なんだ！　とは言っても、元の世界でアナル開発なんてやったこと無いし、あるとしても元カノのアナルに人差し指をヌッと入れたことくらいだ。その時は「ちょっと！」と怒られてやめたっけ……。あの時、振り向いた元カノの目は本気だったな。はぁ……。

……ん？　そうだ！　実体験がダメなら、エロ本を参考にすれば良いんだ！

エロ本、エロ本……うーむ、ダメだ。そもそも実写派だった俺にエロ本の知識があるはずがない。あとは……AVだが、それでもバイブやあの数珠繋ぎのヤツ、浣腸、アナルに栓をするやつ？　くらいしか思い浮かばない。

くそう……何でこうも俺のエロ知識は乏しいんだ！　もっとエロに生きていれば！

いかんいかん、悔やんでも仕方が無いし、また変な方へ考えが向かっていた。

よし、考えたってどうしようもない。いっその事、全部作ってみるか！

電気が無いし、まだ魔術に慣れていないから無骨な形状になるかもしれないが、ものは試しだ！

まずは簡単そうなバイブ……あぁ、電源が無いからディルドっていうのか？　を作ってみよう。

形状をイメージして……土魔術を発動……硬さは可能な限り肌に優しく……よし、どうだ！

――ベチョ
「……」

そうだよね。

形ある物だから土魔術にしたんだけれど、土魔術は所詮『土』だよね……。

肌に優しい柔らかさって言ったら、そりゃあ『泥』だよね……。

そもそも、ディルドって何でできているんだろうか。プラスチック？　シリコン？

そんな素材、この世界にあるわけ――あぁ、いや、何とかなる……かも？　ゴムとか、無害で固まってくれる樹脂なら、この世界でもあるんじゃないだろうか。ただ、魔術で生成はできそうも無いが……。

それよりも、ゴムかぁ……固めてディルドにするだけならまだしも、避妊具としてコンドームみたいな薄さや強度にする技術がこの世界にあるとは思えない。

仮にコンドームが作れたとしても、装着して挿入しようとしたら十分に濡らしておかないとスムーズに挿入ができないし、女性は女性で擦れて痛いらしいんだよな……。アナルとなれば尚更だろう。痔になられると困る。

となれば、難しいディルドはひとまず置いといて、ローションの作成が先かな。

ローションと言えば液体。液体なら、今度こそ水魔術で何とかなるか？

まずはヌルヌルの状態をイメージして……水魔術を発動……そして肌に優しく……よし、どうだ！

――ベチョ
「おふっ」

掌に落ちてきた液体がヒヤッとしてて、思わず声が出てしまった。とりあえず、触って確かめてみよう。

――ネチョ……

おおう、良い感じじゃね？

少し粘度が高い気がするけれども、概ねイメージ通りだ。これはこれで残しておこう。

先程の泥を土魔術でお椀型に再成形。作成したローションを移して、インベントリに放り込んでおく。

ベッドを汚すわけにはいかないので、いくつかお椀を作成し何度かローション生成を練習。


十分程練習して、満足のいくローションが完成。

練習中にどの程度まで粘度を上げられるのか試していると、ドロドロというよりもプルプルなゼリーのような粘度になったので、試しに熱してみたらプラスチック程の硬さで固まった。

その固まった物体を水に浸しても溶けることはなかったので、色々な形のディルドを作成してみた。ついでに数珠繋ぎのヤツや栓のヤツもだ。ただ、火魔術で炙るとドロドロになったので高温には弱いようだ。

偶然完成したのは嬉しいけれども、それよりも気になるのは成分だ。俺が使ったのは水魔術。水、だよな？粘度があるのは……うーん、まぁ、分かる。でも、それを熱すると固まるってどんな成分なんだ？　俺の知っている化学変化では……そう、これは魔術。化学じゃないよな。深くは考えないでおこう。

本当に人体に影響が無いのか、触ったり舐めたりして確かめたが問題は無いようだ。

もし体に異常があっても、治癒や治療の魔術で何とかできるだろう。まじ魔術って便利！

そしてミリアを確認する。

よし、まだＭＰは赤文字でゼロのままだ。当分意識は戻らないだろう。

それじゃあ悪戯開始、といきますか！

まずは枕や布団をクッションにして、ミリアを仰向けから四つん這いにして、下着を下げる。

ピッタリと閉じた割れ目とご対面した後、とりあえずクパッと開いてジュルジュル音を立てながら舐める。

え、アナル開発じゃないのかって？　いや、だって目の前にあるんですもん。そりゃあ舐めますよ。

「んぅ……」

ミリアが反応を示してきたところで、舐めるのを中断。今度は指で小さな突起をクリクリと弄る。ここで注意しないといけないのは、間違っても指を挿入しないこと。入れたくても、我慢。入れたいけれども！

入れたい、挿入したい、押し込みたい。挿し込みたい、ガンガン突きたい。思いっきり膣内でぶちまけたい！

……でも、我慢。まだ、我慢。

指で処女喪失とか勿体無い……じゃなくて、処女じゃなくなってミーアにバレたら困る。

「はぁはぁ……」

挿入欲を我慢する為に無心になりつつ一心不乱に目の前のクリトリスとアナルを弄っていると、いつの間にかミリアは達していたようで、呼吸を乱し体を小さく痙攣させていた。

そして俺の心頭滅却を解除してくれたのは、腕を伝う暖かい液体。いつもなら飲んで証拠隠滅するけれども、あまりにも無心になりすぎてシーツに流れてしまった。これはミーアに怒られ……いや、そのまま寝よう。朝起きた時、お漏らしでシーツを濡らしていることに気が付いたミリアがどうなるのか見てみたい。

よし、お漏らしを演出する為にあとでパンツも濡らしておこう。ふふふ、楽しみだ。

さて、ミリアも良い感じに慣れてきたんじゃないだろうか。折角作ったし、そろそろ異物を挿入してみよう。

まずは数珠繋ぎの……『アナルビーズ』だっけ。確か、そんな名前だった気がする。そのアナルビーズをローションで漏らし、ミリアの可愛らしいお尻の穴へ一つずつプニップニッと挿入していく。

まずは四つ程挿入したところで一旦止め、開いて閉じる感覚がしっかりとアナルへ伝わるよう、ボボボボっとゆっくり引き出していく。これはこれで面白い。

ビーズを取り出し終える度に、ミリアがプルプルッと全身を震わせている。気持ちが良さそうだ。

回数を重ねる毎に挿入する数量を増やし、その快感を味わわせていると、感覚に慣れてきてしまったようで体を震わせなくなり、次第に艶っぽい吐息が漏れるようになってきた。

そこで満を持して登場するのは、手作りディルド。

アナルビーズはどうしてもクネクネと自由自在に動かす関節部分が再現できず、直線的な物になってしまったので本来の用途とは違う物になってしまったが、このディルドはちゃんとアナル内部から子宮側を刺激できるように反りを付けている。開発が進んでいるのであれば、気持ち良く無いはずが無い一品だ。

そのディルドにローションをたっぷりと塗って、早速ミリアのアナルへと挿入する。

「んっ」

ミリアは既に一度果てて道具による開発も進んでいることから、ディルドを挿入した瞬間に体が跳ねる。

あまり深くは挿入せず、ディルドの太さに慣らすべくゆっくりと上下にピストンさせる。

「はっ……はっ……」

慣れてきた頃合いで、アナル側から子宮を刺激するようディルドの角度を調整する。

ミリアの反応が一番良い角度で何度も突いていると、ミリアの体が震え始めて手足が次第に硬直していくのが分かる。恐らくイク寸前なのだろう。そうと分かれば、強弱を付けて突いていたディルドを一定速度で動かす。

「んんんっ！　んんんんんっ……！」

果ててしまったようで、シーツを握り締め足の指を閉じ体をガクガクと幾度か震えさせた後、四つん這いの状態から足をピンっと伸ばし、うつ伏せになった。そのまま暫くは体全体に力が入った状態だったが、突然フッと脱力してぐったりしてしまう。イっている時間が長かったのは、アナルでの初イキだったからだろうか。

さすがアナニーをするだけはある。上手く調教が進んでいるようで安心した。

「はぁっはぁっはぁっ……」

イってしまったミリアからディルドを抜き、ミリアの呼吸に合わせてパクパクと閉じたり開いたりを繰り返している肛門を眺める。

　正直このまま挿入したいけれど息も荒くなってしまっているし、そろそろ限界が近いのかもしれない。でも、ミリアにはアナルでイクという感覚を覚えて欲しいんだよな。

　すぐ呼吸が落ち着くようだったら、もう一度ディルドでアナル側から子宮を刺激してみよう。もし、このまま落ち着かないようだったらそこで試合終了だ。挿入は諦めてオナニーで我慢しよう。


　ミリアの呼吸を観察しながらビーズやディルドを洗ったり、ミリアの体の汚れてしまった部分を拭いたりして時間を潰していると、ミリアは顔は赤いままだがスウスウと睡眠モードに移行したので体調は大丈夫なようだ。

　ＭＰも赤文字でゼロのままだし、再開しても問題は無いだろう。

　ローションを塗ったディルドを再度ミリアのアナルへと挿入する。

「はふっ！」

　先程まで続いていた怒涛の突き上げがやっと落ち着いたのに、突然再挿入されたことで、体がビックリしたのかもしれない。苦しそうな声を上げている。だが、俺はピストンを止める気は無い。

　自覚は無かったが、どうやら俺にはＳの気があるようだ。

　そんな事を考えながらも、グポグポとディルドのピストン運動を続ける。

「はふっあっふっはっふぐっ……」

　ミリアの呼吸に合わせてディルドを動かすと、反応が面白い。

　またミリアの体に力が入ってきたのが分かったので、ピストンの動きを加速させる。

　今まで下半身しか見ていなかったが、ミリアの呼吸に水気があったので心配になり顔を見てると、顔を真っ赤にして涎を垂らしながら喘いでいた。

「んんぅっ！　んっふうぅぅぅぅっ！」

快感に酔いしれているのか苦痛なのか判断は付かないが、可愛い顔が歪んでいるのを見ると興奮する。

そして再度果ててしまったミリアからディルドを抜いて、また肛門のパクパクを眺める。

やはり、俺は「ド」が付くSなのかもしれない。

続けて、ミリアを仰向けにして両足を持ち上げ、我慢の限界に達していた俺自身をミリアの中へと入れる。

「はぅぅっ！」

ディルド自体は俺のペニスをモデルに少し小さめで造ったので、本物を挿入したことによりミリアのアナルを押し広げる形になってしまったが、何度かピストンしてみる。

「……」

意識を失っているのに、更に意識を失う？　とでもいうのだろうか。こんな事ってあるのか……？　激しくイかせた直後に挿入してピストンしているせいなのか、ミリアは体を小さく痙攣させているだけで、いつもの可愛い喘ぎが無くなった。

ちゃんと、息してるよな……？

心配になり、キスついでに問題が無いことを確認した後、そのまま腰を動かし続ける。

それにしても、体格差はあれど道具であれだけズボズボしてイかせたのに、ミリアナルは痛いくらい締まる。

ミリアナル……ふふ、上手いこと言……い、イクっ！

ふぅ、危ない危ない。奥義の一つ、一旦停止を使ってしまった。まぁ、少し漏れたが……。

セックスには集中していなかったのに、三分も持たずにイってしまうところだった……。あまりにも気持ち良かったので、わざわざ集中を乱す為に変な事を考えていたのに……。ミリアナル、恐ろしい子！

というのは置いといて……少し硬度を落としただけで、俺のペニスはまだミリアの中で元気なままだ。

だってミリアナルってばさ、イった直後に入れたからなのか、ずっと胎動しているようなんだもん。めっちゃ気持ちが良いんだもん。仕方が無いんだもん……というわけで、試合続行。

今は俺が敏感になっているので、イかない速度でゆっくりと動く。

ミリアナルには待機時間なんて与えなかったのに、自分ばかりズルいって？　違うんです。ほら。入れているだけなのに、ミリアナルが何度もキュッキュと締まってるでしょう？　それに、何かウネウネしているじゃん？　これを確認したかったんです。こんなの入れてすぐイかない方がおかしいじゃん。

はぁ……俺は誰に言い訳しているんだ……。本当に気持ちが良い。

肛門をキュッと締める動きに合わせて眉間に皺が寄って、一瞬体にグッと力が入る。もしかしたら、このキュッキュと締め付ける動きだけでイケるかもしれない。

「んはぅ！」

敏感になってるなんて知った事かと、静かに腰を動かし始める。ピストンに合わせて、ミリアの口から漏れるような小さな声が上がるようになった。

早くも果ててしまいそうだ。俺って遅漏とは言われたことあるけれど、早漏なんて今まで一度も言われたことは無いんだが……何なんだこのミリアナルは。

最後にセックスをした時は、平均二十分近く汗だくになりながらも腰を振っていたのに……。

もしかして、ミリアがタイプで、俺がドSのロリコンで、意識の無い子を犯している状況で、と色々な要素が働いて興奮度合が高まりすぎているのが影響しているのかもしれない。

まぁ、いっか。早ければ脱肛の心配も少ないし、何より気持ちが良いし。

自分に言い訳をして、射精へ向けてピストンを速くする。

「はっ、はっ、はっ、はっ……」

ミリアの息遣いがピストンに合わせて子犬のようになりだした。

——グボッ、バボッ、ブボッ！

そしてピストンを速くしたことで、ミリアナルに空気が入ってしまいイヤらしい音が鳴っているが、そんなのお構いなしに、ミリアのクリトリスも弄り始める。ついでにキスで口を塞ぎ、鼻のみで息をさせてみる。

「ふーっ、ふーっ、ふーっ……」

次第にミリアがブルブルと震え始めてきたので、キスを止めて俺もミリアの絶頂に合わせるべく腰を動かす。

「はぁはぁはぁはぁはぁはぁ……」

口を塞いだのが相当苦しかったらしい。体を震わせ、顔を真っ赤にさせて腰を浮かせ始めた。

ミリアの果てるタイミングが何となく分かってきたので、最後のピストンに集中する。

「んんっ……んッ……」

ミリアナルに深々と突き入れ、限界まで挿し込んだところで射精すると、同時にミリアも果ててくれた。

タイミングはバッチリだ。二人揃って体をビクンビクンと震わせ、絶頂の余韻に浸る。

果ててしまったペニスを引き抜いたミリアナルを眺めると、まるで池で餌を求める鯉のように、ミリアの呼吸に合わせてパクパクと開閉を繰り返している。

何度もイってしまったミリアは、呼吸を荒くしてぐったりしている。そして、ドロリと精液がこぼれ始めた。

その状況を賢者タイムとなった俺は眺めている。この背徳感……堪らないな。

おっと、賢者タイムに浸っている場合じゃなかったわ。精液を掻き出してキレイにしておかないと、ミリアが起きた時にバレてしまう。

射精した後でも悪戯心は消えず、パクパクしている肛門に指を突っ込んで精液を掻き出しながら、空いている手でミリアのクリトリスを弄り倒す。

暫くはイク度に「あぅ」やら「んぅ」などと唸っていた。その反応が楽しくてミリアの体をキレイにしている間何度もイかせていたら、体を痙攣させたまま全く反応が無くなったので、治癒魔術を施しておいた。

今日はこのくらいにしておこうか……。ミリアが壊れたら困る。

再度汚れた部位を濡れた布でキレイに拭いてから下着を穿かせる。そして、お漏らしで濡れてしまった場所に腰がくるようにミリアを寝かせた後、水魔術でミリアのパンツとその下の布団を更に濡らして世界地図を描いてから布団を掛ける。

よし、これで細工完了。あとは腕枕をして、俺も寝よう。

おやすみの挨拶として、ミリアにキスをして目を閉じる。


眠りが浅かったようで、腕がムズムズしたので起きる。

「え……うそ……」

どうやらミリアがもぞもぞしていたので、ミリアの髪が俺の腕を撫で、ムズムズしたらしい。

そこで目は覚めてしまったが、寝る前に仕掛けておいた悪戯を思い出し、目を閉じたまま意識だけをミリアに向けてみると、何やらブツブツ呟いている。

「そんなわけ……」

本当に漏らしてしまったと勘違いしているようだ。俺はまだ目を閉じたままなので感覚でしか分からないが、恐らく自分の股間を触っているのだろう。布団の中で手が動いているのが分かる。

「スンスン……ちが、う、よね？」

濡れている股間を触った手の匂いを嗅いでいるらしい。

「え、でも……スンスン……これって……」

手からはあまり尿の匂いがしなかったのか、今度は布団の中に顔を入れて匂いを嗅いでいる。

その間に目を開けて窓を見ると、もう朝のようだ。外では既に人の声もする。

どうやら軽く寝るつもりが、しっかり寝入ってしまったらしい。

ミリアが顔を出すタイミングで再度目を瞑り狸寝入りを続ける。

「おしっこだ……」

布団の中からは尿の匂いがしたらしく、その微かな匂いが俺にも伝わってきた。

そして固まるミリア。俺が起きるのはこのタイミングかな。

「ん……ふあぁ、おはよう、ミリア」

「ひゃうっ⁉　お、おひゃよございます！」

ガバっと布団の中から顔を出し、グイグイと体を押し付けて俺をお漏らしエリアから遠ざけようとしている。

健気だなぁ……。

「ん、どうしたんだ、ミリア。そんなに体を押しつ……冷たっ！」

「ひぇ⁉」

布団が濡れていることに気が付いたフリをしてみる。

「ん？　何か、濡れてないか？」

「ちがうんでぇし！」

「ん？　寝惚けてるのか？」

「え、あ、いや、ち、違うんです。寝惚けてないです。濡れてないです！」

「いや、でも……」

布団の中の世界地図に手をつき、ミリアの顔の前に濡れている手を出す。

「ほら、濡れて……まさか……」

「ち、ちなうです！　ちがうんです！　違う！」

「いや、何が違うんだ？」

「ぬ、濡れてないです！　ほら！」

「え、いやだって、俺の手濡れてるじゃん」

「違うんです！　うぅ……」

ミリアが逆の手を差し出してきたが、そちらの手は濡れている布団を触っていないのだから濡れていないのは当たり前だということに気が付いていない。それ程、テンパっているのだろうか。

しかも、「違う」を連呼しながら両手で顔を隠し泣き始めてしまった。

それを見て、俺は上半身を起こして胡坐をかき、ミリアを横向きに座らせる。

「ほら、そのままだと風邪引くぞ？」

「違うんです！　うぅっ、これは違うんです！　うぇぇーん……」

話が進まないのでインベントリからタオルを出して濡らし、ミリアのパンツをサッと脱がして股間を拭く。

「ほら、じっとして」

「あっあああぁ！　な、なに！　なにうぉ！　何をしてでしゅか！」

「見て分かるだろう。おしっこを拭いてるんだよ」

「ち、違うんです！　じゃなくて！　お、おし、おしっこじゃないです！」

「いやいや、どう見てもお漏らしじゃん」

「お、お漏らしじゃないです！　違うんです！　こ、これは、その、これは！」

ミリアの股間を拭いていたタオルを置き、人差し指でミリアのキレイな一本スジをスゥーと一撫で。人差し指に湿り気を掬い上げて、スンスンと匂いを確かめてみる。

「きゃあああぁ、な、なな、ななに、してるですか！」

「ほら、やっぱりおしっこじゃん」

「違うんです！　いや違わない！　そ、そそこはおしっこの穴だからおしっこの匂いがするのは当たり前でって何言わせてるでしゅか！　ちゃがうです！　おしっこじゃないです！　おしっこ穴です！　あなっ⁉」

そこでミリアの体が重くなった。そりゃあショートするよね。

ミリアの悲鳴を聞いたミーアがこの部屋に来るのが怖いので、股間をキレイに拭いた後は新しいパンツを穿かせて、濡れている部分が上にくるように布団を裏返し、ミリアを濡れていない所へ寝かせる。


俺が服を着ると同時に、狙ったかのようなタイミングでミーアが登場。危なかった……。

「起きてるかい？　起きてるね。おはようさん。ミリアの悲鳴が聞こえたけど？」

「おはようございますって、あぁ、ミリアの魔術練習をしていたら火魔術が失敗してですね……」

「はぁ……それで悲鳴を上げてたのかい。……ん？　でも、燃えた形跡が無いよ？」

「あぁ、失敗ってのは制御できない火の玉だったんですよ。それで慌てて水魔術で消火したら、ミリアの精神力が切れてしまってこの通り、気を失ったので寝かせているというわけで……」

「何してんだい！　火事になったらどうするつもりなんだい！」

適当な言い訳でも咄嗟に出るもんだな。何とか誤魔化せそうだ。

「すみません。一応俺が見てる前以外では火魔術の練習はさせてませんから、許してやってください」

「はぁ……その言い方だと、何かあった場合はお前さんが責任を取るとでも言ってるように聞こえるよ？」

「はい。ミリアの魔術が暴走しても、止める自信はありますので大丈夫です」

「そうかい。分かった。でもね、この宿は木造なんだ。火だけは勘弁してほしいね」

自信はあるって答えたけれども、そんな自信あるわけがない。火は水で消火！　くらいしか分からないぞ……

まぁ、実際にはそんな練習やっていないけれど。そもそも魔術で起こした火や炎を水で消火できるかすら怪しい。

でも、言った手前そういうことにしておこう。これは要確認案件だな。

「それはそうと、そろそろ飯の準備ができるから、ミリアが起きたら下りといで」

それだけを言うとミーアはドアを閉めて出て行った。厨房へと戻るのだろう。

そんなわけで、お漏らしドッキリは大成功だ。とりあえず濡れた布団を乾かしておくか。

ミーアには危険な事は今後外でと言われたばかりなのに、早速火魔術をベッド脇に発動して風魔術でシーツに熱風を送る。これで暫くすれば乾くだろう。

お漏らししたシーツをそのまま乾かしたら黄色の染みができるんだけれども、寝る前に水魔術で尿を薄めていたので染みにはならずに済んだようだ。それでも注意深く見ると黄色の染みっぽいのが薄く見えるけれど、真っ白で高級なシーツというわけでもないし、この程度なら気付かれないだろう。

ドッキリの処理が終わったのでミリアを起こす。

あ、ドッキリなのに当の本人にはドッキリって伝えてないや……まぁいいか。

「ミリア、起きろー。朝だぞー。おーい、ミリアー」

「んん……？」

「おはよう、ミリア。朝だよ」

ミリアは暫くボーっと俺の顔を見ているだけだったが、すぐにハッとなって股間をワサワサし始める。

「あれ？　え……でも、あれっ……？」

「どうしたんだ？」

「えっ、べ、べ別に、なな何もないですよ？」

一回ショートしたお陰で、ミリアの頭の中ではお漏らしの件がリセットされているらしい。

「あぁそういえば、濡れていたパンツは着替えさせておいたよ」

「へ……うそ……そういえばパンツの色……え、やっぱり夢じゃ……」

「それよりほら、さっきミーアさんが朝飯の準備が終わりそうだから下りて来いって言いに来たよ」

「でも、それだと……触られ……」

ミリアはまだ寝惚けているらしい。俺が目の前に居るのに、股間を触ったりパンツの中を覗いている。

俺が居るのにそんな事をするなんて、やはりミリアの寝惚けは酷いな。

「熱っ！」

寝惚けたままのミリアが乾かしたばかりの元お漏らし跡に触れた。

まだ乾かしたばかりだから、シーツが熱いのは当たり前だけれど、ミリアが知るわけがないか……。

「お漏らしは俺が乾かしておいたから大丈夫だよ。ミーアさんにはバレてないから安心してくれ」

「え……じゃあ、本当に触られ……」

「ミーアさんには、ミリアが火魔術を失敗して水魔術で消火したって言い訳しておいたよ。あとから何か言われた時は話を合わせておいてね」

折角言い訳しておいたのに、ミリアが適当な事を言ったら辻褄が合わないしな。

「そんな事より、ほら。朝食に行くからさっさと着替えなさい」

「うぅ……もう……やだぁ……」

やっと目が覚めたのか、両手で顔を覆うミリア。

「ほら、行くよ？」

恥ずかしがっているミリアを眺めているのもいいが、これ以上ミーアを待たせる訳にはいかないので、顔を隠しているままのミリアをお姫様抱っこして運び出そうとする。

「ちょ、ちょっと！　下着！　まだ服！　私、下着！」

仕方が無いので、再びミリアをベッドに降ろし、「じゃあ早く着替えなさい」と服を渡す。

「……何してるんですか？」

「え？　早く着替えなよ」

そして見つめ合う、俺とミリア。

「……」

「……？」

いやいや……その服って頭から被るだけじゃん。それだけの為に何でわざわざ部屋を出ないといけないんだ。

それよりも、現状の下着姿の方がよほど恥ずかしいと思うんだが……。

「いいから！　早く！　出てって！　はーやーくっ！」

どうやらいつもの幼児化らしい。

少しイラっとしたので、渡した服を奪い、ズボっと頭から被せて再度お姫様抱っこをする。

「はーい、よちよち。お着替え終了でちゅよー」

「もう！　うぅ……もぉおお！」

ミリアにはお漏らしという恥ずかしさがあるからなのか、それ以上は我儘を言わずに抱っこされた状態で俺の胸をポカポカと軽く何度も叩く。うん、痛くない。

「お子ちゃまの攻撃なんて痛くないなぁ」

「ううぅぅぅー……もうやだぁ……」

俺への攻撃をやめて、ミリアはまた両手で顔を覆い、その後何も言わなくなった。


そのままミリアを抱え部屋を出て、食堂へと向かう。

食堂では既に朝食が準備されていた。暫くするとミーアが近寄ってきて、ミリアへ先程の騒動についてお説教をし始めた。しかし、お漏らしはバレていないことに内心ほっとしているのがミリアの顔を見て分かった。

そんなニヤニヤしている俺を見て、ミリアはキッと睨んできたが、無視しておく。

暫くはお漏らしネタでミリアを弄ることができるし、魔術がエロに応用できることが分かった。

今後色々とエロ魔術を考えていこう。

さて、今日は何をしようかな……。

ある日の出来事

ミリア
タカシさん……私の意識が無い間、お尻揉んでましたよね！

タカシ
揉んでないよ。気絶したからおんぶして運んでただけなのに酷いな

ミリア
え、いや、その、だって……

ファラ
お尻じゃない、おっぱい

タカシ
おい、ファラ！？

ミリア
もーう！　やっぱり揉んでたんじゃないですか、しかも胸っ！？

タカシ
お尻は揉んでないよ

ミリア
屁理屈は要りません！　何で毎日毎日、え、エッチなことするんですか！

タカシ
ミリアが好きだからに決まってるじゃん

ミリア
もう！
またそうやって誤魔化す！

ファラ
じゃあ、
次からファラにすればいい

タカシ
そうだな。そうするよ。でもいいのか、ファラ？

ファラ
ん。気持ちいいからだいじょぶ。もんだいない。して

タカシ
おいおい、腕引っ張るなって。
え、今しろってこと？

タカシ
分かった。じゃあ、これから毎日ファラだけを揉むよ。今まですまんかったな、ミリア？

ミリア
え、あ、はい……

ファラ
タカシ、ここ。前みたいにゴシゴシして

ミリア
え……前みたい、に？

ファラ
んぁ……ぅ……

タカシ
はは、ファラ。
気持ち良さそうだな

ミリア
ちょちょ、ちょ、ファラ！？
た、タカシさん何してるんですか！

タカシ
ファラの要望通りゴシゴシだよ。
ミリアもしてあげようか、ほら？

ミリア
え、いや、いいです、ちょ、きゃうっ、ん、んんーっ！？　……っ

タカシ
ありゃ、ショートしちゃったか。よし、ファラ。ミリアとどっちが先にイクか勝負だ

ファラ
んぅ、ふ、ぁ、まっ、まけ、ないっ

ミリア
（ちょろ、ちょろちょ、ろろろ……）

ファラ
んっんぅうぅぅぅぅ……

——この後、めちゃくちゃ犯した

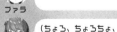

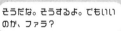

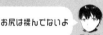

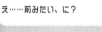

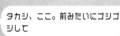

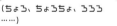

あとがき

この度は『ステータスマイスター』を手に取っていただき、誠にありがとうございます。著者のなめこ汁です。

この作品は「やってやるぜ！」と気合の入った感じで始めたのではなく、色々な〝なろう系〟と位置付けられた作品を読ませていただいた上で、私にもできそうだな……と思い書き始めたのがきっかけでした。

そして、気が付いた時には既に手遅れ。楽しくて時間も忘れて夢中で執筆している自分が居ました。そのせいで、何度会社に遅刻しそうになったことか……。でも、その時はまだ何も考えず、ひたすら自分のスタイルで自分の思うように書いていたので文章量も大したことはありませんでした。それに、ある程度物語が進んでからでも遅くはないと考えていたのもあって、ネット上に公開などもしていませんでした。

しかし、ある程度文章が出来上がってからは色々と大変だったのを覚えています。

まず、文章のどこまでを区切って投稿するか、投稿後はどの時間帯が一番読んでもらえるか、どんな話に興味を持ってもらえているのか、色々と読み手の事を考えさせられました。

そんな事を考えていたら、この自己満足の文章じゃダメだなと思い、可能な限り、誰でも、テンポ良く、読み易く、と大幅に書き換えました。その甲斐あって、今ではかなり読み易くなったと思います。なので、こんな言い回ししなくても分かるだろ、とか、この説明口調キモイ、などと言わず読んでいただければ幸いです。

そこまで考えたり、修正したりしていたら、グングンとなろう内で順位が上がり、いつの間にか日間で一位を獲得しました。そこからはただ嬉しくて、順位を落とさないためには何をすれば良いかと考え、あれやこれやと作業していましたが、週間一位を獲得して小躍りしたら、そこが限界でした。

何が限界って……〝時間〟です。日中は仕事をして、帰宅後に諸々を済ませてから執筆作業に入るのですが、二、三時間で何ができるかって、何もできません。これは違うあれも違うと頭の中のデータをアウトプットしてリスト化したら、それだけで二、三時間経過しているなんてザラです。

そうなると使うしかないんですよ、温存していたスキル『ショートスリーパー』を。ただ、このスキルはＭＰを消費するのではなくＨＰを消費するので危険なんです。

はい、体調崩しました。

体調を崩してからはリアル仕事で色々問題があり、私個人にも問題が発生し、少し執筆から距離を取ることになってしまいましたが、復帰して良かったと思います。何だかんだで出版することになり、更に魅力的になったミリアやファラを物理的に後世に残すことができたのですから。

そう、この作品の魅力は可愛いヒロインが沢山居ることなんです。本巻では二人しか登場していませんが、今後は増えすぎだろ！　と言いたくなるくらい出てきます。

ですので、ここまで読んでくださったのです。どうせならもう少しお付き合いください。あなたのドツボにハマるようなヒロインが登場するかもしれませんし、何ならこんなキャラを出せ。出さないとファラに酷い事するぞ！　と私を脅してくれても構いません。魅力的なキャラを考えてみますので。考えるだけですが。

何か適当な事を書いていたらいつの間にかあとがきのスペースが無くなってきていました。

とにかく私が言いたいのは、キャラゲーみたいなものです。自分の好みのキャラが登場するまでは、その作品に付き合ってくれても良いじゃないってことです。そんなわけで、またお会いしましょう！

この作品を読んでくださった皆様方、またこの作品に関わってくださった方、全ての方に感謝を！

本書は小説投稿サイト『ノクターンノベルズ』に投稿された作品を
大幅に加筆・修正の上、書籍化したものです。

官能的な催眠を施して、魔女の魔術を発現させる!
話題の異世界転移ダークファンタジー、ついに書籍化!

DIVERSE NOVEL公式サイト 作品詳細ページはこちら

[著]ませんｓ
[イラスト]しりー
異世界でビッチな女神様の
信者を増やす簡単なお仕事です
ません
イラスト：しりー
──このおっさん、女神の権能《チート》で
やりたい放題!!
覗き！絶倫！強制発情！
セクハラ三昧!?
DIVERSENOVEL

DIVERSENOVEL

DN-008

ステータスマイスター

2018年9月15日　第一刷発行

[著者] なめこ汁
[イラスト] 武藤まと

[発行人] 日向 晶
[発行] 株式会社メディアソフト
〒110-0016 東京都台東区台東4-27-5
TEL:03-5688-7559 / FAX:03-5688-3512
http://www.media-soft.biz/

[発売] 株式会社三交社
〒110-0016 東京都台東区台東4-20-9 大仙柴田ビル2階
TEL:03-5826-4424 / FAX: 03-5826-4425
http://www.sanko-sha.com/

[印刷] 中央精版印刷株式会社
[カバーデザイン] 柊 椋(I.S.W DESIGNING)
[組版] 大塚雅章(softmachine)
[編集者] 印藤 純

本書は小説投稿サイト「ノクターンノベルズ」(http://noc.syosetu.com/)に
投稿された作品を大幅に加筆・修正の上、書籍化したものです。
「ノクターンノベルズ」は「株式会社ナイトランタン」の登録商標です。

なめこ汁先生・武藤まと先生へのファンレターはこちらへ
〒110-0016 東京都台東区台東4-27-5 (株)メディアソフト
DIVERSE NOVEL編集部気付　なめこ汁先生・武藤まと先生宛

ISBN 978-4-8155-6508-4

DIVERSE NOVEL公式サイト　http://diverse-novel.media-soft.jp/